# 孩子最爱看的
# 心态故事书

潘鸿生◎编著

云南出版集团

云南人民出版社

## 图书在版编目（CIP）数据

孩子最爱看的心态故事书／潘鸿生编著 . —— 昆明：
云南人民出版社，2020.9
　　ISBN 978-7-222-19530-1

Ⅰ . ①孩… Ⅱ . ①潘… Ⅲ . ①儿童故事－作品集－世
界 Ⅳ . ① I18

中国版本图书馆 CIP 数据核字 (2020) 第 150948 号


责任编辑：刘　娟
装帧设计：周　飞
责任校对：吴　虹
责任印制：马文杰


## 孩子最爱看的心态故事书

HAIZI ZUI AIKAN DE XINGTAI GUSHISHU

潘鸿生　编著

| | |
|---|---|
| 出版 | 云南出版集团　云南人民出版社 |
| 发行 | 云南人民出版社 |
| 社址 | 昆明市环城西路 609 号 |
| 邮编 | 650034 |
| 网址 | www.ynpph.com.cn |
| E-mail | ynrms@sina.com |
| 开本 | 710 mm×960mm　1/16 |
| 印张 | 18.25 |
| 字数 | 200 千 |
| 版次 | 2020 年 9 月第 1 版第 1 次印刷 |
| 印刷 | 永清县晔盛亚胶印有限公司 |
| 书号 | ISBN978-7-222-19530-1 |
| 定价 | 45.00 元 |

如有图书质量及相关问题请与我社联系
审校部电话：0871-64164626 印制科电话：0871-64191534

云南人民出版社公众微信号

# 前　言

　　一个人若想成才，不仅需要健康的体魄和聪明的才智，更需要一个良好的心态。所谓心态，就是一个人对自己、对他人、对社会、对事物、对问题的看法和态度。人生的方向是由心态来决定的，心态好坏可以明确我们构筑的人生的优劣。好心态可以使人自信、快乐，充满朝气和力量；坏心态却使人丧失主动性、进取性，变得颓废、冷漠和平庸。

　　一位伟人说："要么你去驾驭生命，要么是生命驾驭你。你的心态决定谁是坐骑，谁是骑师。"一个人具有什么样的心态，决定他将成为一个什么样的人，将拥有一个怎样的人生。我们生活在社会上，很多事情仅仅依靠个人的力量是无法改变的，但是我们却可以通过改变我们的心态来改变我们的生活及整个人生。

　　英国作家狄更斯说过："一个健全的心态，比一百种智慧都更有力量。"良好的心态是无价的，如果你能拥有一个良好的心态，你就能获得你通过努力想要的一切。因为，良好的心态能让你树立起必胜的信念，而信念会使你充满

前进的动力。它可以改变你险恶的现状，带来令你难以相信的圆满结果。

心态就像一粒种子，深藏在每个人的内心深处。好心态恰似和煦明媚的阳光，晶莹剔透的甘露，温暖我们的肌肤，滋润我们的心田；坏心态则似愁云惨淡的阴霾，浓烟滚滚的烈焰，消磨我们的意志，炙烤我们的心魂。于丹曾在"百家讲坛"上说过："决定人生成功的，绝不仅仅是才能和技巧，而是一个人面对生活的心态。"在成长过程中，孩子只有拥有自信、积极、进取、乐观的好心态，才能正确处理生活中的各种困难、矛盾和问题。好心态是孩子走向成功的必备素质，有时比智慧更重要。

美国心理学家曾追踪研究了1500名智力超常的儿童，经过30年后，发现这些超常儿童中有的成为社会名流、专家学者，有的却变得穷困潦倒，流落街头。心理学家分析了这种差异形成的原因，发现这些超常儿童在成长过程中最显著的不同在于心态的不同。可以说，心态决定了孩子日后成就的高低。所以，要想让孩子在未来激烈的社会竞争中脱颖而出，不被淘汰，就必须从小培养他们良好的心态，尤其是处于成长阶段的孩子。

本书精心挑选了近200个心态故事，以培养孩子好心态为出发点，每一篇都有深刻的寓意，每个故事结尾还有几句精妙的评语，启人心智，发人深思，让孩子在阅读中拥有乐观、健康的心态，在学习生活中更加积极向上。

最后，愿阅读本书的每一个孩子、每一个家长，会因为这些文字的浸润而养成良好的心态，每天在平凡中收获生命丰厚的馈赠，微笑着不断采撷生命之树的硕果。

孩子最爱看的

心态故事书

目 录

## 第一章 自信的心态：最优秀的人就是你自己

## 第二章　乐观的心态：那片灯火给我带来了希望

## 第三章　积极进取的心态：怀有积极心态，努力拼搏

## 第四章　独立自主的心态：没有任何人可以做你的依靠

## 第五章 宽容的心态：宽容处之，生命将如宇宙般宽广

## 第六章　勇敢的心态：未来有多险，你就要有勇敢

## 第七章　知足的心态：只看我拥有的，不看我没有的

## 第八章 感恩的心态：流经人性深处的暖流

## 第九章　谦虚的心态：把你心灵里的一切清空

## 第十章　快乐的心态：让生命绽放美丽花朵

# 第一章

## 自信的心态：
## 最优秀的人就是你自己

# 环球小·姐吴薇

> 自信是女人最好的装饰品。一个没有信心、没有希望的女人，就算
> 她长得不难看，也绝不会有那种令人心动的吸引力。
>
> ——古龙

2003年的中国环球小姐吴薇，单从外表来看，普通得就像一个邻家女孩。但吴薇属于那种非常耐看，而且越接触感觉越好的女孩。她淑女式的微笑中透露着无比的镇定和自信，在不同场合都用真诚的眼神和话语回答着不同的问题，没有一丝拘谨。她的美丽来自她的自信、她的聪慧、她的踏实和平淡。

吴薇在参加环球小姐比赛之前，只是一家银行的普通职员。后来多次参加选美比赛，均以卓尔不群、古典亲和的气质让评委和现场观众赞叹不已，先后获得世界福清小姐大赛的第三名和石狮形象小姐冠军。

女孩子去参加选美，多少总会受到身边人的不解和非议，但吴薇认为："选美本身并没有错，它可以把美和爱带给世界上每一个人。而参加选美对于一个女孩子来说也是一种锻炼的过程。比如我，以前如果面对大场面可能会害怕，但是现在不会了，通过这样的大赛，我成熟了。"

吴薇第一次参加选美比赛，由于经验不足，决赛时败下阵来。不过，这个"第一次"无疑对吴薇的心理承受能力是一个很好的考验，也为她日后奠定了良好的参赛基础。

2003年4月，环球小姐中国赛区的比赛在济南举行。23岁的吴薇抱着"最后一搏"的心态再次出征。"当时我想不管结果如何，中国小姐的选拔都是我最后

一次参加的比赛，我希望趁自己还有比较好的状态时去见识一下五湖四海的女孩。"吴薇注重的是参与的过程而不是结果，所以尽管在分赛区的比赛中，她只得了第4名，但她还是积极地参与到总决赛的培训中，把自己最好的精神风貌带到总决赛。这次，吴薇笑到了最后，把中国环球小姐的桂冠紧紧握在自己手中。有人问吴薇夺冠的最大优势是什么，她笑着说："自信是对美丽最好的表现。其实我始终都认为自己是个平常人。环球小姐的比赛就是为我这样的普通女孩准备的，每个自信的女孩子，都能站到这个舞台上来。我得了奖，是我刚好得到了一次机遇。"

吴薇在摘得环球小姐桂冠不久，就有很多影视制作公司向她伸出橄榄枝，美国的一位华裔导演也有意让她参演一部电影，但都被吴薇拒绝了。吴薇认为青春很短暂，要多尝试一些自己感兴趣的事。

吴薇很珍惜银行里的工作。她说："我觉得那里是最适合我的地方。明星的光彩毕竟只是一时的，而职业的美丽才是永远的。"别看她只有二十几岁，却已经是行里最年轻的副经理了。她认为一个人只要相信自己的能力不比别人弱，带着自信的笑容和充满自信的眼光看待每一件事、每一个人，并学会宽容，就可以在工作中游刃有余。

无疑，吴薇就是一个有魅力的自信女人，她有让人羡慕的工作，有选美冠军的美称，所有这一切都是靠她的自信得来的。

## 【人生箴言】

在人生的道路上，自信心比什么都显得重要。它是人生最可靠的资本，它能使人克服困难，排除障碍，奔向成功。

# 最伟大的推销员

我们应该有恒心，尤其要有自信心。我们必须相信，我们的天赋是
要用来做某种事情的。

——居里夫人

布鲁金斯学会创建于1927年，以培养世界最杰出的推销员而著称于世。它有
一个传统，在每期学员毕业时，都会设计一道最能体现推销员能力的实习题，让
学生去完成。

1975年，布鲁金斯学会设计的题目是让学生将一个微型的录音机推销给当时
的总统尼克松，这个学会只有一名学员成功了。克林顿当总统的8年间，学会曾设
计过一个题目，是让学员将一条三角裤头推销给克林顿总统，但是8年过去了，无
一人推销成功。小布什当总统之后，学会又给学生的命题为：请你把一把斧子推
销给布什总统。

实际上，现在的美国总统布什什么也不缺，他要一把斧子干什么？即使说他
需要斧子，也不需要他亲自去购买；退一步说他就是他亲自去买了，也不一定会
碰上这个卖斧子的推销员。因而，要完成这个题目应该说是大海捞针——够难的
了。

可是，有一个叫做乔治·赫伯特的学员，并不认为这个题目有多么难。他首
先对完成这个题目充满自信，相信自己一定能够成功。然后他围绕着斧子和布什
总统的关系进行了一番详细的调查研究，得知布什总统在克萨斯州有一座农场，
农场里面长着许多树木，这些树木确实需要修剪。紧接着他给布什总统写信，阐
明总统需要买一把斧子的理由。布什总统接信后，也认为是这样，确实有必要买

一把斧子，一来对树木进行修剪，二来锻炼身体，经常到林子里呼吸一下新鲜空气，三可以调节一下总统繁忙的生活。于是立即给这位学生寄去了15美元，买回了一把斧子。

乔治·赫伯特成功后，布鲁金斯学会奖给了他一双上面刻有"最伟大的推销员"的金靴子，并在表彰他的时候说，金靴奖已设置了26年。26年间，布鲁金斯学会培养了数以万计的推销员，造就了数以万计的百万富翁。这只金靴之所以没有授予他们，是因为我们一直想寻找这样一个人——这个人从不因有人说某一目标不能实现而放弃，从不因某件事情难以办到而失去自信。

### 【人生箴言】

信心是解决问题的最有效的利器。坚定的信心，能产生实现目标的力量。自信不是被动的等待，而是主动的出击。当你相信难题可以克服时，你已经离胜利不远了。

# 求职的年轻人

有必胜信念的人才能成为战场上的胜利者。

——希金森

在美国爆发经济危机那年，许多公司都在裁员，而此时，有个青年刚从大学毕业，想到当地一家大百货公司找一份工作。他带有一份介绍信，这是他的父亲写给当年的大学同学——百货公司经理的。

经理读了介绍信，对年轻人说："我本来可以给你找个工作。令尊是我大学里最要好的朋友之一，每年校友联欢会上，我都期望见到他。可不巧的是，你这个时候来，真是再糟糕不过了。好长时间以来，我们生意一直亏本，除了最必需的人员，我们不得已把所有的职员都解雇了。"

这所大学的许多毕业生都来这家百货公司找工作，得到的全是同样的答复。

一天，又有一个学生说起他要到百货公司寻个差使，同伴们不禁哄笑起来，说他纯粹是浪费时间。

但这个小伙子自有主意，他相信自己有能力得到一份工作。他手上没有什么介绍信，进了商店就径自来到经理办公室的门口，他并不是来找工作的。他请人送进去一张条子，字条上写着："本人有一个主意，可帮你从大萧条中解脱出来。可否与你一谈？"公司经理命令道："请他进来！"

小伙子进去后马上转入正题："我想帮你开办大学专柜，向大学生销售服装。本校16000名学生，人数年年都有所增长。批发衣服我虽然一窍不通，但我懂得这些学生喜欢什么。让我帮你开办会受大学生欢迎的专柜，我可以向他们宣传，吸引他们来这里买衣服。"

没过多久，这家百货公司果真办起了大学专柜，新颖的款式吸引了一批又一批大学生涌入百货公司，公司很快就生意兴隆！不用说，这个小伙子成了公司的雇员。

我们不排除这个小伙子的成功与他非凡的个人能力有关，但重要的是，他十分相信自己，进而赢得了经理的信任，得到了一个机会。所以说，如果不是他相信自己，纵使他有多强的能力，也得不到经理的信任。

【人生箴言】

没有自信，便没有成功。自信对成功尤其重要，自信是人们事业成功的阶梯和不断前进的动力，同时自信又是积极向上的产物，也是积极向上的力量。一个获得了巨大成功的人，首先是因为他自信。自信，使不可能成为可能，使可能成为现实。

# 女孩的龅牙

有信心的人，可以化渺小为伟大，化平庸为神奇。

——萧伯纳

美国一名电车车长的女儿叫做凯丝·达莉，从小就喜欢唱歌，梦想做一名歌唱演员，但是她的牙齿长得很不好看。

一次，她在新泽西州的一家夜总会演出时，她总想把上唇拉下来盖住丑陋的牙齿，结果洋相百出。演完之后，她伤心地哭了。正当她哭得伤心的时候。台下的一位老人对她说："孩子，你很有天分，坦率地讲，我一直在注意你的表演，我知道你想掩饰什么，你想掩饰的是你的牙齿。难道长了这样的牙齿一定就丑陋不堪吗？听着，孩子，观众欣赏的是你的歌声，而不是你的牙齿，他们需要的是真实。张开你的嘴巴，孩子，观众看到你自己不在乎的话，他们就会对你产生好感的。再说了，孩子，说不定那些你想遮掩起来的牙齿，还会给你带来好运呢。"

凯丝·达莉接受了老人的忠告，不再去注意自己的牙齿。从那时候起，她一心只想着自己的观众，她张大嘴巴，热情而高兴地唱着。最后，她成了电影界和广播界的一流明星。后来，甚至许多喜剧演员还希望学她的样子。

## 【人生箴言】

人总有不足之处，每个人都不会也不可能是完美的，重要的是看你怎么去面对，怎么样和自己的弱点好好相处，用一种什么样的心情和心态来面对它。如果能够坦然地、微笑着面对自己生命中的一些缺憾和不足，愉悦地接纳自己，运用积极的思维扬长避短，充分发挥自己的潜力，同样会带来"柳暗花明又一村"的美景。

# 保持自己的本色

信心是人的征服者；它战胜了人，又存在于人的心中。

——马·法·塔伯

20世纪80年代，有位名叫安德森的模特公司经纪人，看中了一位身穿廉价产品、不拘小节、不施脂粉的大一女生。

这位女生来自美国伊利诺伊州一个蓝领家庭，每年夏天，她就跟随朋友一起，在德卡柏的玉米地里剥玉米穗，以赚取来年的学费。

她从没看过时装杂志，也不懂什么是时尚，更没化过妆。这都不重要，重要的是她天生丽质，浑身散发着清新的天然味，但是唯一美中不足的是她的唇边长了一颗触目惊心的黑痣。

安德森要将这位还带着田里玉米气息的女生介绍给经纪公司，却遭到了一次又次地拒绝，原因大都是因为她唇边的那颗黑痣。但是他下定了决心，要把女生及黑痣捆绑着推销出去，他有种奇怪的预感，这颗黑痣将成为这位女生的标志。

安德森给这个女生做了一张合成照片，小心翼翼地把大黑痣隐藏在阴影里，然后拿着这张照片给客户看。客户果然很满意，马上要见真人，真人一来，客户就发现"上了当"，客户当即指着女生的痣说："我可以接受你，但是你必须把这颗痣去掉。"

激光除痣其实很简单，无痛且省时，当这位女生和安德森商量把这颗痣除掉的时候，安德森坚定不移地对她说："你千万不能去掉这颗痣，将来你出名了，全世界就靠着这颗痣来识别你。"

果然，这女生几年后红极一时，日入3万美元，成为天后级的人物，她就是名模辛迪·克劳馥，她的长相被誉为"超凡入圣"，她的嘴唇被称作芳唇。芳唇边赫然入目的是那颗今天被视为性感象征的桀骜不驯的黑痣。

有一天，媒体竟然盛赞辛迪有前瞻性眼光。辛迪回顾从前，不由得倒抽凉气，在她的成名路上，幸好遇到了"保痣人士"安德森。如果她去掉了那颗痣，就是一个通俗的美人，顶多拍几次廉价的广告，就淹没在繁花似锦的美女阵营里面，再难有所作为了。

【人生箴言】

每个人生来就是独一无二的，模仿别人，便是扼杀自己。不论好坏，你都必须保持本色，自己的本色是自然界的一种奇迹，也是上苍给每个人最好的恩赐。记住，你就是你，不要让自己有成为其他人的迹象，你本身就是一种力量，它会增加你的信心。

# 刚进入哈佛的女孩

为了战胜自卑，我们就会更加努力。因为自卑的持续存在，我们或许会比较少骄横。因为自卑，我们记得渺小和尊崇，这未尝不是因祸得福。

——毕淑敏

丽莎是来自美国阿肯色州的学生，也是她所在镇里唯一来哈佛读书的人。镇上的人都为她能到哈佛上学而感到自豪，她自己也庆幸能有这样好的机遇。

但是，到了哈佛大学丽莎的兴奋劲还没过，就感觉越来越糟糕了。她在哈佛过得很辛苦，上课听不懂，说话带土音，许多大家都知道的事自己却一无所知，而许多她知道的事大家却又觉得好笑。她开始后悔自己到哈佛来。她不明白自己为什么要到哈佛来受这份羞辱，同时更加怀念在家乡的日子，在那里，可没有人瞧不起她。

感到孤独无比的丽莎，觉得自己是全哈佛最自卑的人。无奈之下，她求助于心理医生。

心理医生对她是这样诊断的：

她已跨入了个人成长的"新世纪"，可她对已经过去了的"旧世纪"仍恋恋不舍。

她对于生活的种种挑战，不是想方设法加以适应，而是缩在一角，惊恐地望着它们，哀叹自己的无能与不幸。

她对于能来哈佛上学这一成就已感到麻木不仁。她的眼睛只盯着当前的困难与挫折，没有信心去再造就一次人生的辉煌。

她习惯了做羊群中的骆驼，不甘心做骆驼群中的小羊。

她以高中生的学习方法去应付大学生的学习要求，自然是格格不入，可她抱残守缺，不知如何改变。

她因为自己来自小地方，说话土里土气，做事傻里傻气，就认定周围的人在鄙视她，嫌弃她。可她没有意识到，正是因为她的自卑，才使周围人无法接近她，帮助她。

她生长在中南部地区，来东海岸的波士顿求学，面临的是一种乡镇文化与都市文化的冲突，她没有想到，哈佛对她来说，不仅是知识探索的殿堂，也是文化融合的熔炉。

她身材瘦小，长相平常，多年来唯一的精神补偿就是学习出色。可眼下，面临来自世界各地的"学林高手"，她已再无优势可言。

她长相平庸，学习又平庸，这就彻底打破了她多年的心理平衡点，使她陷入了空前的困惑中。她悲叹自己来哈佛是个错误。可她忘了，多年来，正是这个哈佛梦在支撑着她的精神。她虽然战胜了许多竞争对手进入哈佛大学求学，却在困难面前输给了自己的妄自菲薄。

她怨的全是别人，叹的全是自己。难怪她会在哈佛有自卑的感觉。她只有跳出往日光辉的"怪圈"，全身心投入"新世纪"，才能重新振作起来。

总而言之，丽莎的问题核心就在于：她往日的心理平衡点彻底打破了，她需要在哈佛大学建立新的心理平衡点。

为此，心理医生对她采取了三个咨询步骤。

第一个步骤是帮助她宣泄不良情绪，调整她的心态，使她能够积极地面对新生活。

丽莎陷入自卑的沼泽中，认定自己是全哈佛最自卑的人，这说明她过于扩大了自己精神痛苦的程度，看不到自己在新环境中生存的价值。所以心理医生一方面承认她当前面临的困难是她人生中前所未有的，她反映出来的情绪也是很自然的。同时，心理医生告诉她，对哈佛的不适应，产生种种焦虑与自卑反应，这在哈佛很普遍，并非她是一个人。这使丽莎产生了"原来很多人也和我一样"的平常感。

第二个步骤是竭力引导丽莎把比较的视野从别人身上转向自己。丽莎的自卑是在与同学的比较中形成的，她感到自己处处不如别人，事事都不顺心，因而觉得自己好像是天鹅群中的丑小鸭。她在来哈佛大学前，学习成绩一直很好，但到哈佛后最好的成绩只不过是4分。

以前，从来都是别人向她请教，但现在，却是她要经常向别人请教。因此，丽莎当初那份引以为自豪的自信已荡然无存。原先，丽莎一直是教师心目中的得意门生，校园里的风云人物，众人羡慕的对象。可如今，她已成为校园里最不起眼的人物。

这一系列的心理反差，使丽莎产生了自己是哈佛大学多余的人的悲叹。她没有意识到，自己之所以会有这样的心理反差，是因为以往与同学的比较中，她获得的尽是自尊与自信；但现在与同学的比较中，她获得的尽是自卑与自怜。

所以，心理医生竭力让丽莎懂得在新的环境里，学会多与自己比，而不与别人比。如果一定与别人比的话，还要透视到别人在学习成绩、意志等方面不如自己的一面。

接下来，心理医生开始帮助丽莎采取具体行动，理清学习中的具体困难，并制定相应的学习计划加以克服和改进。同时，让丽莎参加了一个哈佛本科生组成的学生电话热线，让丽莎在帮助别的同学的同时，也结交了不少新的知心朋友，更重要的是，丽莎在帮助他人的过程中，重新感到自信心在增长，感到哈佛大学需要她，她不再是哈佛大学多余的人了。

**【人生箴言】**

太看重别人的评价，因为自己的一点缺陷就自卑，势必会影响自己的正常生活，这是没有必要的。其实每个人都不是完美的，我们不仅要看到自己的短处，也要客观看到自己的长处，肯定自己的成绩，并且让优点长处进一步放大，进而克服自己的自卑感。记住：抛开自卑，就是迈向成功的第一步！

# 信念的力量

强烈的信仰会赢取坚强的人，然后又使他们更坚强。

——华特·贝基霍

1939年，宾劳在波兰的华沙正预备同他的爱人安妮结婚时，德军入侵了。在一片混乱下，宾劳和其他犹太人一样被拉上一辆货车，送进了集中营。在那里，他一直被关到1945年第二次世界大战结束时。

在刚进入集中营的最初几天里，他不停地在想："安妮在哪里？"以后的那些日子就演变成令人心悸的日子。

宾劳与其他4000名犹太人一样，每天只有一块面包和一碗汤。他经受着肉体和精神的折磨，但仍艰难地活着。

离解放的日子越来越近了，营内的人数由4000一下子跌到了不足500人。在无计可施之下，盖世太保的秘密警察只有把这些犹太人的脚串连地缚着，然后命令他们一个跟一个地离开集中营，在严寒之中穿过雪地前进。衰弱不堪加上疾病缠身，很多人都在雪地上倒下去了，他们就被留在那里直至被冻僵为止。宾劳虽然也是饥疾交加，但他内心深处的一种力量在无形中鼓舞着他，那就是一定要见到安妮，永远不放弃希望，正是这种信念，帮助他战胜了在集中营的恐惧的令人发疯的日子。

宾劳至今清晰地记得那个难忘的早晨，隆隆的轰鸣声自山后方传来，接着坦克在地平线上出现了，并且迅速穿过正在消融的雪地。终于，那些美军追上来解救了那些可怜的犹太人，宾劳自由了。

他想做的第一件事就是要去找安妮。此时他的内心充满了喜悦与不安：安妮还在吗？她死了吗？她结婚了吗？另一个生存者告诉宾劳，他听说安妮在史杜格，有人在那里见到过她。

于是，宾劳长途跋涉来到史杜格。当他坐上公共汽车穿过市中心时，突然看见一个年轻漂亮的姑娘站在街头。他跳下车，旋风似地跑到她面前。他们彼此对望，在眼眸深处，他们知道彼此仍然爱对方。他们拥抱着，又哭又笑，诉说离别的痛苦。

宾劳秉承不放弃的信念，以无比强大的勇气战胜了恐怖的环境最终获得了重生，与自己心上人过上了幸福的生活。

## 【人生箴言】

只要心中有信念，一切都会充满希望。信念是蕴藏在心中的一团永不熄灭的火焰，它让我们勇敢、无畏地去面对生命的艰难困苦和命运的潮起潮落。信念的力量就是这样的神奇。

# 罗斯福的成功

一个人是否有成就只有看他是否具有自尊心和自信心两个条件。

——苏格拉底

美国前总统罗斯福是个有缺陷的人。他小时候是一个脆弱胆小的学生，在课堂里总显露出一种惊惧的表情。他有哮喘病，呼吸就好像喘大气一样。如果被叫起来背诵课文，他会立即双腿发抖，嘴唇也颤动不已，开起口来含含糊糊、吞吞吐吐，然后颓然地坐下来。由于牙齿有点外落，加上难看的面容使他一脸灰色。

像他这样一个小孩，自我的感觉很敏感，常常拒绝参加同学间的任何活动，不喜欢交朋友。他是一个自卑心理很重的人。然而，罗斯福的父母却通过鼓励和其他一些积极的教育方法，使罗斯福树立起了很强的奋斗的精神——一种任何人都可具备的奋斗精神。

他爸爸对他说："罗斯福，你有着别人所没有的特点，你将成为一个伟大的人！所以，你没有必要为别人的嘲笑而减低勇气。你要用坚强的意志去努力奋斗。你一定会成功的。"从此以后，罗斯福开始坚信自己是勇敢、强壮或好看的。他用行动和坚信自己可以克服先天的障碍而得到成功。

罗斯福从此不再在缺陷面前退缩和消沉，而是充分、全面地认识自己，在顽强之中抗争。而且他不因缺憾而气馁，而是用它作动力，将它变为资本、变为扶梯使自己登上了成功的巅峰。他当上了受人尊敬的总统，在晚年，已经很少有人在乎他曾是有严重缺憾的人了。

**【人生箴言】**

即使你有什么弱点，有什么缺陷，也不能因此丧失自信心，因为这些都不是你成功的障碍。只要你有志气，有决心，你完全可以克服自己的不足之处，甚至还可以把你最弱的地方转化为最强的部分。

# 最矮的NBA球员

自信是成功的第一秘诀。

——爱默生

喜欢NBA的朋友，恐怕没有一个人不认识蒂尼·博格斯的。他的身高只有160厘米，即便是在亚洲人的眼里也只算得上是"矮子"，更不要说是连两米的身高都算矮的NBA赛场了。然而，这位据说是目前NBA里最矮的球员，却是NBA里表现最为杰出、失误最少的后卫之一，不仅控球一流、远投精准，甚至面对大个带球上篮也毫无畏惧，为自己赢得了"矮子强盗"的美誉。

博格斯当然不是天生的篮球好手，他之所以能取得今天的成就，靠的是信念和苦练。博格斯从小就长得比较矮小，但却又非常热爱篮球，几乎每天都要与同伴在篮球场上展开一番争斗。当时他最大的梦想就是有朝一日能去打NBA，因为NBA球员不仅待遇高，而且还享有比较风光的社会地位，是所有爱打篮球的美国少年最向往的梦。但每次博格斯告诉自己的同伴"我长大后要打NBA"时，几乎所有人都会忍不住哈哈大笑，因为他们认定一个身高只有160厘米的矮子，是绝无可能打NBA的。

同伴的嘲笑并没有动摇博格斯的信念。为了实现自己的理想和信念，他用比一般人多几倍的时间去练球，并最终成为全能的篮球运动员，成为NBA的最佳控球后卫，成为有名的篮球明星！博格斯说，从前听他说要进NBA而嘲笑他的同伴，现在会经常炫耀地对别人说："我小时候是和博格斯一起打球的。"想象一下，假如博格斯因为同伴的嘲笑而动摇自己的信念，放弃自己的理想，还会有今天在NBA赛场上的叱咤风云吗？

## 【人生箴言】

信念是强大的精神力量，有了坚定的信念，就能够帮助我们克服重重困难，跨过种种阻碍，就能够促使我们付出积极努力的行动，奔向成功的彼岸。

# 台湾画家谢坤山的故事

在这个世界上，没有人能够使你倒下。如果你自己的信念还站立着的话。

——马丁·路德金

他的家很穷。小学毕业后，他进了工厂。16岁时，因一场工伤事故，他失去了双臂、左腿，后来又失去了一只右眼。面对巨大的不幸，他从精神到肉体都没垮掉。

出院时，母亲像照料新生儿一样照看他，一日三餐，先喂饱他，再去吃一点剩饭。为了减少母亲的担忧，也为了自己今后的生活，他苦苦思考，终于发明一套能够靠自己进食的用具。后来，他又学会了自己洗澡，并解决吃喝拉撒问题。

这时，他开始想到自己的未来，他想当一名作家。于是，只有小学文化水平的他开始重新学写字。可是，没有手，怎么写字呢？他告诉自己："我可以用嘴写。"于是，他咬着笔费劲地写下了自己的名字，尽管三个字几乎重叠在一起，而且东倒西歪的，但他却为自己又跨出一步而高兴。

当他用嘴写字取得一些成绩以后，他又开始学习绘画，想要从绘画中寻找到自己的未来。他先在一个残疾人绘画班学习，后来得到启蒙老师的指点，用自己的诚意打动了一位知名画家，并成为这位画家的学生。

从此，他每次拖着几千克重的假肢花两个多小时赶到学校，风雨不误。最困难的是难以启齿的小便问题无法解决。为了减少小便次数，他就一整天不喝水。

为了提高绘画水平，他还在24岁时去补文化课。报名那天，有位老师看看他空荡荡的衣袖，挖苦地说："在这里念书，是要'写'功课的！"

他一听，毫不在意，大声地说："报告老师，这张报名表就是我自己写的！"入学后的第一次测试，他的成绩是倒数第三名。第二个月的月考，他的成绩已是正数第三名。

在老师和各界朋友的帮助下，他终于成功举办了自己的个人画展。他还加入了世界口足画会，领到了奖学金。从此，他走上了真正独立的生活。

如今，他应付日常生活轻松自如，他的绘画作品得到了广泛的认同和好评。在忙碌的演讲、作画之余，他还用嘴一口一口地"咬"出了一部10余万字的自传——《我是谢坤山》。

是的，这就是台湾知名画家谢坤山的故事。

是什么力量让谢坤山在面对重重困难，能够一步步走得很好呢？其实，就是一种强烈的与命运斗争的勇气和信念。

## 【人生箴言】

只要你心中始终有着一种信念，弱小的人也会变得强壮，再大的困难也能迎刃而解。信念往往具有一种神奇的力量，它会使弱者变为强者，使失败者获得成功。

# 自信罐

> 只有满怀自信的人，才能在任何地方都怀有自信沉浸在生活中，并实现自己的意志。
>
> ——高尔基

有个叫托妮的女生，自从职业学校毕业之后，一年多时间里都找不到工作，她内心压力很大，常常夜不能眠，整天变得烦躁不安。

那一段日子，托妮的精神快要崩溃了。长期的睡眠不足使她无法以正常的心态看待周围的世界，也无法正常地看待自己。她甚至怀疑自己天生就"低能"，她心想："毕业了竟连一份工作都找不到，以后还能做什么呢？"

这时候，托妮的一个叫凯蒂的女同学从另外一个城市托人给她带来一份礼物。托妮打开一看，是一个装饰得很漂亮的瓷器，上面还贴着一个标签，写着："托妮的自信罐，需要时用。"罐子里面装着几十个用浅蓝色纸条卷成的小纸卷，每个小纸卷上都写着凯蒂送给托妮的一句话。托妮迫不及待地一个个打开，只见上面分别写着：

"上帝微笑着送给我一件宝贵的礼物，她的名字叫'托妮'。"

"我珍惜你的友谊。"

"我欣赏你的执著。"

"我希望住在离你的厨房很近的地方。"

"你很好客。"

"你有宽广的胸怀。"

"你是我愿意一起在一家百货公司转上一整天的那个人。"

"你做什么事都那么仔细，那么任劳任怨。"

"我真的相信你能做好任何想做的事情。"

凯蒂还给托妮提了两点建议："第一，当你完成一件自己想干的事情，或者得到别人的称赞和肯定的时候，就写一张小纸条放在这个罐里；第二，当你遇到困难和挫折，或者有点心灰意冷的时候，就从这个小罐里拿出几张纸条来看看。"

读到这里，托妮的眼圈湿了。因为她深深地感觉到，她正被别人爱着，被别人关心着，困难只是暂时的，自己也是很棒的。从那以后，托妮把这个"自信罐"摆在最醒目的地方，只要遇到压力和困难，就情不自禁地伸手去摸。

十年以后，托妮成为一所知名幼儿园的园长，很多家长都愿意把孩子送到她这家幼儿园，因为她的自信激发了孩子们的自信。从这所幼儿园走出去的孩子，每个人都有一个"自信罐"。

再后来，托妮成为得克萨斯州的教育部部长。

## 【人生箴言】

信心是决定你成功的重要因素。在人生的道路上，一定要与自信同行，你才能更好地生存和发展。如果你对自己没有信心，那么你将永远无法到达成功的彼岸。

# 身材矮小的菲律宾外长

只有坚定的自信心，才能产生实现目标的伟大力量。

——斯大林

曾担任菲律宾外长的罗慕洛身高只有163厘米。以前，他曾因为这个极矮的身高而羞于见人。为了让自己显得高一点他穿过高跟鞋，但高跟鞋令他感到特别难受，心理上的难受。

他不想骗自己，于是便把高跟鞋扔了。后来，在他的一生中，他的许多成就却与他的"矮"有关，也就是说，矮到促使他成功。以至他说出这样的话："但愿我生生世世都做矮子。"

那时候，当美国人还不知道罗慕洛是谁时，他已经被圣母大学评为荣誉教授，并且邀请他发表演讲。那天，高大的罗斯福总统也在受邀之列，他演讲完毕后，笑吟吟地怪罗慕洛"抢了美国总统的风头"。更值得回味的是，当联合国创立会议在旧金山举行，罗慕洛以无足轻重的菲律宾代表团团长身份，应邀发表演说。讲台差不多和他一般高。等大家静下来，罗慕洛庄严地说出一句："我们就把这个会场当作最后的战场吧。"这时，全场登时寂然，接着爆发出一阵掌声。最后，他以"维护尊严、言辞和思想比枪炮更有力量……唯一牢不可破的防线是互助互谅的防线"结束演讲时，全场响起了暴风雨般的掌声。后来，他分析道：如果大个子说这番话，听众可能客客气气地鼓一下掌，但菲律宾那时离独立还有一年，自己又是矮子，由他来说，就有意想不到的效果。从那天起，小小的菲律宾在联合国中就被各国当作资格十足的国家了。

在这个事例中，虽然罗慕洛个子矮子是他的劣势，但他敢于正视自己的不足，合理运用不足，将劣势变为了优势。

### 📃【人生箴言】

人不怕有缺陷，关键是应以正确的态度对待缺陷。我们只有接受缺陷才能够看到更完美的人生，我们要学会欣赏自己的不完美，学会利用缺陷，将它转化为成功的有利条件。

# 从自卑走向自信

要是没有自信心，那实在糟糕！要是你不相信自己，或者怀疑自己，那是再糟也没有了。

——契诃夫

她站在台上，不时不规律地挥舞着她的双手；她仰着头，脖子伸得好长好长，与她尖尖的下巴扯成一条直线；她的嘴张着，眼睛眯成一条线，诡谲地看着台下的学生；偶然她口中也会咕咕哝哝的，不知在说些什么。基本上她是一个不会说话的人，但是，她的听力很好，只要对方猜中，或说出她的意见，她就会乐得大叫一声，伸出右手，用两个指头指着你；或者拍着手，歪歪斜斜地向你走来，送给你一张用她的画制作的明信片。

她就是黄美廉，一位自小就患脑性麻痹的病人。脑性麻痹夺去了她肢体的平衡感，也夺走了她发声讲话的能力。她从小就活在诸多肢体不便及众多异样的眼光中，她的成长充满了血泪。然而她没有让这些外在的痛苦击败她内在的奋斗精神，她昂然面对，迎向一切的不可能，终于获得了加州大学艺术博士学位。她用她的手当画笔，以色彩告诉人们"寰宇之力与美"，并且灿烂地"活出生命的色彩"。全场的学生都被她不能控制自如的肢体动作震慑了。这是一场倾倒生命、与生命相遇的演讲会。

"黄博士，"一个学生小声地问，"你从小就长成这个样子，请问你怎么看你自己？你都没有怨恨吗？"

"我怎么看自己？"黄美廉用粉笔在黑板上重重地写下这几个字。她写字时用力极猛，有舍我其谁的气势，写完这个问题，她停下笔来，歪着头，回头看着发问的同学，然后嫣然一笑，回过头来，在黑板上潇潇洒洒地写了起来：

"一、我好可爱！

"二、我的腿很长很美！

"三、爸爸妈妈这么爱我！

"四、上帝这么爱我！

"五、我会画画！我会写稿！

"六、我有只可爱的猫！

"……"

忽然，教室内鸦雀无声，没有人敢讲话。她回过头来定定地看着大家，再回过头去，在黑板上写下了她的结论："我只看我所有的，不看我所没有的。"

掌声在学生群中响起，黄美廉倾斜着身子站在台上，满足的笑容从她的嘴角荡漾开来。她的眼睛眯得更小了，一种永远也不被击败的傲然，写在她脸上。

不愧是黄博士！她告诉学生走好人生路的真谛：人需要自信，要接受和肯定自己。

【人生箴言】

人，无论何时，总有选择的自由。自信的产生是自我意识的一种选择。你可以选择成功的自信，也可以选择束缚自己的自卑，这一切全由你自己来决定。

# 创造生命的奇迹

自信是英雄的本质。

——爱默生

海伦·凯勒出生于美国阿拉巴马州北部一个叫塔斯喀姆比亚的城镇。在她一岁半的时候，一场重病夺去了她的视力和听力，紧接着，她又丧失了语言表达能力。然而，就在这黑暗而又寂寞的世界里，她并没有沉沦，而是以坚定的信念挑战命运。没有视觉和听觉，她就靠手指来"观察"老师莎莉文小姐的嘴唇，用触觉来领会她喉咙的颤动、嘴的运动和面部表情，学习读书和说话。但是，这往往是不准确的。她为了使自己能够发好一个词或句子的音，要反复地练习。这样，有时难免会反复经历失败，但她从不在失败面前屈服。

海伦21岁的时候考入了拉德克利夫学院。在大学学习时，许多教材都没有盲文本，要靠别人把书的内容拼写在她手上，因此她在预习功课的时间上要比别的同学多得多。当别的同学在外面嬉戏、唱歌的时候，她却要花费很多时间努力备课。

最终，海伦用顽强的毅力克服了生理缺陷所造成的精神痛苦。她热爱生活，会骑马、滑雪、下棋，还喜欢戏剧演出，喜爱参观博物馆和名胜古迹，并从中得到知识。她21岁时，和老师合作发表了自己的处女作《我生活的故事》。在以后的60多年中，她共写下了14部著作，成为一个学识渊博，掌握英、法、德、拉丁、希腊五种文字的著名作家和教育家。她走遍了美国和世界各地，为盲人学校募集资金，把自己的一生献给了盲人福利和教育事业。这些事迹使她赢得了世界各国人民的赞扬，并得到了许多国家政府的嘉奖。

可以说，海伦创造了生命的奇迹。从一个近乎先天缺陷的孩子到一个创造奇迹的伟人，帮助她成功的正是信念——一种顽强不屈、积极向上的生活信念，让她最终创造了常人所不能创造的奇迹。

### 【人生箴言】

信念是成功的起点，是托起人生大厦的坚强支柱，它增添生活的勇气，点燃生命的希望。只有坚定的信念，才能取得辉煌的成就。

# 我是黑桃A

自信和希望是青年的特权。

——大仲马

露易丝小的时候，家里生活窘迫，后来，她跟随父母从意大利移民到了美国，但他们一家的经济境况始终不见起色。她的童年是在汽车城底特律度过的，几乎每一天都要在饥饿线上挣扎，烦恼和自卑在她的心里留下了深深的阴影。在学校里，她没有勇气举手回答老师的提问，小伙伴们玩游戏从来也不叫她，老师甚至都记不住她的名字。

露易丝的父亲一辈子碌碌无为，有时难免唉声叹气，对小女儿流露出悲观的情绪："认命吧，我们将一事无成。"这个说法让露易丝更加沮丧，她常常为自己的前途而担忧，难道自己的未来真的就要像父亲一样，一生都在贫困、烦恼中度过吗？

有一天，露易丝的母亲告诉小女儿："孩子，抬起头来！世界上没有谁跟你一样，你是独一无二的。自己的命运要靠自己掌握。"这句话极大地鼓励了露易丝，她的心里燃起了追求成功的希望。她认定自己就是最好的，没有人能比得上她。于是，她在每天睡觉前，都要对自己大声说："我是最好的！"

由于这种信念和精神力量的支撑，露易丝的学习和生活都发生了巨大的改变，老师和同学都忽然发现，露易丝真的变了。她总是昂着头、带着微笑来到学校；即使遇到麻烦，她也不会害羞地低下头去；上课时她也敢于举手发言、回答问题了。同学们不禁疑惑起来："这还是以前的那个露易丝吗？"她究竟得到了什么样的"法宝"，让她显得这么阳光和富有活力？答案就在于，她的信心被点燃了！

毕业后，露易丝第一次去应聘，那家公司的女秘书向她索要名片，但露易丝刚毕业还没有名片，就随手找到一张扑克牌递了上去。女秘书也没有仔细看就收下了，并通知了她面试的时间。

在面试中，经理看着露易丝递交的一张黑桃A，心里感到疑惑，他不知道这是什么用意，他以前也从未见到过这样的"名片"，不由得问道："小姐，你是黑桃A！"

"是的，先生。"露易丝的脸上带着自信的微笑。

"为什么是黑桃A呢？"经理不明白。

"因为A代表第一，而我刚好是第一。"

经理睁大了眼睛，他没有想到一个小女孩竟然如此自信，当即决定给她一个机会。就这样，露易丝被公司录用了。

后来，露易丝依靠自信和勤奋，一年中成功销售出的汽车数量，创造了公司的销售纪录，她果真成了第一。

### 【人生箴言】

每个人的生命都是独一无二的，只有相信自己、接纳自我，找到欣赏自我的角度，才能激发自己的潜力，才能出色地发挥自己，才能赢得他人的认可。

# 另一块金牌

伟大的作品不只是靠力量完成，更是靠坚定不移的信念。

——塞缪尔·约翰逊

1955年，18岁的吉尔·金蒙特已经是全美最有名气的滑雪运动员了，她的照片也登上了著名的《体育画报》杂志封面。当时，她的目标就是获得奥运会金牌。

不幸的是，一场悲剧让她的梦想都变成了泡影。1955年1月，在奥运会预选赛的最后一轮比赛中，金蒙特沿着大雪覆盖的罗斯特利山坡开始下滑，因为当天的雪道非常滑，刚开始滑过几秒钟，她的身子一歪，就失去了控制。她竭力挣扎着，想摆正姿势，可是一个个接连不断的筋斗还是无情地把她推下了山坡……

当她终于停下来的时候，已经昏迷了过去。人们立即把她送往医院抢救，虽然最终她保住了性命，但她双肩以下的身体却永久瘫痪了。

金蒙特希望获得奥运会金牌的梦想彻底破灭了，但她面对困厄的斗志却没有被磨灭。在接下来的几年内，她整天和医院、手术室、理疗和轮椅打交道，病情时好时坏，但她从来没有放弃过对生活的不断追求：去从事一项有益于大众的事业，来完成未竟的事业，这是她在意外发生之后的梦。

在历尽艰难后，她学会了做很多事：写字、打字、操纵轮椅、用特制汤匙吃饭等。她在加州大学洛杉矶分校选听了几门课程，希望今后能做一名教师。当她向教育学院提出申请，系主任、学校顾问和保健医生都认为这是天方夜谭，因为她根本就没有办法上下楼梯走到教室。

不过，她依然坚守自己的信念，她相信自己一定能成功。功夫不负有心人。1963年，她终于被华盛顿大学教育学院聘用。由于教学有方，她很快就受到了学生们的尊敬和爱戴。金蒙特终于获得了教阅读课的聘任书。

后来，她的父亲去世了，全家不得不搬到曾拒绝她当教师的加州去。金蒙特决定向洛杉矶地区的90个教学区逐一申请。在申请到第18所学校时，已经有3所学校表示愿意聘用她。学校特意对她要经过的一些坡道进行了改造，以便于她的轮椅通行，另外，学校还破除了教师一定要站着授课的规定。

从1955年到现在，几十年过去了，金蒙特从没有获得过奥运会的金牌，但她却得到了另一块金牌——为了表彰她的教学成绩而授予她的。

📋 【人生箴言】

信念是一切成功和奇迹的源泉。人的信念具有某种神秘的力量，在人生的道路上，只要你始终抱着必胜的信念，一切难题都将迎刃而解。

# 第二章

## 乐观的心态:
## 那片灯火给我带来了希望

# 塞尔玛的转变

开朗的性格不仅可以使自己经常保持心情的愉快,而且可以感染你周围的人们，使他们也觉得人生充满了和谐与光明。

——罗曼·罗兰

有一个叫塞尔玛的女人陪伴丈夫驻扎在一个沙漠的陆军基地里。她丈夫奉命到沙漠里去演习，她一个人留在陆军的小铁皮房子里，天气热得受不了——在仙人掌的阴影下也有华氏125度。她没有人可谈天，只有墨西哥人和印第安人，而他们不会说英语。她非常难过，于是就写信给父母，说要丢开一切回家去。她父亲的回信只有两行，这两行信却永远留在她心中，完全改变了她的生活：两个人从牢中的铁窗望出去，一个看到泥土，一个却看到了星星。

塞尔玛一再读这封信，觉得非常惭愧，她决定要在沙漠中找到星星。塞尔玛开始和当地人交朋友，他们的反应使她非常惊奇，她对他们的纺织、陶器表示兴趣，他们就把最喜欢但舍不得卖给观光客人的纺织品和陶器送给了她。塞尔玛研究那些引人入迷的仙人掌和各种沙漠植物，又学习有关土拨鼠的知识。她观看沙漠日落，还寻找海螺壳，这些海螺壳是几万年前，这沙漠还是海洋时留下来的——原来难以忍受的环境变成了令人兴奋、流连忘返的奇景。

是什么使这位女士内心有这么大的转变？

沙漠没有改变，印第安人也没有改变，但是这位女士的念头改变了，心态改变了。念头之差使她把原先认为恶劣的情况变为一生中最有意义的冒险。她为发现新世界而兴奋不已，并为此写了一本书以"快乐的城堡"为书名出版了。她从自己造的牢房里看出去，终于看到了星星。

只要我们乐观地面对人生，不论遭遇怎样的逆境或磨难，都以乐观的心态面对，就会发现，生活里原来到处都可以充满阳光。

# 一位百岁老人

乐观情绪体育和运动可以增进人体的健康和人的乐观情绪，而乐观情绪却是长寿的一项必要条件。

——勒柏辛斯卡娅

康倪氏是一个很不幸的女人，却有着乐观的心态。由于命运的安排，她几乎经历了一个女人所能遭遇的一切不幸，然而她却用一颗满盛着希望的心灵演绎了一个幸福美丽的人生。十八岁时，她嫁给了邻村的一个生意人，可刚结婚不久，丈夫外出做生意，便如同断线风筝，一去不返。有人说他死在了强盗的枪下，有人说他是病死他乡了，还有人说他被一家有钱人招了当养老女婿。当时，康倪氏已经怀上了孩子。

丈夫不见踪影几年以后，村里人都劝她改嫁。没有了男人，孩子又小，这寡居的生活到什么时候是个头啊？但她没有改嫁。她说丈夫生死不明，也许在很远的地方做了大生意，没准哪一天发了大财就回来了。她被这个念头支撑着，带着儿子顽强地生活着。她把家里整理得更加井井有条。她想，假如丈夫发了大财回来，不能让他觉得家里这么窝囊寒碜。

这样过去了十几年，在她的儿子十七岁的那一年，一支部队从村里经过，她的儿子就跟部队走了。儿子说，他到外面去寻找父亲。

不料，儿子走后又是音信全无。不久有人告诉她说，她的儿子在一次战役中战死了，但她不信，她觉得一个大活人怎么能说死就死呢。她甚至想，儿子不仅没有死，而是做军官了，等打完仗，天下太平了，就会衣锦还乡。她还想，也许儿子已经娶了媳妇，给她生了孙子，回来的时候是一家三口了。

尽管儿子依然杳无音信，但这些想象给了她无穷的希望。她是一个小脚女人，不能下田种地，她就做绣花线的小生意，勤奋地奔走四乡，积累钱财。她告诉人们她要挣些钱把房子翻盖了，等丈夫和儿子回来的时候住。

有一年她得了大病，医生已经认定她无药可救，但她最后竟奇迹般地活了过来，她说，她不能死，如果她死了，儿子回来到哪里找家呢。

这位老人一直在村里健康地生活着，今年已经满百岁了。直到现在，她还做着她的绣花线生意。她天天想象着，她的儿子生了孙子，她的孙子也该生孩子了。这样想着的时候，她那布满皱褶与沧桑的脸上，即刻会变成像绣花线一样绚烂多彩的花朵。

**【人生箴言】**

乐观是美好生活的源泉，也是"生活艺术"的最高境界。在这个世界上，唯有一种方法，能让人们感觉到生活都是幸福美好的，那就是保持乐观的心态。乐观心态犹如一轮太阳，使人们沐浴在温暖的阳光下。

# 神的惩罚

永远以积极乐观的心态去拓展自己和身外的世界。

——曾宪梓

在英国，有一个天性乐观的人，从不拜神，令神非常生气，因为神的权威受到了挑战。

他死后，为了惩罚他，神便把他关在很热的房间里。七天后，神去看望这位乐观的人，看见他非常开心。神便问："身处如此闷热的房间七天，难道你一点儿也不辛苦？"乐观的人说："待在这间房子里，我便想起在公园里晒太阳，当然十分开心啦！"（英国一年到头难得有好天气，一旦晴天，人们都喜欢去公园晒太阳）

神不开心，便把这位快乐的人关在一间寒冷的房子里。七天过去了，神看到这位快乐的人依然很开心，便问他："这次你为什么开心呢？"这位快乐的人回答说："待在这寒冷的房间，便让我联想起圣诞节快到了，又要放假了，还要收很多圣诞礼物，能不开心吗？"

神不开心，便把他关在一间既阴暗又潮湿的房里。七天又过去了，这位快乐的人仍然很高兴，这时神有点困惑不解，便说："这次你能说出一个让我信服的理由，我便不为难你。"这位快乐的人说："我是一个足球迷，但我喜欢的足球队很少有机会赢，有一次赢了，当时就是这样的天气。所以每遇到这样的天气，我都会高兴，因为这会让我联想起我喜欢的足球队赢了。"

最后，神无话可说，只得给了这位快乐的人自由。

## 【人生箴言】

一个人拥有乐观的态度，即便身处逆境，也总能找到快乐的理由。从某种意义上说，真正聪明的人，并不在于他能解决多少问题，而是能保持积极乐观的心态。拥有正确的人生态度，就能多几分从容。

# 快乐的苏格拉底

天地专为胸襟开豁的人们提供了无穷无尽的赏心乐事，让他们心情受用，而心胸狭窄的人们则是拒绝的。

——雨果

苏格拉底是单身汉的时候，和几个朋友一起住在一间只有七八平方米的房间里，但他一天到晚总是乐呵呵的。有人感到奇怪，就问苏格拉底说："那么多人挤在一起住，连转个身都困难，你有什么可乐的？"

苏格拉底说："朋友们在一块儿，随时都可以交换思想，交流感情，这难道不是很值得高兴的事儿吗？"

过了一段日子，朋友们一个个成了家，先后搬了出去。屋子里只剩下了苏格拉底一个人。每天，苏格拉底仍然很快活。

那人又问："你一个人孤孤单单的，这有什么好高兴的？"

苏格拉底说："我有很多书哇，一本书就是一个老师。和这么多老师在一起，时时刻刻都可以向它们请教，这怎么不令人高兴呢？"

若干年后，苏格拉底也成了家，搬进了一座大楼里。这座大楼是多层建筑，苏格拉底的家在最底层。底层在这座楼里是最差的，不安静，不安全，也不卫生，上面住户老是往下面泼污水，丢死老鼠、破鞋子、臭袜子等杂七杂八的脏东西。那人见苏格拉底还是一副喜气洋洋的样子。

"你住这间也那么高兴吗？"

"是呀！"苏格拉底说，"底楼有底楼的好处，进门就是家，不用爬很高的楼梯，不必花很大的劲儿；朋友来访容易，用不着一层楼一层楼地去叩问……特别让我满意的是，可以在空地上养一丛一丛的花，种一畦一畦的菜。这些乐趣没法儿说！"

过了一年，苏格拉底把一层的房间让给了一位朋友，这位朋友家有一个偏瘫的老人，上下楼很不方便。他搬到了楼房的最高层——第七层。每天，苏格拉底仍是快快活活。

那人揶揄地问："先生，住七层楼有哪些好处呢？"

苏格拉底说："好处多着哩！仅举几例吧：每天上下几次，这是很好的锻炼机会，有利于身体健康；七层楼光线好，看书写文章不伤眼睛；没有人在头顶干扰，白天黑夜都非常安静……"

后来，那人遇到苏格拉底的学生柏拉图，他问柏拉图说："你的老师总是那么快快乐乐，可我却感到，他每次所处的环境并不是那么好呀！"

### 【人生箴言】

凡事往好处想，内心便充满阳光，这种乐观的积极向上的心态，会激发我们的生命力，永远拥有成功的信心和希望。即便是身处绝境的情况下，也能以豁达开朗的心胸面对未来。

# 老头子总是不会错

我们幸福与否，决不能仅凭借我们获得了或者丧失了什么，而在于我们自身怎样。

——罗曼·罗兰

安徒生曾写过这样一则有趣的童话，叫《老头子总是不会错》。

有一对清贫的老夫妇，他们一直想把家中唯一值钱的一匹马拉到市场上去换点更有用的东西。

有一天，老头牵着马去赶集，他先与人换得一头母牛，又用母牛换了一只羊，再用羊换了一只肥鹅，又用鹅换了一只母鸡，最后又用母鸡换了别人的一大袋烂苹果。在每一次交换中，他都想给老伴一个惊喜。

当他扛着大袋子来到一家小酒店歇脚时，遇上了两个从英国来的商人。在他们的闲聊中老人谈到了自己赶集的经过，两个英国人听得哈哈大笑，他们一口认定，老头子回到家准得挨老婆子的一顿数落。可老头子却十分坚定地认为绝对不会发生这种事情。英国人就用一袋金币打赌，如果他回家没有受到老伴任何责罚，金币就算输给他了。说完三个人一起回到老头子家中。

老太婆见老头子回来了，非常高兴，又是给他拧毛巾擦脸又是端水，还一边听老头子讲赶集的经过。老头子毫不隐瞒，全过程——道来。

老太婆津津有味地听着，每听老头子讲到用一种东西换了另一种东西时，她竟都十分激动地予以肯定：

"哦，我们有牛奶了！"

"羊奶也同样好喝！"

"哦，鹅毛多漂亮！"

"哦，我们有鸡蛋吃了！"

诸如此类。最后听到老头子背回一袋已开始腐烂的苹果时，她同样不愠不恼，大声说："我们今晚就可以吃到苹果馅饼了！"说完，不由得搂着老头子深情地吻了他的额头……其结果不用说，英国人就这样失掉了一袋金币。

### 📄【人生箴言】

乐观的人总是能从平凡和不幸中发现美，在他们的眼中，生活里的每一处都是"乐观之境"。

# 秀才的梦

人生的道路都是由心来描绘的。所以，无论自己处于多么严酷的境遇之中，心头都不应为悲观的思想所萦绕。

——稻盛和夫

从前，有一位秀才连续两次进京赶考都没有高中。这一年，他又赶赴京城考试，住在一个经常住的店里。

由于考试前的紧张和焦虑，他每晚上都做梦。就在临考前两天的一个晚上，他一连做了三个奇怪的梦：第一个梦是梦到自己在墙上种白菜，第二个梦是下雨天，他戴了斗笠还打伞，第三个梦是梦到跟心爱的表妹脱光了衣服躺在一起，但是背靠着背。

这三个梦似乎预示着什么事情要发生，第二天,秀才就赶紧去找算命先生的解梦。算命先生听了秀才的诉说后，连连摇头说："不妙，不妙！我看你还是赶紧收拾行李回家吧。你想想，高墙上种菜不是白费劲吗？戴斗笠打雨伞不是多此一举吗？跟表妹都脱光了躺在一张床上了，却背靠背，不是没戏吗？与其在这里耽误时间，不如早点回家。"

听了算命先生的解释，秀才心灰意冷，回店收拾包袱准备回家。店老板非常奇怪，问："明天就要考试了，你怎么收拾行李呢？"秀才如此这般说了一番，店老板乐了："原来如此。其实，我也会解梦的。我倒觉得，你这次一定要留下来。你想想，墙上种菜不是高中吗？戴斗笠打伞不是说明你这次有备无患吗？跟你表妹脱光了背靠背躺在床上，不是说明你翻身的时候就要到了吗？"

秀才一听，更有道理，于是精神振奋地参加考试，居然中了个探花。

**【人生箴言】**

　　同一件事，因为看事情的角度不同，便产生了不同的看法。生活中很多情况就是如此，只要转变一下思考方式，改变了看问题的心态，结果就会大大的不同。

# 乐观面对一切

　　如果人是乐观的，一切都有抵抗，一切都能抵抗，一切都会增强抵抗力。

——瞿秋白

　　汤姆在22岁那年，进入军队服役，并且奉命参加了一次战役。但不幸的是，在那次战役中，他受了严重的眼伤，眼睛因此看不见东西。虽然他承受着巨大的伤害和痛楚，个性仍然十分明朗。他常常与其他病人开玩笑，并把自己的香烟和糖果赠给病友。

　　医生们都尽心尽力想帮助汤姆恢复视力，但仍然没有效果。有一天，主治医师亲自走进汤姆的病房，对他说道："汤姆，你知道，我一向喜欢向病人实话实说，从不欺骗他们。我现在要告诉你，你的视力是不能恢复了。"

　　时间似乎停止下来，病房里呈现出可怕的静默。

　　"我知道。"汤姆终于打破沉寂，他平静地回答道，"其实，我一直都知道会有这个结果。但我还是要非常谢谢你们为我费了这么多的精力。"

　　几分钟之后，汤姆对他的病友说道："我觉得我没有任何理由可以绝望。不错，我的眼睛瞎了。但和聋子相比，我能听见声音；和下肢瘫痪者相比，我能行走；和哑巴相比，我能说话。据我所知政府还可以协助我学得一技之长，以让我维持生计。既然生活如此善待我，我更要好好地活着。其实，我现在所需要的，就是适应一种新生活罢了。"

汤姆面对不幸，没有怨恨，没有自卑，只有对生活的感激——感激在命运给予他不公平的同时，生活恰如其分地填补了这份缺陷，赐予他一颗乐观豁达的心。

## 【人生箴言】

在现实生活中，我们每个人都会遇上这样或那样的困难、挫折、悲伤、疾病，以及死亡等，然而，只要我们能够正确面对，只要我们能用积极乐观的心态去对待，所有的一切都只能是暂时的。

# 坐在轮椅上的国会议员

乐观是一首激动精美的进行曲，时刻鼓励着你向事业的大路英勇前进。

——大仲马

有一个叫米契尔的青年，一次偶然的车祸，使他全身三分之二的面积被烧伤，面目恐怖，手脚变成了肉球（不分瓣），面对镜子中难以辨认的自己，他痛苦迷茫。他想到某位哲人曾经说的："相信你能，你就能！问题不是发生了什么，而是你如何面对它！"

他很快从痛苦中解脱出来，几经努力、奋斗，变成了一个成功的百万富翁。此时此刻，他不顾别人规劝，非要用肉球似的双手去学习驾驶飞机。结果，他在助手的陪同下升上天空后，飞机突然发生故障，摔了下来。当人们找到米契尔时，发现他脊椎骨粉碎性骨折，他将面临终身瘫痪的现实。家人、朋友悲伤至极，他却说："我无法逃避现实，就必须乐观接受现实，这其中肯定隐藏着好的事情。我身体不能行动，但我的大脑是健全的，我还是可以帮助别人的。"他用自己的智慧，用自己的幽默去讲述能鼓励病友战胜疾病的故事。他走到哪里，笑声就荡漾在哪里。一天，一位护士学院毕业的金发女郎来护理他，他一眼就断定这是他的梦中情人，他把他的想法告诉了家人和朋友，大家都劝他：这是不可能的，万一人家拒绝你多难堪。他说："不，你们错了，万一成功了怎么办？万一答应了怎么办？"

多么好的思维，多么好的心态！他勇敢地向她约会、求爱。两年之后，这位金发女郎嫁给了他。米契尔经过不懈的努力，成为美国人心中的英雄，成为美国坐在轮椅上的国会议员。

**【人生箴言】**

心态的好坏对一个人的生活有着很大影响，持有乐观心态的人幸福感高、做事积极主动、对未来充满信心。人的一生不可能一帆风顺，人都有脆弱和绝望的时候，关键在于你的心态，悲观的人容易陷入绝望，而乐观的人则往往看见希望。

# 保持乐观心态

悲观的人虽生犹逝世，乐观的人长生不老。

——拜伦

一位名叫吉姆的男孩住在纽约附近的一个小镇，他十分可爱，也是位真正的男子汉，一个真正意志坚强的人。他是个天生的顶尖运动好手。不过在他刚入中学不久，腿就瘸了，并迅速恶化为癌症。医生告诉他必须动手术，他的一条腿便被切掉了。出院后，他拄着拐杖返回学校，高兴地告诉朋友们，说他将会安上一条木头做的腿："到时候，我便可以用图钉将袜子钉在腿上，你们谁都做不到。"

吉姆没生病之前，决心要成为一名出色的足球职业联赛运动员，失去一条腿后，他也没有悲观失望地面对自己的梦想，而是乐观地做一些与足球有关的事情。

足球赛季一开始，吉姆立刻回去找教练，问自己是否可以当球队的管理员。在练球的几个星期中，他每天都准时到球场，并陪着教练做训练攻守的沙盘模型，他的乐观精神和激情很快感染了全体队员。

有一天下午，吉姆没有按时参加训练，教练非常着急。后来，教练从别人口中得知吉姆又住进了医院，正在接受检查，因为他的病情已经恶化为癌症晚期了，医生说"吉姆只能再活六周了"。

吉姆的父母决定不将此事告诉他，他们希望在吉姆生命的最后时刻，能尽量让他正常地过日子，所以，吉姆又回到球场上，带着满脸笑容观看其他队员练球，并不时地给其他队员加油鼓劲。

在他的鼓励和助威下，球队在整个赛季中保持了全胜的纪录。

为庆祝胜利，队员们决定举行庆功宴，并准备送给吉姆一个有全体队员签名的足球，但是餐会举办得并不圆满，因为吉姆的身体太虚弱了，根本无法参加这次活动。

几天后，吉姆又回到球队中，此时，他的脸色十分苍白，但满脸笑容依旧是他的招牌表情。比赛结束后，他来到教练的办公室，整个足球队的队员都在那里。

教练怜爱地询问他："怎么没有来参加餐会？""教练，你不知道我正在节食吗？"他的笑容掩盖了脸上的苍白。一位队员拿出送给他的有全体队员签名的足球，并说道："吉姆，因为有你，我们才能获胜。"吉姆含着眼泪轻声道谢后接过足球。接着，教练、吉姆和其他队员谈论着下个赛季的计划，然后大家互相道别。吉姆走到门口，以坚定冷静的目光回头看着教练说："再见，教练！"

"你的意思是说，我们明天见，对不对？"教练问。

吉姆的眼睛亮了起来，目光坚定地说道："别替我担心，我没事！"说完，他便离开了。

三天后，吉姆离开了人世。

其实，吉姆早就知道自己的病情，但他依旧微笑着对待自己的父母、朋友及球队的每个人，将悲惨的事实转化为积极的生活体验，这是何其乐观的精神啊！

**【人生箴言】**

乐观是一个人获得阳光生活的源泉，它能让人们感觉到一切都是美好的，带给你的是永远的自信和脸上抹不去的微笑。

# 震后余生的女人

乐观是希望的明灯，它指引着你从危险峡谷中步向坦途，使你得到新的生命、新的希望，支持着你的理想永不泯灭。

——达尔文

廖智无疑是乐观女人的典范。2008年，四川省汶川县发生里氏8.0级特大地震，家住绵竹的廖智被沉重的水泥牢牢地压住双腿。廖智对婆婆和女儿说："我给你们唱歌吧。"她一遍一遍轻轻地哼唱，却再也听不到婆婆和女儿的笑声，倒在她身边的十个月大的女儿以及她的婆婆双双离开人世。

26个小时后，在武警官兵和亲人的努力下，廖智获救了。清醒后的她并没有抱怨，她说："我是多么幸运，因为在不断的余震中，我头上那块楼板在一点一点下滑中已经掉下来许多，几乎要贴着我的头皮了，但是在它砸碎我的脑袋之前，我获救了！现在，我已经不再激动万分，因为我已经在内心对老天说了一万次谢谢。"廖智接受了双腿截肢手术。当时医生问她："你知道什么叫做截肢手术吗？"她说："知道啊，就是把腿锯掉。"医生说："你能做主吗？"她说："当然，我已经23岁了。"后来，由于余震不断，她曾在医院同医护人员开玩笑："我没法挪动了！要是再有余震，你们别忘了把我和床一起推出去啊！"

地震破坏了廖智的双腿和家园，却没有破灭她的梦想——站起来，让生命舞动起来，她是为舞蹈而存在的。手术后的廖智依然很乐观，她每一天都面带笑容。在大坪医院收治地震伤员的病房楼里，乐观的廖智鼓舞着病友，用笑容传递着面对未来的信念和力量。她自己每天忍受巨大痛苦，坚持锻炼，这种乐观阳光的精神感染了周围所有的医生和伤员。

功夫不负有心人，两个月后的廖智居然戴上假肢重返舞台，参加了在重庆举行的一场义演，跳了精彩的双人舞，大家都没看出她是一个残疾人。舞到最后，她毅然脱下假肢，全场观众起立鼓掌，很多人热泪盈眶。廖智表示：乐观，是一种力量，这种力量可以让人直面任何灾难，并在灾难中选择从容，选择坚强。

## 【人生箴言】

乐观者对生命永远怀有希望，他们能够创造光明，轻松跨越难关，即使面对生命的重挫也能找出应变方式，而不是坐以待毙。只有时时保持乐观、向上的人生态度，才能轻松跨越难关。

# 选择微笑

积极的人像太阳，走到哪里哪里亮，消极的人像月亮，初一十五不一样。

——佚名

那时辛蒂还在念医科大学，一次她到山上散步，带回一些蚜虫。她拿起杀虫剂为蚜虫去除化学污染，没想到身体突然一阵痉挛，刚开始辛蒂并没有在意，以为那只是暂时性的症状，不曾想到自己的后半生从此变为一场噩梦。

后来检查发现，辛蒂的免疫系统遭到这种杀虫剂内所含的某种化学物质的破坏，从那之后她对香水、洗发水以及日常生活中接触的一切化学物质一律过敏，连空气也可能使她的支气管发炎。这种病被称为"多重化学物质过敏症"，是一种奇怪的慢性病。

患病后，辛蒂一直流口水，尿液变成绿色，连汗水都有毒，背部因为汗水的侵蚀形成了一块块疤痕。她甚至不能睡在经过防火处理的床垫上，否则就会引发心悸和四肢抽搐——辛蒂所承受的痛苦是令人难以想象的。

为了缓解辛蒂的痛苦，她的丈夫吉姆用钢和玻璃为她在美国艾奥瓦州的一座山丘上，盖了一所无毒房间，一个足以逃避所有威胁的"世外桃源"。辛蒂需要依靠人工灌注的氧气生存，并只能通过传真与外界联络。辛蒂只能吃喝那些不含任何化学成分的食品，所有东西都必须经过处理，平时只能喝蒸馏水。

不能出去，辛蒂无法享受正常人所享受的一切。她饱尝孤独之苦，更可怕的是，无论怎样难受，她都不能哭泣，因为她的眼泪跟汗液一样也是有毒的物质。

但辛蒂是坚强的，她并没有在痛苦中自暴自弃，她一直在为自己，同时更为所有化学污染物的牺牲者争取权益。为了给那些致力于此类病症研究的人士提供一个窗口，辛蒂生病后的第二年就创立了"环境接触研究网"。后来辛蒂又与另一组织合作，创建了"化学物质伤害资讯网"，保证人们免受威胁。

其实，辛蒂也曾悲伤、痛不欲生过，但随着时间的推移，她渐渐改变了生活的态度，她说："在这寂静的世界里，我感到很充实。因为我不能流泪，所以我选择了微笑。"

### 【人生箴言】

只有心里有阳光的人，才能感受到现实的阳光，如果连自己都常苦着脸，那生活如何美好？生活始终是一面镜子，照到的是我们的影像，当我们哭泣时，生活在哭泣，当我们微笑时，生活也在微笑。

# 乐观的吉米

世界如一面镜子：皱眉视之，它也皱眉看你；笑着对它，它也笑着看你。

——塞缪尔

生性开朗乐观的吉米，终于实现了自己翱翔蓝天的愿望——当上了飞行员。他十分高兴，逢人便讲。一天，他遇到了一个朋友，便告诉他："前几天，我在大草原的上空练习飞行，当时的景色真是美丽极了。飞在天上的时候，我发现什么烦恼都没有了。"

"那会不会有危险？"朋友担心地说。

"飞行当然有一定的危险，不过飞机上安全设备很齐全，通常情况下，没事的。"

"可是，万一那些安全设施失灵了怎么办？"

"不会那么巧。就算安全设施失灵了，还有应急措施呢。即使一切都失灵了，还可以跳伞自救。"

"跳伞也有很大的危险啊。万一跳伞失败，可就是以性命为代价啊。你能保证你跳的每一次都一定有把握？"

吉米觉得这个朋友也太多虑了，就开玩笑地说："草原上多的是干草垛，就算跳伞失败了，我也会想办法落到干草垛上去的。"

"怎么能够正好落上去呢？即使你能落在上面，但万一草垛上碰巧插了一把粪叉，那可危险了。"

"草垛那么大，我也不一定就正好落到粪叉上啊。"

"要万一落到上面呢，那时候可真的会没命的。"

"就是有万一，这所有的不幸也不会都让我摊上吧！"飞行员耸耸肩。

【人生箴言】

人生会遇到许多难以预料的事，在这些事物面前，我们应当乐观对待，多往好的一面想并为此而努力。

# 在绝境中看到希望

乐观主义者从每一个灾难中看到机遇，而悲观主义都从每一个机遇中看到灾难。

——佚名

她原在一家商店做营业员，爱人是公交车司机，他们有一个女儿，生活很幸福。但后来她下岗了，为了生活，她出去给人打工，在饭店端盘子，在商场给人卖衣服……总之吃尽了苦头。一年之后，更大的灾难降临了，她的爱人得了不治之症。知道了自己的病情，爱人对她说："咱这病，治也没用，就不治了，我走了后，你要自己扶养孩子，所以别花钱了……"但她不同意，她说哪怕有一线希望也得救你啊，钱算什么啊，钱花完了还能赚，可生命只有一次啊！为了给爱人治病，她借遍了亲朋故旧，终于给爱人做了手术。

可是，手术后两个星期，她爱人还是走了，留给她的，是16万元的外债。她欲哭无泪，真想跟着爱人一起走算了，但一想到孩子，想到那么多的债务，她就打消了这个念头，她决定努力赚钱，把孩子养大，把所有的欠款都还上。她知道给人打工永远也不可能翻身，她打算做生意，但没有大本钱，只能先到早晚市摆小摊。风里来雨里去的，经过一年的努力，她手头有了一些钱，她用这些钱租了个小铺面，卖起了日杂。又经过一年的经营，她的生意打开了局面，于是又租了一个大铺面，开了家大的日杂商店。4年过去了，她已经赚了100多万，不但还清了欠款，而且还在市中心买了一套100多平方米的楼房。

有人问她，当初你面临的是绝境，一般人早就挺不住了，你却没有倒下，反而还创造了奇迹，是什么原因呢？她想了想说，是因为我能在绝境中看到希望！

## 【人生箴言】

人类最可贵的财富是希望。希望减轻了我们的苦恼，希望总为人描绘出充满乐趣的远景，无论处境多么艰难，惟有重新燃起希望的火苗，让自己有足够的勇气与信念活下去，才会成就人生的辉煌。

# 总统家失窃

当生活像一首歌那样轻快流畅时，笑颜常开乃易事；而在一切事都不妙时仍能微笑的人，是真正的乐观。

——佚名

曾任美国第32届总统的富兰克林·罗斯福家中失窃，损失惨重。

朋友写信安慰他，罗斯福回信说：

"亲爱的朋友，谢谢你的安慰，我现在一切都好，也依然幸福。感谢上帝。

因为：第一，贼偷去的是我的东西，而没有伤害我的生命；第二，贼只偷去我部分东西，而不是全部；第三，最值得庆幸的是，做贼的是他，而不是我。"

## 【人生箴言】

乐观是一种心态、一种情绪，更是一种智慧。当你有了乐观的心态，就能以幽默的眼光看待不愉快的事情，以轻轻一笑缓释痛苦，甚至以不幸中的万幸聊以自慰；当你有了乐观的心态，就能在困难中看到光明，在逆境中找到出路，心中总是阳光明媚。只要你能乐观，就能轻松自在地享受人生的美妙。

# 第三章
## 积极进取的心态：
## 怀有积极心态，努力拼搏

# 停止抱怨，改变心态

少指责，少抱怨，少后悔，就能成功。

——于丹

有一个小药店的店主，一直想找一个能干一番大事业的机会。每天早晨他一起来，就希望自己今天能够得到一个好机会。然而，好长时间过去了，他认为的机会并没有出现。对此，他抱怨不已，他认为自己有干大事业的本事，却没有干大事业的机会。生活中的大部分时间他并不是去研究市场，而是经常在花园里去做所谓的"散心"，而他经营的小药店也为此门庭冷落了。

后来，这个药店的店主战胜了自己这种消极的态度。那么，他是怎么做的呢？他的办法其实很简单：就是无论什么人，不管他们的地位是高还是低，自己都主动地去和他们接触。

有一天，他这样问自己："我为什么一定要把自己的希望、自己未来的奋斗目标寄托在那些自己一无所知的行业上呢？为什么不能在自己现在相对熟悉的医药行业干出一番大事业来呢？"

于是，他下定决心摆脱自己以前的那种怨天尤人的心态，从自己的药店做起，他把自己的这一事业当作一种极为有兴趣的游戏，以此来促进他生意的发展。他让自己用那种发自内心的热情告诉别人，他是如何尽量提高服务质量使顾客满意，以及他对药店这一行业有多么大的兴趣。

"如果附近的顾客打电话来买东西，我就会一面接电话，一面举手向店里的伙计示意，并大声地回答说好的，赫士博克夫人，二十片安眠药，一瓶三两的樟脑油，还要别的吗？"

"赫士博克夫人，今天天气很好，不是吗？还有……"我尽量想些别的话题，以便能和她继续谈下去。

"在我和赫士博克夫人通电话的同时,我指挥着伙计们,让他们把顾客所需要的东西以最快的速度找出来。而这时负责送货的人,脸上带着笑容,正忙着穿外衣。在赫士博克夫人说完她所要的东西之后不到一分钟,送货的人已带着她所需要的东西上路了。而我则仍旧和她在电话中闲谈着,直到等她说,呵,瓦格林先生,请先等一等,我家的门铃响了。

"不一会儿,她会在电话中说喂,瓦格林先生,刚才敲门的就是你们的店员,他给我送东西来了!我真不知道你怎么会这么快,实在是太不可思议了。我打电话给你还不过半分钟!我今天晚上一定要把这事告诉赫士博克先生。

"因为我这里有优质的服务,过了不久,几条街以外的居民也都舍近求远地跑到我们店里来买药了。以至于后来城里好多别的药店老板都跑到我这儿来取经,他们不明白,为什么偏偏我的生意会做得这样好?"

这便是查尔斯·瓦格林成功的方法,也正是这一方法,使得他的小药店生意兴隆,其分店几乎在全美遍地开花,以前所未有的速度迅速地占领了美国医药业的零售市场。在当时的美国医药零售业中,他的公司拥有的分店数量及其规模占全国第二,并且他的事业还在继续健康地发展下去。

### 【人生箴言】

一味地抱怨不但于事无补,有时还会把事情变得更糟。所以,不管现实怎样,我们都不应该抱怨,而要保持积极的心态,靠自己的努力来改变现状。

生活中,有些孩子总是不停抱怨:父母管的太严;老师不近人情;同学总是找麻烦;作业太多……诸如此类的抱怨是不少孩子的生活写照,他们整天处在一个消极的生活态度中,一种不公平感使他们的心中充满了不满、抱怨,甚至愤怒。如果你总是抱怨自己的命运,把自己的不幸归咎于他人,这样只会影响到自己的学习和生活。所以,与其抱怨,不如改变自己的心态,努力学习,用自己的行动点燃人生的蜡烛,照亮通往成功的旅途。只有不抱怨,才能够更快乐地生活和学习,才能够取得优异的成绩,才能够让你自己更受益!

# 《读者文摘》的问世

*一个明智的人总是抓住机遇，把它变成美好的未来。*

*——托·富勒*

1896年6月2日，世界上第一台电报机诞生了。电报的诞生，给世界信息业带来了一场日新月异的革命。到1921年6月2日，当电报诞生短短25周年的时候，《纽约时报》对这一历史性的发明发表了一个总结性的消息，告诉世人：因为电报的诞生，人们每年接受的信息量是25年前的50倍。

看到这一消息后，当时有至少50个机敏的美国人对此产生了浓厚的兴趣，他们立刻想到创办一份综合性的文摘杂志，遍选精华，使人们能在千头万绪、林林总总的信息中，更加容易和直接地看到自己迫切需要知道的信息。这50个人，差不多都是美国的商界精英和政界头面人物，他们之中有百万富翁、有出版商、有记者、律师、作家，甚至还有一位忙碌的国会议员。他们都同时从电报诞生25周年这个消息上得到启迪，不约而同地相信，如果创办一份文摘性刊物，一定会拥有很多的读者，创办者百分之百可以从中赚到一笔巨额的可观利润。在不到一个月的时间里，他们都到银行存了500美元的法定资本金，并顺利办理了创办刊物的执照。当他们拿着执照到邮政部门申请办理有关发行手续时，邮政部门却一概拒绝了。邮政部门说："从来还没有代理过这类刊物的征订和发行业务，如果同意代理，现在也不到时机，最快也要等到明年中期的总统大选以后。"

许多人得到这种答复后，就决定按照邮政部门说的那样，等到明年中后期。甚至有几个精明人为了免交执业税，马上向管理部门递交了暂缓执业的申请。但只有一个年轻人没有停下来去等待，他立即回到家里，买来纸张、剪刀和浆糊，和他的家人马上糊了2000个信封，装上了一张张的征订单，然后把信送到邮局全部寄了出去。

很快，一本全新的文摘性杂志《读者文摘》就送到了许多读者的手里，并且发行量直线上升，雪片似的订单从四面八方纷纷飞向了杂志社。第二年中期，当邮政部门终于答应代理发行征订手续时，《读者文摘》通过直接邮购早就在市场上稳稳站住了脚跟了。那些当初也曾梦想过办这样一份文摘性杂志的人现在手捧着《读者文摘》，个个追悔莫及，如果自己不是坐等时机，他们也足以办起这样一本风靡全美的畅销杂志的，但恰恰是因为等待，他们丢失了这一个千载难逢的珍贵机遇。

而没有等待的年轻人叫德威特·华莱士，他抓住机遇，出手就创造了世界出版史上的一个奇迹，他创办的这份《读者文摘》出手不凡而且经久不衰，到2002年6月，《读者文摘》已拥有了19种文字，48个版本，发行范围遍布全球五大洲127个国家和地区，订户一亿多人，年收入达五亿美元之多。

## 【人生箴言】

机会不是等来的，在很多时候还得靠自己去发现，去挖掘，甚至还得靠自己去创造，并且创造机会比等待机会更为重要。因为现成的机会毕竟不多，等待机会显得过于被动，而创造机会却能充分发挥自己的主观能动性，把握甚至改变事情的发展趋势。

# 厄运总会过去

心态若改变，态度跟着改变；态度改变，习惯跟着改变；习惯改变，性格跟着改变；性格改变，人生就跟着改变。

——马斯洛

爱德华·埃文斯先生从小出生在一个贫苦的家庭，起初只能靠卖报来维持生计，后来在一家杂货店当营业员，家里好几口人都靠他的微薄工资来度日。后来他又谋得一个助理图书馆管理员的职位，依然是很少的薪水，但他必须干下去，毕竟做生意实在是太冒险了。8年之后，他借了50美元开始了他自己的事业，结果一帆风顺地发展成了颇具规模的事业，年收入两万美元以上。

然而，可怕的厄运在突然间降临了。他替朋友担保了一张面额很大的支票，而朋友却破产了。祸不单行，那家存着他全部积蓄的大银行也破产了。他不但血本无归，而且还欠了一万多元的债，在如此沉重的双重打击下，埃文斯终于倒下了。他吃不下东西，睡不好觉，而且生起了莫名其妙的怪病，整天就处于一种极度的担忧之中，大脑一片空白。有一天，埃文斯在走路的时候，突然昏倒在路边，以后就再也不能走路了。家里人让他躺在床上，接着他全身开始腐烂，伤口一直往骨头里面渗了进去，甚至连躺在床上也觉得难受。医生只是淡淡地告诉他：只有两个星期的生命。

得到这样的"判决"，埃文斯索性把全部都放弃了，他静静地写好遗嘱，躺在床上等死。人也彻底放松下来，闭目休息。

命运在这个时候又向埃文斯开起了玩笑。一切似乎都好起来了，他睡得像个小孩子那样踏实，一切困难也似乎正在悄悄结束，自己也不再进行无谓的忧虑了，胃口也开始好起来了，最终，他废弃了那个遗嘱。

几星期后，埃文斯已能支着拐杖走路，六个星期后，他又能回去工作了。只不过以前一年赚两万元，现在是一周赚30元，但他已经感到万分高兴了。

他的新工作是推销一种挡板，他早已忘却了忧虑，不再为过去的事而悔恨，也不再害怕将来。他把他所有的时间，所有的精力，所有的热诚都用来推销挡板。日子又红火起来了，一切进展顺利。不过几年而已，他已是埃文斯工业公司的董事长。如果你坐飞机去格陵兰，很可能降在埃文斯机场，这是专门为纪念他而建立的飞机场。

### 【人生箴言】

在人生的道路上，我们会遇到的种种困难，这仿佛都是上帝安排好的，但我们无须抱怨，因为上帝在关上一扇门的时候，往往同时打开一扇窗。所以，我们只有经过不断地努力，才能找到新的出口。

# 没有什么不可能

为什么世界上95％的人都不成功，而只有5％的人成功？因为在95％人的脑海里，只有三个字"不可能"。

——林语堂

神圣的殿堂上，一位年近六旬的美国教授站在台上，正热情地讲述着自己的故事。这是一个曾经因为一场意外做过36次手术，最终还是失去双臂的励志故事。因为有共鸣，台下的人们几度潸然泪下。他的一句"没有什么不可能"，更让人们铭记于心。

他说，当他被送往医院抢救时，医生说此人已不可能救活了，并通知他的家人来办理后事，不过他还是靠着自己的意识从死神手中拉回了自己的生命。一次次的手术让他忍受痛苦，他有几次几乎要放弃自己的生命，但他不甘心生命就这样被夺走，最终他战胜自己了，战胜了死神，让自己的生命有了延续。

尽管他捡回了一条命，但是却失去了双臂，医生给他装了机械手，他变得像个机械人一样。他开始有些自卑，不敢交朋友，因为别人要跟他握手时，都用诧异的眼神看着他。他跟他的家人说，他不可能交到朋友了。不过他的家人却跟他说，你要主动伸出手。他说到这时，从台上走下，站到一位男士面前，伸出了他的左手，男士连忙伸出了自己的手握住了他。在松开手时，他投给男士一个友善的微笑，并说谢谢。台下响起了热烈的鼓掌声。

他说："就是这样，当你主动、热情地对待别人时，别人也会热心地回应你，不会因为你的特别而嘲笑你。这是一种信心，一种信念。信念是最重要的，有信念就有克服困难的决心和勇气，也只有这样，才能让一切不可能变成可能。"

这位老人讲述自己到了已婚的年龄时，看着朋友出双入对，此时的他也渴望有爱情，但他却觉得丘比特之箭不可能射向他。在他失望之时，却未曾想到，爱神却眷顾了他，送来了一位美丽的妻子。他的妻子站起来向观众示意时，得到了全场的掌声。他说，没有什么不可能，所以绝不要轻言放弃。

## 【人生箴言】

没有什么不可能！只要你不自我设限，就不会再有任何限制；突破自我设限，任何事情都不能阻止你。在积极者的眼中，永远没有"不可能"，取而代之的是"不，可能"。积极者用他们的意志，他们的行动，证明了"不，可能"的"可能性"。

# 山不过来，我过去

只有把抱怨环境的心情，化为上进的力量，才是成功的保证。

——罗曼·罗兰

哈佛大学里有一位著名的经济学教授，凡是他教过的学生，很少有顺利拿到学分毕业的。原因出在，这位教授平时不苟言笑，教学古板，分派作业既多且难，学生们不是选择逃学，就是打混摸鱼，宁可拿不到学分，也不愿多听教授讲一句。但这位教授可是美国首屈一指的经济学专家，国内几位有名的财经人才，都是他的得意门生。谁若是想在经济学这个领域内闯出一点儿名堂，首先得过了他这一关才行！

一天，教授身边紧跟着一名学生，二人有说有笑，惊煞了旁人。后来，就有人问那名学生说："为什么天天围着那古板的老教授转？"那名学生回答："你们听过穆罕默德唤山的故事吗？穆罕默德向群众宣称，他可以叫山移至他的面前来，等呼唤了三次之后，山仍然屹立不动，丝毫没有向他靠近半寸；然后，穆罕默德又说，山既然不过来，那我自己走过去好了！教授就好比是那座山，而我就好比是穆罕默德，既然教授不能顺从我想要的学习方式，只好我去适应教授的授课理念。反正，我的目的是学好经济学，是要入宝山取宝，宝山不过来，我当然是自己过去喽！"

后来，这名学生果然出类拔萃，毕业后没几年，就成为金融界了不起的人物，而他的同学，都还停留在原地"唤山"呢！

### 【人生箴言】

人不可能一直生活在自己意愿的环境中，当生存的环境变得越来越艰难时，我们要懂得改变自己去适应它。如果环境不利于我们，我们还要强行让外界适应我们的话，就可能会花费巨大的代价，而且还不一定能取得成功。所以说，与其试图让改变环境适应自己，不如改变自己去适应环境。

# 出租车司机的改变

改变态度，或许就是改变生活，改变人生。

——佚名

有一天，拿破仑·希尔刚走出办公室，拦了一辆出租车。一上车便感觉到司机是个很快活的人。他吹着口哨，一会儿是电影《窈窕淑女》中的插曲，一会儿是美国国歌。看他乐不可支的样子，希尔便搭腔说："看来你今天心情不错！"

"当然喽！为何要心情不好？我最近悟出了一个道理，情绪暴躁和消沉都没好处，因为事情随时都会发生转机。"接着，司机便讲了一个自己的故事。

"那天一早，我开车出去，想趁上班高峰期多赚点钱，可是事与愿违。那天天真冷，好像用手一摸铁皮，马上就会被粘住似的，车开出没多久，车胎便爆了。我也快气炸了！我拿出工具来，边换轮胎，边嘟囔着。可是天气太冷，只要工作一会儿，便得动动身子，暖暖手指头。就在这时，一辆卡车停了下来，司机从车上跳下来。使我更惊讶的是，卡车司机居然开始动手帮忙。轮胎修好之后，我一再道谢，但是卡车司机挥挥手，不以为然地跳上车走了。"

司机接着说："因为这件事，我整天心情都很好。看来事情总是有好有坏，人不会永远倒霉的。起初因为轮胎爆了我很生气，后来因为卡车司机帮忙心情就变好了。连好运似乎也跟着来了。那天早上忙得不得了，客人一个接着一个，所以口袋里进的钱也多了。塞翁失马，焉知非福。不要因为事情不如意就心烦，事情随时会有转机的，只要能用正确态度对待，好运将会陪伴着你。"

从此以后，那位司机再也不会有人生中的不如意来困扰他了。他将一生信奉这种理论，认为世事随时会有转变，都可能否极泰来，这就是真正的积极心态。

## 【人生箴言】

改变态度就会改变生活。我们怎样对待生活，生活就怎样对待我们。积极的态度能充分调动出心灵潜藏的能量和智慧，使我们的事业、健康和婚姻等都达到一种完美的境地，而消极的态度则阻碍了心灵能量和智慧的发挥，使我们的生活航船迷失方向，人生变得暗淡无光。所以说，态度决定成败，态度决定一切。

# 永远都要坐在最前排

> 新的时势赋人以新的义务，时间使古董变得鄙俗，谁想不落伍，谁
> 就得不断进取。
>
> ——詹·拉·洛威尔

20世纪30年代，英国一个不出名的小镇里，有一个叫玛格丽特的小姑娘，自小就受到严格的家庭教育。父亲经常对她说："孩子，永远都要坐在前排。"父亲极力向她灌输这样的观点：无论做什么事情都要力争一流，永远走在别人前头，而不能落后于人，"即使是坐公共汽车，你也要永远坐在前排。"父亲从来不允许她说"我不能"或者"太难了"之类的话。

对年幼的孩子来说，他的要求可能太高了，但他的教育在以后的年代里被证明是非常宝贵的。正是因为从小就受到父亲的"残酷"教育，才培养了玛格丽特积极向上的决心和信心。在以后的学习、生活和工作中，她时时牢记父亲的教导，总是抱着一往无前的精神和必胜的信念，尽自己最大的努力克服一切困难，做好每一件事情，事事必争一流，以自己的行动实践着"永远坐在前排"。

玛格丽特在学校里永远是最勤奋的学生，是学生中的佼佼者之一。她以出类拔萃的成绩顺利地升入当时像她那样出身的学生绝少进入的文法中学。

在玛格丽特满17岁的时候，她开始明确了自己的人生追求——从政。然而，那个时候，进入英国政坛要有一定的党派背景。她出生于保守党派氛围的家庭，要想从政，还必须要有正式的保守党关系，而当时的牛津大学就是保守党员最大俱乐部的所在地。由于她从小受化学老师影响很大，同时又想到大学学习化学专业的女孩子比其他任何学科都少得多，如果选择其他的某个文科专业，竞争就会

很激烈。

于是，一天，她终于勇敢地走进校长吉利斯小姐的办公室说："校长，我想现在就去考牛津大学的萨默维尔学院。"

女校长难以置信，说："什么？你是不是欠缺考虑？你现在连一节课的拉丁语都没学过，怎么去考牛津？"

"拉丁语我可以学习掌握！"

"你才17岁，而且你还差一年才能毕业，你必须毕业后再考虑这件事。"

"我可以申请跳级！"

"绝对不可能，而且，我也不会同意。"

"你在阻挠我实现理想！"玛格丽特头也不回地冲出校长办公室。

回家后她取得了父亲的支持，就开始了艰苦的复习、学习备考工作。在她提前几个月得到了高年级学校的合格证书后，就参加了大学考试，并如愿以偿地收到了牛津大学萨默维尔学院的入学通知书。于是，玛格丽特离开家乡到牛津大学去了。

上大学时，学校要求学5年的拉丁文课程。她凭着自己顽强的毅力和拼搏精神，在1年内全部学完了，并取得了相当优异的考试成绩。其实，玛格丽特不光是学业上出类拔萃，在体育、音乐、演讲及学校活动方面也颇赋才能。所以，她所在学校的校长也这样评价她说："她无疑是我们建校以来最优秀的学生，她总是雄心勃勃，每件事情都做得很出色。"

40多年以后，这个当年对人生理想孜孜以求的姑娘终于得偿所愿，成为英国乃至整个欧洲政坛上一颗耀眼的明星。她就是连续4年当选保守党党魁，并于1979年成为英国第一位女首相，雄踞政坛长达11年之久，被世界政坛誉为"铁娘子"的玛格丽特·撒切尔夫人。

## 【人生箴言】

"永远都要坐前排"是一种积极进取的表现，它能激发你一往无前的勇气和争一流的精神。有了这种精神，就能在生活和事业上不断给自己提出新的目标，并为实现目标而不断努力。

# 蜘蛛的启示

一个人必须把他的全部力量用于努力改善自身，而不能把他的力量浪费在任何别的事情上。

——列夫·托尔斯泰

中古时期，苏格兰国王罗伯特·布鲁斯，曾前后10多年领导他的人民，抵抗英国的侵略。但因为实力相差悬殊，6次都以失败告终。一个雨天，战败后的他悲伤、疲乏地躺在一个农家的草棚里，几乎没有信心再战斗下去了。正在这时候，他看到草棚的角落里，有一只蜘蛛在艰难地织网，它准备将丝从一端拉向另一端，6次都没有成功。然而这只蜘蛛并没有灰心，又拉了第7次，这次它终于成功了。布鲁斯受到了极大的启发，"我要再试一次！我一定要取得胜利！"他以此激励自己，重新拾起自信心，以更高涨的热情领导他的人民进行战斗。这次，他终于成功地将侵略者赶出了苏格兰。

苏格兰国王从一只小小的蜘蛛身上，看到再度奋起的勇气，并以同样的方式激励自己，在再试一次中实现了自己的理想。

## 【人生箴言】

自我激励是一种精神动力，人的一切行为都是受到激励而产生的，通过不断地自我激励，就会使你有一股内在的动力，朝向所期望目标前进，最终达到成功的顶峰。

自我激励是成功的先决条件。人生的旅途就像马拉松赛跑，一路上虽然有人为我们喝彩、鼓掌、加油，但这些都只是外在因素，真正的力量，来自自我，来自内心。所以，在面对逆境时，我们要学会自我激励，以积极的心态去应对。

# 热情的杂志推销员

有了一些小成绩就不求上进，这完全不符合我的性格。攀登上一个阶梯，这固然很好，只要还有力气，那就意味着必须再继续前进一步。

——安徒生

有一位杂志推销员去拜访现代成功学大师和励志书籍作家拿破仑·希尔。一进门，这位推销员首先注意到了拿破仑·希尔的书桌，他发现希尔桌子上摆放着几本杂志，然后他又看到了希尔的书架，之后他惊呼道："天呐，你的办公室有这么多书，我看得出来，你是一个十分喜爱读书的人。"

拿破仑·希尔虽然对推销员抱有成见，但是听到他讲自己感兴趣的事，不由自主地放下了手中的文稿。但是当他看到这个推销员不请自来地进了自己的书房时，又改变了主意，对他说："我很忙，不希望受到你的打扰。你还是赶紧离开吧，我是不会听你在这胡说的。"

这位推销员不是傻子，他很敏感地注意到了对方的变化，拿破仑·希尔的冷淡让他迟疑了一下，但是很快他又来了精神，因为当时他正抱着一大堆杂志，他必须推销出这些杂志才能拿到足够的佣金，因此他并没有离开。

他不慌不忙地走到书架前，取出一本爱默生文集。之后他开始用他不竭的热情不停地谈论爱默生的那篇《论报酬》的文章。他说得津津有味，不知不觉中，拿破仑·希尔已经被动地接受了很多他的有关爱默生作品的新观念。

10多分钟过去了，拿破仑·希尔解除了对他的冷淡，开始放下手中的文稿认真地听他说话。最后，他把自己的杂志摊开来，一一向希尔分析了这些杂志，并进一步说明拿破仑·希尔为什么应该订这些杂志。等到他要离开的时候，他已经和拿破仑·希尔签下了一张订单。

从这位推销员的事例中我们不难发现，这个推销员的确有其高超的推销手段，但是使他的这些推销手段得以施展的却是他的热情。因为他积极地对待自己的工作，所以即使遇到了冷落和排斥，他也没有因此而打退堂鼓，相反采取了一种积极的态度来进行接下来的推销，最终取得了成功。

【人生箴言】

热忱是行动的信仰，有了这种信仰，人们就会产生激情，无论做任何事都会战无不胜，攻无不克。一个人如果没有热情，不论他有什么能力，都很难发挥出来，也不可能会成功。成功是与热情紧紧联系在一起的，要想成功，就要让自己永远沐浴在热情的光影里。

# 激发你的潜能

艰难的环境一般不会使人沉没下去的，但是，具有坚强意志，积极进取精神的人，却可以发挥作用。环境越是困难，精神越能发奋努力，困难被克服了，就会有出色的成就。这就是所谓"艰难玉成"。

第三章　积极进取的心态：怀有积极心态，努力拼搏

——郭沫若

有一位大学毕业生，应聘做了保险公司的推销员。刚开始，他还雄心勃勃，梦想着做一个最杰出的保险推销员。可是，干了几个月以后，他就对自己的能力发生了怀疑。有时候，大半个月他也不能谈成一个保户。他因此而陷入了苦恼：难道我真的不是干保险的材料吗？我真的连这点儿能力都没有吗？正当他打算打退堂鼓的时候，他看到了这样一句话："每个人都具有超出自己想象两倍的能力。"他决定试一试，看看这句话是否真的有道理。

他开始重新思考自己以往的工作态度及工作状况。他惊讶地发现，过去的工作并不是非常令自己满意，过去常常因为萎缩倦怠而白白浪费了许多机会，有的时候遇到大的保户，由于自己的胆怯没有及时抓住。他重新给自己订立了目标：增加每天的访问次数，绝不因各种理由而拖延访问；要多与顾客面谈，减少电话访问形式；对于有些客户要穷追不舍；访问有可能成为大保户的公司老板，不许怯弱和退却。

后来的结果如何呢？经过一段时间的努力工作，这位大学生惊讶地发现：自己的能力远远超出过去，每个月的保单比以前足足多了5倍。

### 【人生箴言】

任何成功者都不是天生的，成功的根本原因是开发了人的无穷无尽的潜能。潜能一旦得到发挥，就好像挖到一个永不干涸的水源，取之不尽，用之不完。

# 传奇的篮球教练

积极乐观的心态能够帮助我们获取想要的健康、幸福和财富。

——佚名

在美国颇负盛名、人称传奇教练的伍登，在全美12年的篮球年赛中，替加州大学洛杉矶分校赢得10次全国总冠军。如此辉煌的成绩，使伍登成为大家公认的有史以来的最称职的篮球教练之一。

曾有记者问他："伍登教练，请问你如何保持这种积极心态？"

伍登很愉快地回答："每天我在睡觉以前，都会提起精神告诉自己：我今天的表现非常好，而且明天的表现会更好。"

"就只有这么简短的一句话吗？"记者有些不敢相信。

伍登坚定地回答："简短的一句话？这句话我可是坚持了20年！重点和简短与否没有关系，关键是在于你有没有持续去做，如果无法持之以恒，就算是长篇大论也没有帮助。"

伍登的积极超乎常人，不单是对篮球的执著，对于其他的生活细节也保持这种精神。例如有一次他与朋友开车到市中心，面对拥挤的车潮，朋友感到不满，继而频频抱怨，但伍登欣喜地说："这真是个热闹的城市。"

朋友好奇地问："为什么你的想法总是异于常人？"

伍登回答说："一点都不奇怪，我是用心里所想的事情来看待，不管是悲是喜，我的生活中永远都充满机会，这些机会的出现不会因为我的悲或喜而改变，只要不断让自己保持积极心态，我就可以掌握机会，激发更多的潜在力量。"

### 【人生箴言】

人生是好是坏，不由命运来决定，而是由心态来决定，我们可以用积极心态看事情，也可以用消极心态。但积极的心态激发潜能，消极的心态抑制潜能。只要你抱着积极的心态去开发潜能，你就会有用不完的能量，你的能力就会越用越强。反之，就只有怨天尤人，叹息命运的不公，变得越来越消极无为。

# 保险界的传奇人物

上进心是人的惟一标志，不是上帝的，也不是动物的。

——勃朗宁

班·费德雯是保险销售史上的一位传奇人物。

1912年，他出生于美国；

1942年，他加入纽约人寿保险公司；

1955年，还没有人敢去想，一名寿险业务员的年度业绩可以超过1000万美元；

1956年，他打破了寿险史上的记录，年度业绩超过1000万美元；

1959年，2000万美元的年度业绩还被认为是遥不可及的梦；

1960年，他把梦想变成了现实；

1966年，他的寿险销售额冲破了5000万美元的大关；

1969年，他缔造了1亿美元的年度业绩，至此之后这种情况更是屡见不鲜；

1984年，他成为百万圆桌协会会员，此为保险业的最高荣誉。

在这个专业化导向的行业里，连续数年达到10万美元的业绩，便能成为众人追求的、卓越超群的百万圆桌协会会员。而费德雯却做到近50年平均每年销售额达到近300万美元的业绩；另外，他的单件保单销售曾做到2500万美元，一个年度的业绩超过1亿美元。他一生中售出数十亿美元的保单，比全美80%的保险公司销售总额还高。

放眼寿险史上，没有任何一位业务员能赶上他。而他的一切，仅是在他家方圆40里内，一个人口只有1.7万人的东利物浦小镇中创造出来的。

谈到这些常人难以取得的成功，费德雯认为："我的成功就在于对成功怀有强烈的进取心。对自己的生活方式与工作方式完全满意的人，已陷入常规。假如他们没有鞭策力，没有强烈进取之心，或使自己变成更好的人的愿望，那么他们便只能在原地踏步，原地踏步就等于退步。"

### 【人生箴言】

进取心是一个人成功最重要的原因之一。一个人学历不高没问题，起点不高也没问题，最重要的就是要有不停进取的精神。通往成功的路从来都不是平坦的，成功的大门也不是对任何人都开放的，只有拥有进取心的人才能一路披荆斩棘、过关斩将，才能信心满满地叩开成功的大门。

# 摩拉里的冠军梦

身处逆境仍然能正面、积极地看待问题，面对生活，这就是幸福生活的内涵。

——佚名

世界冠军摩拉里就是一个具有积极心态的人。早在少不更事、守着电视看奥运竞赛的年纪，他的心中就充满了梦想，梦想着即将到来的成功。1984年，一个机会出现了。他在自己擅长的游泳项目中，成为全世界最优秀的游泳者，但在洛杉矶奥运会上，他却只拿了亚军，冠军的梦想并没有实现。

摩拉里重新回到梦想中，回到游泳池里，又开始投入到实际的训练中。这一次目标是1988年韩国汉城奥运金牌。没成想，他的梦想在奥运预选赛时就烟消云散，他竟然被淘汰了。

跟大多数人一样，摩拉里变得很沮丧。之后他便把这份梦想深埋心中，跑到康乃尔去念律师学校。有三年的时间，他很少游泳，可是心中始终有股烈焰，他无法抑制这份渴望。离1992年巴塞罗那奥运会比赛不到一年的时间了，摩拉里决定再孤注一掷一次。在这项属于年轻人的游泳赛中，他算是高龄，简直就像是拿着枪矛戳风车的现代唐·吉坷德，他想赢得百米蝶泳赛的想法简直遥不可及。

对摩拉里而言，这也是一段悲伤艰难的时刻，因为他的母亲因癌症而离世了，她将无法和他一起分享胜利的成果，可是追悼母亲的精神加强了他的决心和意志。

令人惊讶的是，摩拉里不仅成为美国代表队成员，还赢得了初赛。他的纪录比世界纪录慢了一秒多，在竞赛中他势必要创造一个奇迹。

加强想象，增加意象训练，不停地训练，他在心中仔细规划赛程。直到后来，不用一分钟，他就能将比赛从头到尾，像透撒水晶般仔细看过一遍。他的速度会占尽优势，他希望能超越自己的竞争者，一路领先。

预先想像了赛程，他就开始游了，而且最终他成功了。那一天，他真的站在领奖台上，看着星条旗冉冉上升，美国国歌响起，颈上挂着令人骄傲的金牌。凭着他的积极心态，摩拉里将梦想化为胜利，美梦成真。

**【人生箴言】**

积极的心态对一个人成功的影响是至关重的。如果你是一个能保持积极的心态，能掌握自己的思想，并引导它为自己的生活目标服务的人，你就能够获得成功。

# 寻找生命的阳光

几乎任何一种情况，无论是好是坏，都受到我们对待这种情况的态度的影响。

——塞内加尔

乔娜是个不同寻常的女孩。她的心情总是非常好，因为她对事物的看法总是积极乐观的。

当有人问她近况如何时，她就会回答："我当然快乐无比。"她是一个广告策划经理，也是一个很独特的经理。因为她换过几家公司，而每次离职的时候都会有几个下属跟着她跳槽。她天生就是个鼓舞者。如果哪个下属心情不好，乔娜会告诉他怎么去看事物的正面。

这种生活态度的确让人称奇。

一天，一个朋友追问乔娜说："一个人不可能总是看到事情的正面。这很难办到！你是怎么做到的？"

乔娜回答道："每天早上我一醒来就对自己说：'乔娜，你今天有两种选择，你可以选择心情愉快，也可以选择心情不好。'我选择心情愉快。然后我命令自己要快快乐乐地活着，于是，我真的做到了。每次有坏事发生时，我可以选择成为一个受害者，也可以选择从中学习一些东西。我选择从中学习。我选择了，我做到了。每次有人跑到我面前诉苦或抱怨，我可以选择接受他们的抱怨，也可以选择指出事情的正面。我选择后者。"

"是！对！可是并没有那么容易做到吧。"朋友立刻回应。"就是有那么容易，"乔娜答道，"人生就是选择。每一种处境面临一个选择。你选择如何面对各种处境，你选择别人的态度如何影响自己的情绪，你选择心情舒畅还是糟糕透顶。归根结底，你自己选择如何面对人生。"她说话的时候，眼光竟是那么轻松却意味深长，十分感染人。

乔娜曾被确诊患上了中期乳腺癌，需要尽快做手术。手术前期，她依然过着有规律的生活。她每天早上六点半就醒来，做做关节活动，上午收拾料理房间，中午照常喝着午茶——那种加奶的红茶，傍晚插插花，睡前认真写日志。所不同的就是，每天下午三点半的时候，她要接受医院规定的检查。对于来检查的医生，她总是微笑接待，让他们感到轻松无比，尽管检查的时候，她会感觉十分不舒服。

直到手术麻醉之前，乔娜仍然对主治医师说："摩尔，你答应过我，明天傍晚前用你拿手的比萨饼换我的插花！别忘了！上次的奶酪火腿配西芹的比萨，味道真好，让人难以忘怀！"直叫摩尔哭笑不得。手术果然进行得很顺利。两个月后的一天，朋友茜丽来探望她，她竟然马上忘记疼痛，要送茜丽一件自己刚刚做好的插花。她出院时，竟与科室一半的人都交上了朋友，包括那些病友。因为人们都被她的轻松和坚强所感染和征服。

半年之后，乔娜再提及此事时说："我一直心情很好！现在，想不想看看我的伤疤？愈合得不错，对吧？当时，我对自己说有两个选择：一是死一是活。我选择了活，而且是今后快乐地生活。于是，我要坚强地笑一笑，我要让摩尔放松下来，以稳健的心情给我做手术。我相信，我们会配合好，手术也会顺利，尽管成功率只有50%。显然，我很幸运！"

"我相信，为了好好活下来，我已经尽了全力了。"

乔娜之所以活了下来，一方面要感谢医术高明的医生，另一方面得感谢她那积极的生活态度。生活充满了选择，坚强的乔娜总是积极地选择生活的正面，所以她快乐。

## 【人生箴言】

人生充满了选择，而生活的态度就是一切。你积极向上，生活就会给你许多快乐；你消极悲观，生命便会暗淡。态度决定你是否快乐：你怎样对待生活，生活就怎样对待你。当你用积极的心态对待生活的时候，快乐就会像你的影子一样出现在你的身旁。

# 闯出自己的一片天

无愧于有理性的人的生活，必须永远在进取中度过。

——塞·约翰逊

齐瓦勃是美国著名的企业家。他出生在美国西部的一个乡村中，由于家庭经济条件有限，他只受过很短的学校教育，小学没有读完就辍学了。15岁那年，为了减轻家里的负担，他不得不去一个山村里做马夫的工作。不过，胸怀大志的齐瓦勃并没有放弃对人生的规划和梦想，他下决心一定要活出个样子来，创造出一片属于自己的天地。18岁那年，他来到了一家建筑公司做工人。

建筑工人每天都在和泥水石灰打交道，工作十分辛苦，而薪水和工作量又不能成正比。他的同事每天都会抱怨痛苦的生活、不好的环境，然而，齐瓦勃并没有和别人一样做无谓的抱怨，他下决心要做同事当中最优秀的人。因此，每天下班之后，他就避开闲聊的同事，躲在一个角落里看书，学习建筑知识。有一天，前来检查工作的经理看到了他手中的书和笔记本，暗自记住了这个勤奋好学的小伙子。第二天，经理把齐瓦勃叫到办公室，问他为什么要学那些和他身份不符的东西，齐瓦勃回答说："我们公司缺少的不是打工者，缺少的是那些既有工作经验，又有专业知识和技术的中层骨干，我也并不想一直在工地上消耗下去，所以就在下班的时候多学一点知识。"经理赞赏地对他竖起了大拇指。几天之后，他就被任命为了一个项目经理。

成为项目经理后的齐瓦勃并没有知足，而是朝着更大的方向努力。为了工作，他经常加班，很多同事感到不理解，就嘲笑和挖苦他。齐瓦勃说："如果你们认为我在为老板打工，只是为了钱而卖命，那就大错特错了。我现在要做的，是为自己打工。我不甘心现在的位子，我要为明天的理想和前途而奋斗。"正是因为有了这样的信念，几年的时间里齐瓦勃从项目经理做到了工程师，最后又做了这家建筑公司的总经理。

经过长期的经验积累和努力拼搏，在十年之后，他终于拥有了自己名下的公司，创造了非凡的业绩，完成了从一个建筑工人到成功人士的飞跃。

## 【人生箴言】

人生能有几回搏！拼搏才成其为人生，拼搏才有人生价值。一个人的生命是短暂的，但精神是无限的，要做到生命不息，奋斗不止，就要靠顽强拼搏的精神作为动力。要想为自己的人生之路增添色彩，做自己想做的，就要拼搏！

# 玉雕大师的教诲

聪明的人永远不会坐在那里为他们的过错而悲伤，却会很高兴地去找出办法来弥补过错。

——莎士比亚

一位年轻人跟一位玉雕大师学习雕玉的技艺，年轻人一学就是九年，师傅把雕玉的步骤、技巧都一一传授于他。无论是选玉的视角、开玉的刀法、下刀的力道、打磨的时间，年轻人都能熟练地把握了。

可有一件事让年轻人不明白，虽然他的操作和师傅一模一样，但大师雕的玉就是比他雕得好看，售价也比他的高出好几倍。年轻人开始怀疑大师没有把绝技传授给他，所以他们雕出来的玉差别才那么大。

年轻人越想越生气，开始惋惜自己在此花费的九年光阴。一天，大师把他叫到书房，对他说："我的全部技艺已经传授于你，你离开师门之前，需雕刻一样作品作为你的毕业总结。我已经在南山购得一块璞玉，准备让你来雕一个蟹篓，雕玉的价钱已经谈好，到时候你可以用这笔收入作为自立门户的本钱。"

年轻人一看那块璞玉，是一块翠绿的极品岫玉，显然是师傅花了大价钱才购得的。年轻人想：我一定要认真雕这块宝玉，一定要超过师傅。于是年轻人憋着一股劲，开始动手雕刻。这种心气让他无法平静下来，手中的刀似乎也不听使唤，终于在雕篓口的一只螃蟹时歪了，刀痕划过美玉，一瞬间，他崩溃了。他无法原谅自己的失误，于是不辞而别，丢下未完成的玉走了。

后来，年轻人先后在几家玉雕作坊里工作，不过多年来他从没雕出一件像样的作品，因为每当他拿起刻刀，那块翠绿岫玉上的刀痕就会浮现在他脑海里。由于作品一直不出彩，他一次次被作坊老板辞退。在被第八家作坊辞退的时候，他彻底失去信心。这时他想起了大师，决定回去看看。

面对身背荆条跪在门前的徒弟，大师并没有觉得很诧异，只是和过去一样，心平气和地说："开工了。"他哭了，然后跟着大师来到书房，大师从一个方匣中取出那块翠绿岫玉，一刹那间那深深的刀痕又进入他的眼帘。

大师当着他的面，拿起刀在那深深的刀痕上雕琢。没过多久，一只活灵活现的小龙虾出现在螃蟹背上，原来那道刀痕不见了，呈现在眼前的是一件巧夺天工的艺术品。年轻人扑通一下跪在大师的面前，满面羞愧地央求道："请师傅传授这雕玉绝技。"

大师神态平静地对他说："我已经把全部的技艺都教给你了，如果说有什么绝技的话，就是一句话：刻在玉上的错，不应该再刻在心上。"

大师的话多么发人深省啊！看似简单的一句话，却意义深刻，它其实是告诉我们一种对待错误，失误的心态——不要为自己的过失而苦恼。对过去的错误，有机会补救，就尽力补救，没有机会补救，就坚决将其丢到一边，不要陷在过去的泥沼里，越陷越深，无力自拔，否则你将错失更多的东西。

### 【人生箴言】

生活中，总会有一些意想不到的事情发生。当你面对一些不幸的打击时，要学会潇洒地挥一挥手，告别昨天。不要把宝贵的时间和精力浪费在悔恨、自责和羞愧上，因为你已经无法去改变它了。但你要记住，以积极的态度来应付不幸之事会收到好的效果，只要你吸取教训，你便从中获益。

# 不屈服于命运的强者

> 人，只要有一种信念，有所追求，什么艰苦都能忍受，什么环境也都能适应。
>
> —— 丁玲

迈克尔先生是一位成功的企业家，他从一个小学徒做起，经过多年的奋斗，终于拥有了自己的公司和办公楼，并且受到了人们的尊敬。

有一天，迈克尔先生从他的办公楼走出来，刚走到街上，就听见身后传来"嗒嗒嗒"的声音，那是盲人用竹竿敲打地面发出的声响。迈克尔先生愣了一下，缓缓地转过身。

那盲人感觉到前面有人，连忙打起精神，上前说道："尊敬的先生，您一定发现我是一个可怜的盲人，能不能占用您一点点时间呢？"

迈克尔先生说："我要去会见一个重要的客户，你要什么就快说吧。"

盲人在一个包里摸索了半天，掏出一个打火机，放到迈克尔先生的手里，说："先生，这个打火机只卖一美元，这可是最好的打火机啊。"

迈克尔先生听了，叹口气，把手伸进西服口袋，掏出一张钞票递给盲人："我不抽烟，但我愿意帮助你。这个打火机，也许我可以送给开电梯的小伙子。"

盲人用手摸了一下那张钞票，竟然是一百美元！他用颤抖的手反复抚摸这钱，嘴里连连感激着："您是我遇见过的最慷慨的先生！仁慈的富人啊，我为您祈祷！上帝保佑您！"

迈克尔先生笑了笑，正准备走，盲人拉住他，又喋喋不休地说："您不知道，我并不是一生下来就瞎眼的，都是二十三年前布尔顿的那次事故！太可怕了！"

迈克尔先生一震，问道："你是在那次化工厂爆炸中失明的吗？"

盲人仿佛遇见了知音，兴奋得连连点头："是啊，是啊，您也知道？这也难怪，那次光炸死的人就有93个，伤的人有好几百，那可是头条新闻啊！"

盲人想用自己的遭遇打动对方，争取多得到一些钱，他可怜巴巴地说了下去："我真可怜啊！到处流浪，孤苦伶仃，吃了上顿没下顿，死了都没人知道！"他越说越激动："您不知道当时的情况，火一下子冒了出来！仿佛是从地狱中冒出来的！逃命的人群都挤在一起，我好不容易冲到门口，可一个大个子在我身后大喊：'让我先出去！我还年轻，我不想死！'他把我推倒了，踩着我的身体跑了出去！我失去了知觉，等我醒来，就成了瞎子，命运真不公平啊！"

迈克尔先生冷冷地说："事实恐怕不是这样吧？你说反了。"

盲人一惊，用空洞的眼睛呆呆地对着迈克尔先生。

迈克尔先生一字一顿地说："我当时也在布尔顿化工厂当工人，是你从我的身上踏过去的！你长得比我高大，你说的那句话，我永远都忘不了！"

盲人站了好长时间，突然一把抓住迈克尔先生，爆发出一阵大笑："这就是命运啊！不公平的命运！你在里面，现在出人头地了，我跑了出去，却成了一个没有用的瞎子！"

迈克尔先生用力推开盲人的手，举起手中一根精致的棕榈手杖，平静地说："你知道吗？我也是一个瞎子。你相信命运，可是我不信。"

这就是迈克尔先生，一个不屈服于命运的强者。

## 【人生箴言】

很多人一遇到不公平，首先想到的就是抱怨，和它势不两立，因此常屈从于现实的压力，成为懦弱者；而那些真正成大事的人，则敢于挑战现实，在现实中磨炼自己的生存能力，这就叫强者！

# 第四章

## 独立自主的心态：
## 没有任何人可以做你的依靠

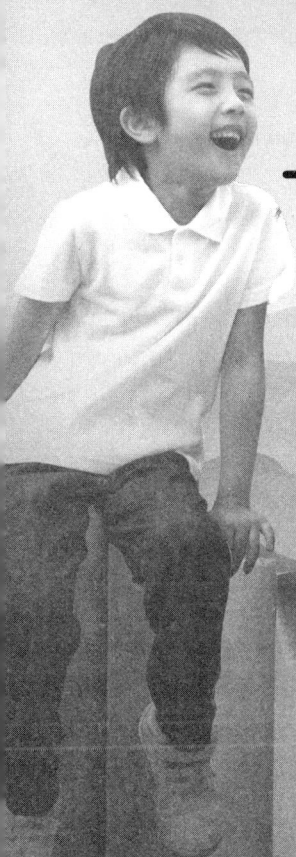

# 罗斯福总统的教子观念

我宁愿靠自己的力量，打开我的前途，而不愿求有力者的垂青。

——雨果

罗斯福是美国历史上唯一连任四届的总统。他不仅治国有略，而且教子有方，四个儿子在二战时均浴血战火，建立功绩。二战后又都跻身于美国政坛。

"对儿子，我不是总统，只是父亲。"罗斯福的这句话曾在美国人心灵中产生过不小的震撼，更是他一贯遵循的教子原则。

他十分注重培养孩子们的独立人格，甚至在思想上也应该是独立的。当二战愈加激烈时，二儿子埃利奥特问父亲他该怎么办。父亲说："要我告诉你该怎么做，那你应该首先认清我是一个怎样的父亲。你们的事是你们自己的事，我从不干预。"不久埃利奥特便放弃刚开起的公司，轻松地走进了陆军部的大门，在四兄弟中带头参了军。

罗斯福还竭力反对孩子们依赖父母生活。他不给儿子们任何资助，让他们凭自己的能力去开辟事业，赚自己该赚的那份钱。在钱财的支配上，绝不让孩子放任自流。大儿子詹姆斯20岁时独自去欧洲旅行，临归前看到一匹好马，便用手中的余款买下了这匹马，然后打电报给父亲，让他汇旅费来。父亲回一个电话："你和你的马游泳回来吧！"碰了这个钉子，詹姆斯不得不卖掉马，买了票回家，从此他懂得了不能随便无计划地乱花钱。

而更让世人为之钦佩的是罗斯福身为总统，却从不庇荫孩子，让孩子们享有特权。二战时，他把四个儿子都送上了前线，并严正告诫他们：拿出良心来，为美国而战！

### 【人生箴言】

在成长的过程中，有一样东西是必不可少的——那就是独立。只有自立才有可能让我们成长得更好，只有自立才有可能让我们生存下去。

人只要活着的，他的前途就永远取决于自己，成功与失败，都只系于自己身上。将希望寄托于他人的帮助，便会形成惰性，失去独立思考和行动的能力。我们应该独立自主，有自己的主见，懂得自己解决问题。因为独立是我们走向社会，立足社会的关键。

# 靠人不如靠己

滴自己的汗，吃自己的饭，自己的事自己干，靠人，靠天，靠祖上，不算是英雄好汉。

——陶行知

拿破仑时期，德国国王向法兰西帝国的军队屈膝投降，并承诺每年都向拿破仑进贡。这样沉重的经济负担转嫁到老百姓身上，普通百姓的生活贫困不堪，他们更对政府的屈膝投降非常不满。

一天，德国国王带着随从们到汉堡一个很有名的教堂去游玩，神父阿兰诺跟随着他。国王在正殿里看到真主耶稣时马上恭恭敬敬地画十字，嘴里还念念有词，大概是说些希望主保佑之类的话。突然他发现耶稣的手也画成十字架的样子，觉得很奇怪。画十字是基督教教徒表达对主崇敬信仰的一种方式，而主怎么……国王问阿兰诺："耶稣就是主了，他也画十字吗？"阿兰诺回答道："怎么不画，他时时都在画呢。"国王觉得不可理解，又问："我们画十字是企求主保佑，他画十字念什么呢？"阿兰诺答道："他念'无处不在救苦救难的主'。"国王一听哈哈大笑，说："哪有自己念自己的道理呢？"阿兰诺说："这就叫'靠人不如靠己'呀。"国王一听就明白了，阿兰诺是在拐弯抹角地劝说自己，不要依附于强大的法兰西帝国，应该依靠自己的力量奋发图强啊。

【人生箴言】

上帝的力量是强大的，但上帝告诉我们，自己才是最强大的，靠人不如靠己，求人不如求己。一个人要想在社会上站稳脚跟，就必须以自立自强为核心，培养自我独立的精神。

# 自己主宰命运

只有我自己才是我的生命和我的灵魂的唯一合法的主人。

——高尔基

一个叫查理的男子，由于决策失误，他经营多年的工厂最终还是宣告破产了，一夜之间他从一个腰缠万贯的富豪沦落为一个债台高筑的穷光蛋。他难以接受这样的打击，情绪糟糕到了极点，他甚至想过要结束自己的生命。不过他没有这么做，而是想着去找一位久负盛名的牧师来给自己指点迷津。

牧师耐心地听完了查理的诉说后开口道："我非常同情你的遭遇，如果可以，我愿意尽我最大的努力来帮助你，让你再次成为一个富有的人。可是，现在我却不得不说我真的无能为力。"看着查理的神态，牧师接着说："我帮不了你并不意味着你注定要一直这样下去，我可以给你介绍一位高人，他肯定能够帮助你走出命运的低谷，重新找回往日的辉煌。""真的吗？他在哪里？"听完牧师的话，查理顿时来了精神。牧师说："你就是可以改变你命运的人，只有你自己才可以主宰你的命运。"查理明白应该靠自己来拯救自己，他赶忙谢过牧师。

不久之后，查理凭借出色的管理能力、非凡的洞察力和准确的决策能力，成为一家大公司的中层管理者。几年之后，他又自立门户开始创业，并最终取得了更大的成就。

**【人生箴言】**

命运是由自己去把握，而不是由谁去安排你的命运，只有你自己才是你人生的主人。过分依赖别人的人，不会有大的成就。与其一味地把希望寄托在别人身上，不如积极地行动起来，创造条件改变自己的命运，要知道自己的命运并不掌握在别人手里。所以，如果你想做一名优秀的人，就必须具备自立自强的人格，遇到困难时必须靠自己的心智去解决，而不是一味求别人帮你解决问题。

# 李嘉诚的两个儿子

该让每个人竭力保持自己的独立性，不依赖任何人，无论他怎样爱这个人，怎样相信他。

——车尔尼雪夫斯基

"您有两个儿子，我也有两个。您是怎么管理他们的？"在长江商学院组织的30多位内地企业家拜会李嘉诚的活动上，鼎天资产管理有限公司董事长王兵这样向李嘉诚发问。李嘉诚的回答是："应该让孩子吃些苦，让他们知道穷人是怎么生活的。"

李嘉诚坚持认为，教育孩子应该培养他们独立的意志品格，不能溺爱娇生惯养，这与有多少家产没有关系。

所以当李泽钜、李泽楷两兄弟去美国斯坦福读书期间，李嘉诚只给他们最基本的生活费。有谁能想到，现在人称"小巨人"的李泽楷当年还曾经在麦当劳卖过汉堡，在高尔夫球场做过球童，甚至背高尔夫球棒时曾弄伤了肩胛骨，直至现在伤患还会时常发作。

李嘉诚为了让儿子从小就明白，做任何事情都不是那么简单，做生意需要依靠很多人的帮助。所以，他很早就让两个儿子旁听公司的董事会。

他认为富家子弟就好像温室的花朵，根基不稳，经不起风吹。李嘉诚将自己的艰难创业比喻成在岩石夹缝中生长壮大的小树。他说，根基不稳的植物，在外界的压力下，不易存活，而夹缝中的小树，却能傲立风霜而不倒。因此，他绝不放纵自己的两个儿子，他希望，儿子能够自强自立，独立面对打击，面对困境。

### 【人生箴言】

独立是自我生存的意识和能力。在人生的道路上，总有许多意料之外的困苦艰难纷至沓来，但并非每次都会有援手为你挡去风雨，也许年少时我们可以倚靠父母、师长顺利走过一些道路，然而借他人之力不可能走完所有道路，所以培养独立的能力尤为重要，唯有学会独立自主地面对挑战，才是攻关克难的不二法宝。

# 帕瓦罗蒂的选择

人生就像弈棋，一步失误，全盘皆输，这是令人悲哀之事；而且人生还不如弈棋，不可能再来一局，也不能悔棋。

——弗洛伊德

名震世界的男高音歌唱家帕瓦罗蒂，就是因正确的人生选择才能向人们展示了他歌唱方面的才华。

帕瓦罗蒂小时候的就显示出了唱歌的天赋。长大后，他仍然喜欢唱歌，但是他更喜欢孩子，并希望成为一名教师。于是，他考上了一所师范学校。

临近毕业的时候，帕瓦罗蒂问父亲："我应该怎么选择？是当教师呢，还是成为一个歌唱家？"他的父亲这样回答："孩子，如果你想同时坐两把椅子，你只会掉到两个椅子之间的地上。在生活中，你应该选定一把椅子，并且在选定之后，就要义无反顾地坚持到底。"

听了父亲的话，帕瓦罗蒂选择了唱歌这把椅子。可遗憾的是，七年的时间过去了，他还是无名小辈，他甚至想到了放弃歌唱事业。但帕瓦罗蒂想起了父亲的话，于是他坚持了下来。

又经过了一番努力后，帕瓦罗蒂终于崭露头角，并且声名节节上升，成为活跃于国际歌剧舞台上的最佳男高音。

当一位记者问帕瓦罗蒂成功的秘诀时，他说："我的成功在于我在不断的选择中选对了自己施展才华的方向，我觉得一个人如何去体现他的才华，就在于他要选对人生奋斗的方向。"

### 【人生箴言】

人生的意义在于选择，一个人只有不断为自己做选择，他才算真正活过。在这个世界上，通向成功的道路何止千万条，但你要记住：所有的道路不是别人给的，而是你自己选择的结果。人的一生，只有一件事不能由自己选择——自己的出身。其他的一切，皆是由自己选择而来。因为选择的权力在我们自己的手中。你有什么样的选择，也就有了什么样的人生。

# 责任教育的缺失

人所能负的责任，我必能负；人所不能负的责任，我亦能负。

——林肯

有个高中学生，人长得高高大大，家里人都特别宠爱他。由于他的名字中有个"龙"字，同学们给他取了个绰号，叫他"龙哥"。

同学们都说龙哥有福气，基本每天晚自习后，他父母都会给他送夜宵来，不是小吃便是水果，有时还有卤翅膀、卤猪蹄什么的，惹得同学们直吞唾沫。

同寝室的人，从没有见他洗过一双袜子。他所有的换洗衣物放在一个大大的编织袋里，周五由他父母带回家洗。

有一次上晚自习，龙哥同几个哥们儿因为吃夜宵时被一位同学打扰了，于是双方发生了口角，最后动起拳脚来。龙哥用皮鞋踢伤了对方的下身。当时龙哥吓坏了，赶紧给他父亲打了个电话，叫父亲赶紧找车来送伤者去医院。父亲的车来了后，龙哥觉得应该陪受伤的同学一块儿去医院，可他父亲却对龙哥说："算了吧，明天你还要上课。你放心，这位同学的事情就由我负责吧。"

那位受伤的同学住院治疗了半个月。其间，龙哥没有前去看望过一次。班主任曾提醒过他，他却说："我的父母已经在那里照顾他了。"

老师说："你的过失，难道父母能代替？再说，作为人之常情，你心里没有一点儿歉意，没有一点儿怜悯心吗？"

老师的教育让他有所触动。在受伤同学出院那天，班里去了几位同学，龙哥也去了。龙哥的父亲见到儿子来了，不仅没有表示出高兴，反倒问了一句："你来干什么？"让其他人大跌眼镜。

高中毕业后，龙哥考上四川某大学，人二的暑假，他和几个好友聚会喝酒。当时他刚考过了驾照，喝了酒之后，想乘兴兜兜风，不料就发生了车祸。龙哥在第一时间将消息告诉了父亲，父亲的第一反应是叫他别声张，然后马上赶过去顶替他。遗憾的是，交警已在他父亲赶到前到达了事故现场。他的父亲为了保住儿子，迅速变卖了房产和家里值钱的东西，并四处借钱，凑足了80万，才与伤者达成了协议。龙哥的父亲因此病倒了，后来听说得了肝癌。可他至死都不后悔自己对儿子的教育："做父母的对子女就得有点儿牺牲精神。"

龙哥却不同，法庭宣判的那一刻，他流下了眼泪，对法官说："从小到大，我不清楚'责任'这个概念，我忽略了一个人还要对自己的行为负责。我体谅父亲对我的爱，但我悔恨他的教育。"

这是一个父亲对儿子的失败的教育，这是对孩子的一种溺爱，最终会害了孩子。

## 【人生箴言】

每个人都应该学会为自己所犯的错误承担责任，不要什么事情都交给父母帮忙解决。只有承担起自己的责任，认真做好自己应该做的事，才能成为一个对自己行为负责的人。如果意识到自己的行为可能会对他人、社会带来损害，就要努力控制自己，坚决不做；如果自己的错误行为已经给他人或社会造成了损失，就要敢于承担责任，并及时改正，不能推卸、逃避责任。

# 自己的麻烦自己解决

人最终要走向社会，就必须拥有自主独立的能力。因此从小就要培养自我意识，培养自主、自立、自强的精神，认知和实践能力。自我发展本身也是个人对自身的一种反思。正是从这种反思中人才不断地找到自我，超越自我，实现自我。

——罗伯特·汤森说

美国一位著名的黑人政治领袖，曾经讲述过自己10岁时发生的一件事。

"那时候，孟菲斯的社会治安比现在乱得多，我所居住的社区时常发生抢劫。所以，放学后我总是很快回家，不敢在街道上逗留。然而，那天晚上母亲对我说：'马克，你今后必须学会自己到便利店买东西。'她领着我到街道另一头的便利店走了一趟，让我记住路怎么走。

"第二天傍晚，母亲让我去便利店买点东西，我出门前她特意嘱咐道：'马克，我知道最近的治安不太好，但你已经是一个男子汉了，要学会独立出门办事了。不管遇到什么情况，你都要记住：自己的麻烦只能靠自己解决！'

"我忐忑不安地走出家门，小心翼翼地走到街道上，快到便利店时，忽然从旁边胡同蹿出来一伙小流氓，他们把我拽进胡同。看起来，他们跟我同龄，大约有5个人，两个人揪住我的衣领把我按在墙上，其他人二话没说就从我兜里翻出所有钱，然后把我一脚揣在地上，迅速跑开。我傻坐在地上，半晌才缓过神，起身摸着摔疼的屁股，跑了回家。

"当我把发生的一切告诉了母亲时，母亲似乎没有任何表示，只是又给我写了一张买东西的清单，给了我更多的钱，让我继续去便利店买东西。我小心翼翼地走上大街，一眼就瞧见那帮小痞子在路边闲逛，我便掉头回到家，跟母亲说自己死活也不去便利店了。

"'马克，我要你自己去对付那些人！'母亲罕见地对我咆哮道，'他们不是职业流氓，只是欺软怕硬的小混混，如果你不去反抗，就会一直被他们欺负，明白吗？马克，做个真正的男子汉吧，不管结果怎样，妈妈始终为你骄傲！'母亲的这番话又激起了我的勇气，我抱着视死如归的念头走出家门——结果他们又一次狠揍了我，不仅抢走了所有的钱，还把我的衣服给扯破了。

"当我一路哭泣着跑回家时，更惨的情况出现了：妈妈竟然无情地把我关在门外，她隔着门对我说：'马克，你做得很好，至少能够勇敢地去面对他们了！但这次妈妈给你更高的要求，要你能够战胜他们，维护自己的尊严和利益！'她再次给我一张购物清单、一根粗木棒和更多的钱，嘱咐我一定要到便利店把东西买回来，随后关上门，任凭我怎样敲打也不开。最后，我放弃了敲门的努力，一身的怨气和委屈化为愤怒的力量，心想：这次豁出去，跟那些小混混拼了！

"随后，我像疯子一样冲出去，直奔那些小混混而去，他们一开始还嬉皮笑脸地围上来，但还快就被我愤怒的吼声吓呆了。我抢起木棒，认准了小混混的头目，把所有的怨恨和愤怒全部打在那小子身上。我明白，只要我停住一秒钟，其他人就会缓过劲来攻击我，所以我一个个地把他们击倒、打跑。最后，其他小喽啰抱头鼠窜、四散跑开，只有那个小头目趴在地上。我上前一把揪住他的衣领，大声吼道：'记住我，我叫马克！以后再敢惹我，我会把你的脑袋打爆！'他瞪大眼睛，点点头，似乎不相信不我就是刚才那个任他们肆意欺侮的小子。

"当我从便利店买完东西回来后，手里仍然紧握木棒，准备再次用它保护自己，结果我发现大街上空无一人，一股前所未有的荣誉感涌上心头：我发现自己一下子长大了。

"回到家后，母亲一边给我包扎脸上的伤，一边以欣赏的眼神看着我说：'马克，还记得我告诉你的话吗？'

"我骄傲地重复道：'自己的麻烦，要靠自己去解决！我今天做到了，妈妈，以后我也要这样去做！'"

### 【人生箴言】

自己的麻烦自己解决，这是我们走向独立的第一步。父母不可能包办我们的一生。我们的将来，包括学习、工作以及事业的成功，都要靠自己去闯、去努力、去奋斗。而这一切，没有自立自强的意识和精神，是很难取得满意结果的。

既然人生的路只能依靠自己来完成，我们就必须练就一身闯荡江湖的硬本领，绝不能心存侥幸、懈怠和投机取巧的心理，像那些一味依赖别人、寄希望于所谓运气的人，命运之神终将让他一无所获。一味依靠别人，你只能算是别人手中的拐棍，命运没有掌握在自己的手中，这是多么的可悲！

# 比尔·盖茨的选择

决定你是什么的，不是你拥有的能力，而是你的选择。

——杨澜

富可敌国的世界首富比尔·盖茨小学毕业后，父母将他送进了西雅图市一所名叫"湖滨中学"的私立中学。

盖茨中学毕业时，很想进入哈佛大学读书，这也是他父母的最大心愿。但是在专业的选择上，父亲与儿子却发生了严重分歧。盖茨的父亲在美国律师界的声望很高，他十分希望子承父业，所以主张盖茨选择法律专业。但盖茨对学法律当律师没有多大兴趣，他热衷的专业是数学和计算机。

父亲经过冷静思考，意识到若强迫盖茨学法律，只会扼杀他在计算机方面的天赋，对儿子的长远发展肯定是极其不利的。最后，父母尊重了盖茨的专业选择，决定由儿子做主，让他在计算机领域自由发展。

然而，更大的分歧出现在盖茨进入哈佛仅仅一年后：盖茨决定离开这所世界一流的学府，与朋友一起创办计算机公司。这对他的父母来说是一个棘手的难题，他们百思不解，开始时也极力反对，但到最后不得不尊重儿子的选择。

比尔·盖茨自己做主的这次重大选择，无疑改变了他的一生，奠定了他成为全球"电脑王国"无可争议的领袖地位的基础。

可以说，比尔·盖茨的成功在与他几次正确的选择，使他的天赋、兴趣与他的事业找到了最佳的契合点，成就了他今日"富冠全球"的宏大事业。

**【人生箴言】**

每个人都是独立的个体，都有自己的观念和判断，我们只有从小学会选择，学会承担责任，那么，长大成人时，才能够从容地面对生活，知道自己需要什么，知道怎么去选择适合自己的东西。否则，我们就无法适应社会，无法生存得好。

# 你自己就是圣人

人多不足以依赖，要生存只有靠自己。

——拿破仑

1947年，美孚石油公司董事长贝里奇到开普敦巡视工作。在卫生间里，他看到一位黑人小伙子正跪在地板上擦上面的水渍，并且每擦一下，都虔诚地叩一下头。贝里奇感到很奇怪，问他为何如此？黑人答，在感谢一位圣人。贝里奇问他为何要感谢那位圣人？黑人说，是他帮自己找到了这份工作，让他终于有了饭吃。

贝里奇笑了，说："我曾遇到一位圣人，他使我成了美孚石油公司的董事长，你愿意见他一下吗？"黑人说："我是位孤儿，从小靠锡克教会养大，我很想报答养育过我的人，这位圣人若使我吃饱之后，还有余钱，我愿去拜访他。"

贝里奇说："你一定知道，南非有一座很有名的山，叫大温特胡克山。据我所知，那上面住着一位圣人，能为人指点迷津，凡是能遇到他的人都会前程似锦。20年前，我去南非登上过那座山，正巧遇到他，并得到他的指点。假如你愿意去拜访，我可以向你的经理说情，准你一个月的假。"这位年轻的黑人谢过贝里奇后就上路了。在30天的时间里，他一路披荆斩棘，风餐露宿，历尽艰辛，终于登上了白雪覆盖的大温特胡克山，他在山顶徘徊了一天，除了自己，什么都没有遇到。

黑人小伙子很失望地回来了，他见到贝里奇后，说的第一句话是："董事长先生，一路上我处处留意，直至山顶，我发现，除了我之外，根本没有什么圣人。"贝里奇："你说得很对，除你之外，根本没有什么圣人。"

20年后，这位黑人小伙做了美孚公司开普敦分公司的总经理，他的名字叫贾姆讷。2000年，世界经济论坛大会在上海召开，他作为美孚石油公司的代表参加了大会，在一次记者招待会上，针对他的传奇一生，他说了这么一句话：你发现自己的那一天，那就是你遇到圣人的时候。

**【人生箴言】**

世上没有救世主，如果这个角色必须存在，那扮演者只能是你自己，因为只有自己才是最可相信的。自己的路要自己走，别人的帮助终究是暂时的、辅助性的，只有用自己的力量克服困难、锻炼了顽强的意志，才能到达成功的彼岸。

# 被退学的大学生

一个人怎样才能认识自己呢？决不是通过思考，而是通过实践。

——歌德

有一个男孩的学习成绩一直非常好，从小学到高中，他总是名列前茅。每次考完试，他都会问老师："这次考试谁是第二？"因为他坚信，第一名肯定是属于他的。如此出众的他，深受老师和父母的称赞。

孩子学习如此出色，父母为了让他无后顾之忧，集中全部精力学习，可谓是操尽了心，除学习之外的所有事情，父母统统代劳了：吃饭时，他饭来张口；衣服脏了，脱下来就没有他的事了；文具用没了，也是父母为他去买……直到十七八岁，别的孩子早就会洗衣、做饭这些最基本的生活技能，他一样都不具备。

后来，他参加高考，以全县第一、全省第二的优异成绩考取了北京某名牌大学。这一喜讯，给家里带来了前所未有的欢乐，亲朋好友们交口夸赞他的聪明好学，并且羡慕不已。9月，他无比兴奋地来到了北京，然而就在大学开学不久，他就陷入了困境，他不会买饭，不会洗衣，常常找不到上课的教室，甚至不知该如何与同学相处。虽然好心的同学们在不断地帮助他，可还是解决不了他的问题。无奈之下，他只好提出了休学。学校根据他入学后的表现也同意了他的请求。

第二年7月，学校及时地给他寄去了复学通知。但是，收到通知的他，竟然产生了巨大的恐惧感：他害怕再次离开父母，他担心自己依然不能适应学校的生活，他害怕别的同学拿他当作笑谈……越想越怕，于是他拒绝复学，终止了学业。

## 【人生箴言】

一个人的动手能力与生活技能是父母无法给予也是无法用金钱买到的，只能通过我们自己实践经验的增长来获得。每个人都是成长中的独立个体，处于不断学习、认识和适应环境的过程中，我们只有不断地通过尝试、游戏、探索、挫折、成功等一系列实践活动，才逐渐学会各种本领，形成自我意识和对环境的适应能力的。如果我们不能很好地独立和实践，事事都由家长代替包办，就会逐渐丧失自立能力，还会形成对父母的依赖。所以，我们一定要勇于实践，学会自理，养良好的生活技能。

# 爱上做饭的总统

一定是实践和实际的人生经验教给了他这么些高深的理论。

——莎士比亚

美国第34任总统艾森豪威尔很小的时候，就学会了做家务。在学习之余，艾森豪威尔不仅要砍柴、做饭、打扫卫生，还要在自家的空地里学种蔬菜，参加家庭劳动。

有一年，艾森豪威尔的弟弟染上了猩红热，家里状况顿时紧张起来，猩红热是一种传染病，病人必须和家里人隔离开。于是，父亲便和几个孩子挤着住在楼下，由母亲来照看弟弟。由于父亲要每天工作，两个哥哥又在外地打工，其他的几个孩子年龄尚小，所以母亲就把烧水做饭的事情交代给艾森豪威尔去做。小艾森豪威尔此前根本不会做饭，但是在这种情况下，他也只有下定决心把饭做好。

刚开始，母亲手把手地教他生火、切菜、做饭的一整套程序，每天把要做的饭菜都准备好，小艾森豪威尔便开始一个人在厨房里忙活起来。凡事都是被逼出来的，他虽然从来没有做过饭，但对做饭来说还是感到很新鲜有趣，所以就做得很认真仔细。刚开始的时候厨艺不精，做出来的饭菜常常让家里人难以下咽。但母亲每次都吃的很起劲，还鼓励他说，做得很好吃，让他继续努力。经过一段时间的磨练，艾森豪威尔的厨艺有了很大的提高，还练就了几个拿手好菜，看到家里人每天吃饭狼吞虎咽的样子，他高兴极了。

从此以后，艾森豪威尔便承担起了家里做饭的任务。上中学的时候，有一次，学校组织出去郊游，他负责给大家烧饭。凭着母亲教给自己的手艺，他做了一顿丰富的野餐，令同学们赞不绝口。这也使他深深的体会到，只有依靠艰苦的劳动，才能改变和创造生活，赢得他人的赞赏。

直到了晚年，艾森豪威尔常常津津乐道地向别人讲述自己少年时期做饭的经历。

【人生箴言】

作为家庭一份子，担负自己分内的家务活，是理所应当的义务和责任。我们总要离开父母，走向社会，独立生活，学会做家务，无论是以后去读大学，工作了去外地出差，自己有了家庭，有了孩子，我们都可以担负起照顾自己和他人的责任。同时，做家务也是感恩父母的行动。做一些力所能及的家务活，可以减轻父母的负担。亲身体验到家务劳动的繁杂，才会体会到父母终日辛苦操劳的不易。如果父母亲和我们一起做家务，更让我们感觉到家庭的温暖。

# "数学王子"高斯

不下决心培养思考习惯的人，便失去了生活中最大的乐趣。

——爱迪生

德国数学家高斯非常善于独立思考，这种良好的思维习惯在他小时候就已经表现出来了。高斯的父亲是泥瓦厂的工头，每星期六他都要发薪水给工人。在高斯3岁时，有一次当爸爸正要发薪水的时候，小高斯站了起来说："爸爸，你弄错了。"然后他说了另外一个数目。原来小高斯趴在地板上，一直暗地里跟着他爸爸计算该给谁多少工钱。重算的结果证明小高斯是对的，这把站在那里的大人都惊得目瞪口呆。

小高斯10岁时，有一次他的数学老师让他们全班解答一道习题：计算出"1＋2＋3＋4……＋100=？"的答案。这个题目在今天早已家喻户晓了，可是在那个时候、那个场合，对于一群小学生来说，还真不容易。要算出这么长的算术题耗时不少，孩子们都想争取第一个把它算出来，立刻在草稿纸上做了起来。

只有小高斯还没有开始动手，不是想偷懒，也不是发呆，他在想，难道一定得经过这么复杂的计算过程吗？从客观上说，他在进行思维的谋划，谋划的目的是要寻找一种能够提高思维效率的策略，这个过程花去了相当于其他同学进行加法计算的二分之一的时间。这时候，老师看见了他，走上前来问他怎么了，为何还不开始计算。小高斯说他已经知道答案了，是5050。老师十分诧异，问他是否提前做过这道题。高斯于是告诉老师，他通过观察发现这一组数字中1加100等于101、2加99等于101……这样的等式一共有50个，因此这道题可以化简为"101×50=5050"。

"真是太精彩了！"老师赞扬地说。

正是由于高斯善于独立思考，后来他成为了近代数学奠基者之一，在历史上影响之大，可以和阿基米德、牛顿并列，并有"数学王子"之称。

**【人生箴言】**

天才之所以能够成为天才，正是由于他们善于思考和乐于思考。独立思考是自我研究、自我解决问题的一个重要途径。如果你拥有独立思考的能力，你的视角会比别人宽广，思维也会更加缜密，将比其他人有更多的机遇，更容易拥有成功的生活和事业。

# 求人不如求己

人，谁都想依赖强者，但真正可以依赖的只有自己。

——德田虎雄

有一天，某人在赶路，天突然下起雨来，于是这个行路人就急忙躲在屋檐下避雨。这时候他看见佛祖正撑伞走过。这人就央求道："佛祖，普度一下众生吧，送我一段路程怎么样啊？"

佛祖说："我在雨里，你在檐下，而檐下无雨，你不需要我度。"

这人一听，立刻跳出檐下，站在雨中："现在我也在雨中了，该度我了吧？"

佛祖说："你在雨中，我也在雨中，我不被淋，因为有伞；你被雨淋，因为无伞。所以不是我度自己，而是伞度我。你要想度，不必找我，请自找伞去！"说完便走了。

第二天，这人遇到了难事，便去寺庙里求佛祖。走进庙里，才发现佛祖的像前也有一个人在拜，那个人长得和佛祖一模一样，丝毫不差。这人问："你是佛祖吗？"

那人答道："我正是佛祖。"

这人又问："那你为何还拜自己？"

佛祖笑道："我也遇到了难事，但我知道，求人不如求己。"

这个人很受启发，拜谢过后就一个人走了。

## 【人生箴言】

是啊，求人不如求己，凡事要靠自己。虽然我们现在还是孩子，但总有一天我们会长大，许多事情都要自己解决，自己面对。所以从现在开始，我们不能事事都依赖于父母或他人，要独立地生活，自己的事情自己负责。多实践，多锻炼，最基本的就是立足于自己当前生活，从小事做起。

# 选择决定命运

选择就像是人位于一个岔路口，走哪条路都要靠他自己的决策。命运不是机遇，而是选择。

——阿尔文·普兰丁格

有一位富有的商人在去世前，将两个儿子叫到床前，从枕头底下拿出一把钥匙，对他们说道："我一生所赚得的财富，都锁在这把钥匙能打开的箱子里。可是现在，我只能把这把钥匙给你们兄弟二人中的一人。"

兄弟俩惊讶地看着父亲，几乎异口同声地问道："为什么？这太残忍了！"

"的确有些残忍，但这也是一种善良。"父亲停了一下，又继续说道："现在，我让你们自己选择。选择这把钥匙的人，必须承担起家庭的责任，按照我的意愿和方式，去经营和管理这些财富。拒绝这把钥匙的人，不必承担任何责任，生命完全属于你自己，你可以按照自己的意愿和方式，去赚取我箱子以外的财富。"

兄弟俩听完，心里开始有了动摇。接过这把钥匙，可以保证你一生没有苦难，没有风险，但也因此而被束缚，失去自由。拒绝它？毕竟箱子里的财富是有限的，外面的世界更精彩，但是那样的人生充满不测，前途未卜，万一……

父亲早已猜出兄弟俩的心思，他微微一笑："不错，每一种选择都不是最好，有快乐，也有痛苦，这就是人生，你不可能把快乐集中，把痛苦消散。最重要的是要了解自己，你想要什么？要过程，还是要结果？"兄弟俩豁然开朗。哥哥说，我要这把钥匙。弟弟说，我要去闯荡。二人权衡利弊，最终各取所需。这样的结局，与父亲先前的预料不谋而合。

二十多年过去了，兄弟俩经历、境遇迥然不同。哥哥生活舒适安逸，把家业管理得井井有条，性格也变得越来越温和儒雅，特别是到了人生暮年，与去世的父亲越来越像，只是少了些锐利和坚韧。弟弟生活艰辛动荡，几起几伏，受尽磨难，性格也变得刚毅果断。与二十年前相比，相差很大。最苦最难的时候，他也曾后悔过，怨恨过，但已经选择了，已经没有退路，只能一往无前，坚定不移地往前走。经历了人生的起伏跌宕，他最终创下了一份属于自己的事业。这个时候，他才真正理解父亲，并深深地感谢父亲。

### 【人生箴言】

人生是一种选择。不一样的选择，就有不一样的结果。在这个世界上，通向成功的道路何止千万条，但你要记住：所有的道路不是别人给的，而是你自己选择的结果。所以，你每一个选择都是在为自己种下一颗命运的种子。有什么样的选择，也就有了什么样的人生。

# 自立人生少年始

人啊！还是靠自己的力量吧！

——贝多芬

法国19世纪著名音乐家海克脱·倍里奥从小就喜欢音乐，也听了不少音乐家的故事，因此，他的理想就是长大后要当一名音乐家。但是，他的这个理想违背了他父亲的愿望。父亲把他送进一所军医学校学医，但是倍里奥对学医毫无兴趣，还写了封信给父亲说明这个意思，父亲一怒之下，竟把儿子赶出了家门。倍里奥没有低头，从此开始了艰苦的独立生活。

倍里奥除了一双手，什么都没有，但他并不害怕。为了他的生存，也为了他的理想，他到处去做工，脏活、累活都干。在屠宰场、面包房、商店和工厂，都留下了他的足迹。除了白天工作之外，晚上他还刻苦学习音乐，每天坚持学习到深夜。就这样，凭着这股坚毅的自立精神，他终于成为第一流的音乐家。

## 【人生箴言】

自立作为成长的过程，是我们生活能力的锻炼过程，也是我们心理和道德品质锻炼的过程。经过自立这个过程，才能成为一个对自己负责、对他人负责、对社会负责的能够自立自强的人。如果不能从现在起自觉储备自立的知识，锻炼自立的能力，培养自立的精神，将来就难以在社会中立足和发展。我们不可能一辈子都靠他人，必须靠自己，走向自立人生。

人的成长过程，就是一个不断提高自立能力的过程。从学会走路开始，我们就获得了身体的自立；当能够自己吃饭、穿衣时，我们就有了自立的生活体验；直到将来走上工作岗位，我们就能够自谋生路、自己养活自己了，从而获得基本的自立人生。所以说，自立人生少年始。

# 患了抑郁症的孩子

路要靠自己去走，才能越走越宽。

——居里夫人

就读于某中学初三的高铭，过去曾是个开朗热情、学习优秀的三好学生，上小学的时候，在班上的成绩一直名列前五名，班上和学校的活动更是少不了他，他表演的节目在学校里都是"压轴戏"。可是，就在两年前的一个小小失败面前，他变得消沉了。

那是他上初一的上半年，全区中学举办了一次知识竞赛，高铭作为全校的三名选手之一，参加了最后的决赛。但在最后一轮决赛时，他答错了一道题。他答完之后，看到了台下同学们失望的目光，正是这些目光把他拖入了挫折的泥潭。后来，同学们都忘记了这场比赛，他还是陷在其中无法走出来，每当大家无意间提到那场比赛，他都会陷入深深的自责之中。渐渐地他远离了同学们，把自己封闭起来。

## 【人生箴言】

一个人不仅要有天资、勤勉、进取之心，还要有一种经受得住挫折和磨难的韧性，这样才会使人生臻于完善，走向理想的归宿。挫折是一种珍贵的资源，也是一种人生的财富。人只有经历过挫折，具有顽强的意志力、忍耐力，坚韧不拔、不屈不挠的精神，最终才会获得成功，才能在竞争中立于不败之地。

# 莎士比亚的自立之路

一个人既要有雄心壮志，又不能自高自大目中无人，自立自强是生活的基本原则。

——艾森豪威尔

莎士比亚出身于英国一个富商家庭，但是，他并不留恋饭来张口，衣来伸手的寄生虫似的生活，他要走自立自强的道路。他13岁离开学校，帮助父亲料理生意，16岁就离开家庭，外出独自谋生。他从家乡来到伦敦，身无分文，因为他从小就喜欢戏剧，想当戏剧家，所以就到戏园子里找事情做。尽管人家只需要一个给观众看马的马夫，莎士比亚仍然接受了这份差事，而且做得很好。后来，人们注意到莎士比亚头脑灵活，口齿伶俐，便让他跑跑龙套或者提提台词。再后来，人们又发现他对舞台动作和念台词方面出的主意都很有道理，就把改编剧本的任务交给他。这一切，莎士比亚都兢兢业业地做完。此外，莎士比亚还在屠宰场当过学徒，帮人家做过书童，做过乡村教师，当过兵，做过律师……为了谋生，他漂过英吉利海峡，到过荷兰、意大利。他在独立谋生的闯荡中，丰富了人生经历，增长了才干，为后来的创作打下了坚实的基础。他以饱满的热情，写了《罗密欧与朱丽叶》《威尼斯商人》《哈姆雷特》等37部剧本，2首长诗和154首十四行诗，给后世留下了丰富的精神财富。

**【人生箴言】**

　　一个人的成功，离不开自立自强的品性和奋斗精神。在人生的道路上，父母不可能陪我们走完一生，想要依靠别人来获取幸福是不现实的。我们的将来，包括学习、工作以及事业的成功，都要靠自己去闯、去努力、去奋斗。而这一切，没有自立自强的意识和精神，是很难取得满意结果的。我们应该明白，独立既是生存的需要，也是成长中的必修课。只有我们具备了独立的意识和能力，才能比较容易地适应社会，摆脱逆境，把握机遇，发展自己。

# 里根的童年往事

　　不能总是牵着他的手走，而还是要让他独立行走，使他对自己负责，形成自己的生活态度。

　　　　　　　　　　　　　　　　　　——苏霍姆林斯基

　　1922年7月4日（美国国庆节）前夕，一个11岁的小男孩用某种方式得到了一些禁止燃放的爆竹，其中包括威力很大的掼雷。下午，他来到罗克河大桥旁，背靠桥边一堵砖墙甩响了一只掼雷。随着一声震耳欲聋的巨响。他正在洋洋得意时，一辆汽车驶过来，司机命令他上车。

　　"爸妈教导我不要上陌生人的车！"小男孩拒绝说。直到司机亮出了警徽，他才听命上车。

　　到了警察所，他被带去见所长，他认识那位所长，他经常和他父亲一起玩纸牌游戏。当然他希望得到宽大处理，但所长马上给他父亲打电话，把他的劣迹告诉了父亲。不论交情如何，父亲必须付12.5美元的罚金，这在当时可是一笔数目不小的钱。所长严格执行了禁放爆竹的规定。

事后，父亲知道了事情的原委，但父亲并没有因为他年龄小而轻易原谅他，而是板着脸深思老半天不发一言。母亲在旁开导，父亲只冷冰冰对孩子说："家里有钱，但是这回不能给你，你应该对自己的过失负责。这12.5美元是我暂借给你的，一年以后必须还我。"这件事迫使小男孩到处打零工偿还他欠父亲的债。

为了还父亲的债，他边刻苦读书，边抽空辛勤打工挣钱。由于人小力单，重活做不得，便到餐馆洗盘刷碗，或捡破烂，经过半年多的努力，终于挣足了12.5美元，自豪地交到父亲的手里，父亲欣慰地拍着他的肩膀说："一个能为自己过失负责的人，将来是有出息的。"

后来，那个小男孩参加总统竞选，并成功当选，他就是罗纳德·里根。他在回忆这件事时说，自己来承担过失，使他懂得了什么叫责任。

### 【人生箴言】

人无完人，我们总会做错事，但关键是敢于承担责任，为自己的错误行为负责。这是一个人独立的标志。因此从现在做起，从点滴小事做起，我们要逐步养成勇于承担责任的习惯和能力。

# 自救的孩子

世界上最坚强的人就是独立的人。

——易卜生

从前，有个小孩上山砍柴，突然遇到老虎袭击，小孩吓坏了，慌不择路，竟然跑到了悬崖的边缘。老虎正一点一点地向他逼近。就在他转过身面对张开血盆大口的老虎时，不幸一脚踩空，向悬崖下跌去。千钧一之际，求生的本能使小孩抓住了半山腰上的一棵小树。此时，小孩处于了两难的境地。向上爬，等待着他的是饥肠辘辘的老虎；向下跳，又是阴森恐怖的深谷。吊在悬崖中的小孩明白了自己的处境后，禁不住绝望地大哭起来。

恰巧此时，对面山腰上有一个老和尚正经过这里，小孩便高喊"救命"。老和尚看了看四周的环境，叹息了一声，冲他喊道："我也没有办法呀，看来，只有你自己才能救自己啦！"

小孩一听这话，哭得更厉害了："我这副样子，怎么能救自己呢？"

老和尚说："与其揪着小树坐以待毙，不如松开你的手，那毕竟还有一线希望呀！记住，你只能靠你自己！"说完，老和尚叹息着走开了。

小孩又哭了一阵，还骂了一阵老和尚见死不救。天快要黑了，上面的老虎还是不肯离开。小孩又饿又累，抓小树的手也感越来越没有力量。怎么办？小孩又想起了老和尚的话，仔细想想，觉得他的话也有道理。是啊，现在只能靠自己了。这么下去，只能是死路一条，而松开手落下去，也许还有一线生机。既然怎么都是个死，不如冒险试一试。

于是，小孩停止了哭喊，他艰难地扭过头，选择跳跃的方向。他发现万丈深渊下似乎有一小块没有乱石的草地，也许跳下去后不会摔死。他告诉自己："怕是没有用的，只有冒险试一试，才能获得生存的希望。"他咬紧牙关，在双脚用力蹬向绝壁的一刹那松开了紧握小树的手。身体飞快地向下坠落，耳边有风声在呼呼作响，他很害怕，但他又告诉自己绝不能闭上眼睛，必须瞪大眼睛选择落脚的地点。奇迹出现了——他落在了深谷中惟一的一小块绿地上！

后来，小孩被乡亲们背回家养伤。两年以后，他又重新站立了起来。

### 📄【人生箴言】

在遇到困难时，不要总是依赖别人，把一切希望都寄托在别人身上，而要依靠自己解决问题。有时，别人虽然可以最大限度地帮助我们，但却只能帮一时而帮不了一世。所以，靠人不如靠自己，最能依靠的人只能是你自己。只有用自己的力量克服困难、锻炼了顽强的意志，才能到达成功的彼岸。

# 一位爸爸的教导

为了成功地生活，少年人必须学习自立，铲除埋伏各处的障碍，在家庭要教养他，使他具有为人所认可的独立人格。

——戴尔·卡耐基

在美国的一所中学，有个体质瘦弱的孩子，有一天受到了一个坏小子的欺负。他带着一脸的伤痕流着泪去见父亲。父亲是个体格健壮的精通柔道的硬汉，一见此景心如刀绞，拍案而起，欲为爱子讨回公道。而他行至门口却停下脚步，回头看着紧随其后的孩子，半晌不语。

忽然，他用双手握住孩子的肩头问道："能忍耐吗？"

"不知道。"孩子摇摇头。

"忍耐，他还会再欺负你；不忍耐，你又斗不过他。真是太糟糕了！可是，孩子，今后你还会遇到这样的事，那时爸爸老了，你又怎么办呢？你能自己对付吗？"

"爸，我能！"

"那为什么不从现在就开始试一试呢？趁着爸爸还年轻的时候，我相信你一定可以。但要记住：想好了再做。如果你实在需要爸爸的时候，告诉我。"

当夜，孩子彻夜未眠。至于父母，可想而知了。次日，当那坏小子和他的一伙兄弟们正玩到兴头上的时候，这孩子大步地走到他的面前，双目紧盯着那坏小子的眼睛，以异常平静的口气说道："我要问你个问题。""什么问题？"坏小子被他的镇定惊呆了。"你能为自己的尊严付出生命吗？我相信你不能。但是，我能！告诉你，昨天的事，我原谅你了。但要是你再碰我的话，我发誓绝不会放过你，你必须要付出代价。"坏小子一步步地逼向那个孩子，周围的空气似乎凝固了……放学了，孩子出现在家门口，眼睛里闪着兴奋的光对爸爸说："他说要和我做朋友，我同意了。"

## 【人生箴言】

在生活中，总会遇到各种各样的困难，我们不能一味让父母帮忙解决问题，而要学会遇到困难时自己去解决。依赖的心理容易让我们成长为温室里的花朵，经不起风吹雨打。真实人生的风风雨雨，只有靠自己去体会，去感受，任何人都不能为我们提供永远的庇荫。我们应该明白，独立自主既是生存的需要，也是成长中的必然一课。自己的路得自己走，自己的问题得自己去解决，用自己的双脚才能走向属于自己的远方。

# 第五章

## 宽容的心态：宽容处之，生命将如宇宙般宽广

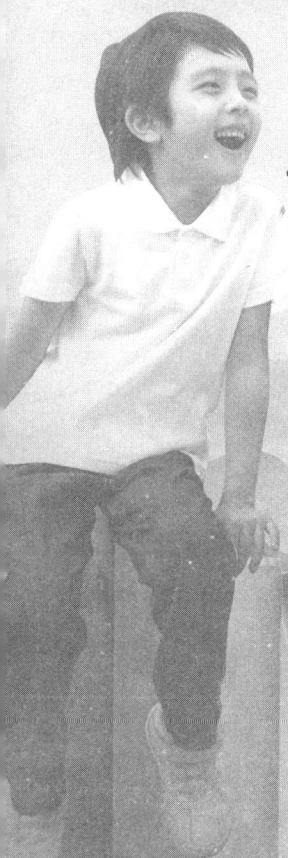

# 我知道谁朝我开了一枪

> 世界上最宽阔的是海洋，比海洋更宽阔的是天空，比天空更宽阔的是人的胸怀。
>
> ——雨果

第二次世界大战期间，一支友军部队在森林中与德军相遇激战，最后两名战士与部队分开，失去了联系。两个战友在森林中艰难跋涉，寻找大部队，他们互相鼓励、互相安慰，十多天过去了，他们仍然未能与部队联系上。他们之所以在战场上还能相互照顾，彼此不分，因为他们是来自同一个小镇的朋友。

长时间没有联系到大部队，他们已经两三天没吃到食物了。有一天，他们打到了一只鹿，依靠鹿肉他们又艰难地度过了几天。可是也许是战争的原因，动物都四散奔逃，或被杀光了，他们从这以后再也没有看到任何动物，仅剩下的一点鹿肉背在年轻一点的战友身上。这一天，他们在森林的边上又遇到了敌人，经过一次激战，他们巧妙地避开了敌人。就在自以为安全的时候，他们饥饿难忍，这时只听见一声枪响，走在前面的年轻战士中了一枪，幸亏是在肩膀，后面的战友惶恐地跑了过来，他害怕得语无伦次，抱着战友的身体泪流不止，赶忙把自己的衬衣撕开包扎战友的伤口。晚上，未受伤的战士一直叨念着母亲，两眼直勾勾的，他们都以为他们的生命即将结束。虽然饥饿，身边的鹿肉谁也没有动。天知道他们怎么度过了那一夜，第二天，部队救了他们。

一晃，事情过去了30多年，那位受伤的战士说："我知道谁朝我开了一枪，他就是我的朋友，他去年去世了。在他抱住我的时候，我碰到了他发热的枪管，我怎么也不明白，但当晚我就宽容了他，我知道他想独吞我身上带的鹿肉活下来，但我也知道他活下来是为他的母亲。此后的30年，我装作根本不知道此事，也从不提及。战争太残酷了，他的母亲还是没能等到他回来，我和他一起祭奠了老人家。他跪下来说，请我原谅，我没让他说下去，我们又做了二十几年的朋友，我没理由不宽容他。"

**【人生箴言】**

宽容是人处世的准则。只有一个拥有智慧的人，才会在心中留出一片天地给别人。当你学会宽容别人时，就是学会宽容自己，给别人一个改过的机会，就是给自己一个更广阔的空间！

# 七擒孟获

紫罗兰把它的香气留在那踩扁了它的脚踝上。这就是宽怒。

——马克·吐温

《三国演义》中诸葛亮对孟获"七擒七纵"的故事脍炙人口。

当时的蜀国南部，就是云南贵州交界处，少数民族的大酋长孟获发动叛乱，诸葛亮领兵平息叛乱。有人建议，派一员大将南下足以消灭孟获，丞相就不必深入"不毛之地"了。但是诸葛亮考虑到孟获在少数民族中的威望，还是决定亲自南下，他要对孟获恩威并施，非让对方心悦诚服不可。

在诸葛亮的指挥下，蜀军很快活捉了孟获，士兵押孟获进营后，诸葛亮亲自给他松绑，还叫人摆酒席款待他。第二天，诸葛亮陪他参观蜀军营地，问道："你觉得军营怎么样？"孟获轻蔑地说："不过如此。以前我不知道你的虚实，才战败了。现在我看到了你们的部署，如果你放我回去，再战必定不同。"诸葛亮笑着，把孟获放走了。几天后，孟获果然带兵重来，结果又战败被俘。孟获仍不服输，于是诸葛亮又放了他。

孟获和诸葛亮接连打了七次，七次皆被活捉。前六次，孟获始终不服，诸葛亮虽恼他不知好歹，但都以礼相待，不伤他分毫地放他回去，最后一次，孟获又被押解到蜀军营帐。士兵传下诸葛亮的话：丞相不愿意再见孟获，下令放孟获回去，让他整顿好人马，再来决一胜负。孟获想了很久，说："七擒七纵是古往今来从没有过的事，丞相已经给了我很大的面子，我虽然没有多少知识，也懂得做人的道理，怎么能这么不给丞相面子？"说罢跪倒在地，流着泪说："丞相天威，我们再不反叛了！"诸葛亮很高兴，赶紧把孟获搀扶起来，请他入营帐，设宴招待，最后客客气气地把孟获送出营门，让他回去。孟获也果然遵守诺言，此后对蜀汉死心塌地，直到诸葛亮死，南方再没出过乱子。

诸葛亮七擒孟获的故事把人的宽容、智谋和耐心都演绎到了极致，也只有这种极致的宽容和智慧，才能彻底地收服人心，不仅为将来出兵中原扫清了后顾之忧，也为南方少数民族赢得了长治久安下的繁荣发展。

## 【人生箴言】

宽容是一种接纳，宽容别人，才能赢得人心，接纳世界，才能融入世界。对那些胸襟比天空更广阔的人来说，整个世界都是他们的。

# 真正的民族斗士

有时宽容引起的道德震动比惩罚更强烈。

——苏霍姆林斯基

南非的民族斗士曼德拉就是一个胸怀非常宽广的人。当年，曼德拉因为领导反对白人种族隔离政策而被捕入狱，白人统治者把他关在位于大西洋一个荒岛总集中营的"锌皮房"里，这一关就是27年。期间，曼德拉每天早晨排队到采石场，然后被解开脚镣，下到一个很大的田地里做挖掘石灰石的艰苦工作。有时，还会从冰冷的海水里捞取海带。狱中生活非常艰难。因为曼德拉是要犯，专门看押他的看守就有3个人。

1990年，曼德拉出狱。1994年5月10日，曼德拉正式就任南非历史上第一任黑人总统。这一天，他在总统就职典礼上的举动震惊了世界。

总统就职仪式开始了，曼德拉起身致辞欢迎他的来宾。在介绍了来自世界各国的政要后，他说，令他最高兴的是当初看守他的3名狱方人员也能到场。他邀请他们站起身，以便他能介绍给大家。那一刻，曼德拉博大的胸襟和宽宏的精神感动了在场的所有的人，也更让南非那些残酷虐待了他27年的白人汗颜。看着年迈的曼德拉缓缓站起身来，恭敬地向3个曾关押他的看守致敬时，在场的所有来宾以至整个世界，都安静了下来。

曼德拉说起获释出狱当天的心情："当我走出囚室，迈过通往自由的监狱大门时，我已经很清楚，如果自己不能把悲痛与怨恨留在身后，那么我其实仍在狱中。"他并没有因在狱中遭受的疾苦而怨恨那3位狱卒，反而在总统就职典礼上隆重地邀请他们，善待他们，这并不是每个人都能做到的。

### 【人生箴言】

宽容是一种博大的境界。表面上看，它只是一种放弃报复的决定，这种观点似乎有些消极，但真正的宽恕却是一种需要巨大精神力量支持的积极行为。宽容是为了那些曾经侵犯我们的人着想而做出的，它的最高境界是心灵的净化和升华，它使我们从中看到了非常、强大的力量。

# 傲慢的职员

一个伟大的人有两颗心：一颗心流血，一颗心宽容。

——纪伯伦

洛克菲勒是美国历史上最富有的人，是世界公认的石油大王。有一次，他本可以好好教训一个缺少教养的职员，但是事实上他并没有那样做。

这件事情要追溯到很久以前，洛克菲勒空闲的时间很少，所以他总是将一个可以收缩的运动器——一种手拉的弹簧，闲暇时挂在墙上用手拉扯的——放在随身的袋子里。有一天，他走到自己的一个分行里去，这里的人都不认识他，他说要见经理。

有一个神色傲慢的职员见了这个衣着随便的年轻人，便回答说："经理很忙。"

洛克菲勒便说，等一等不要紧。当时待客厅里没有别人，他看见墙上有一个适当的钩子，洛克菲勒便把那运动器拿出来，很起劲地拉着。弹簧的声音打扰了那个职员，于是他急忙跳起来，气愤地瞪着他，冲着洛克菲勒大声吼道："喂，你以为这里是什么地方啊，健身房吗？这里不是健身房。赶快把东西收起来，否则就出去。懂了吗？""好，那我就收起来罢。"洛克菲勒和颜悦色地回答着，把他的东西收了起来。5分钟后，经理先生来了，很客气地请他进去坐。

那个职员当时就傻了。他觉得他在这里肯定呆不长了，前程肯定也是断送了。洛克菲勒临走的时候，还客气地和他点了点头，而他则是一副不知所措的惶恐样子。他觉得在这个星期六的时候，他和付薪金的信封一定会脱离关系的。他把这件事告诉了他的妻子。

但是到了周末什么也没发生。又过了一个星期，再过一个星期，也还是没有事。过了三个月之后，他忐忑不安的心才慢慢平静下来。

## 【人生箴言】

生活中我们每个人难免与别人产生摩擦、误会、甚至到了仇恨的地步；这时别忘了在自己心里装满宽容。宽容是温暖明亮的阳光，可以融化人内心的冰点，让这个世界充满浓浓暖意。

# 火灾中的两个女人

以温柔、宽厚之心待人，让彼此都能开朗愉快地生活，或许才是最重要的事吧。

——松下幸之助

两户人家相邻而居，各家都有一个几岁大的孩子。其中一家的女主人又高又胖，看起来很强壮；而另外一家的却是个瘦小的女人，她在一所学校里面做教师。

孩子在一起游戏、嬉闹，难免会出现争执。每当两个孩子发生争执的时候，胖女人就会来到瘦女人家的院门叫骂不停。

瘦女人面对胖女人的叫骂，每次都以沉默回应，所以两家从来没有发生过严重冲突。但是两家的孩子慢慢地不再来往，而且，两家大人也开始不再来往，有时候见了面，也不打招呼。

他们居住的小镇，旁边就是一座山，山上种满了树。有一年天气特别干燥，山上突然起了大火，两家的男主人都到山上扑火去了。

谁都没有想到，大火会蔓延到小镇上来，整个小镇很快就成了火海。那个晚上，当瘦女人被大火和逃命声惊醒，拉着儿子跑出房门时，她看到火势就要蔓延过来。就在瘦女人和儿子跑出院门时，隔壁胖女人儿子的哭喊声传进瘦女人的耳中。做了多年的邻居，瘦女人知道，胖女人心脏不好，兴奋过度、紧张都会晕倒。瘦女人立刻想到，一定是胖女人晕倒了。瘦女人的脚步停了停，片刻的犹豫之后，马上就转向了胖女人家。

只见胖女人仰躺在地上，双眼紧闭，她的儿子扑在她身上，不知所措地呼叫着她，不停地用手推着她。

瘦女人马上蹲下来拼命地喊叫，胖女人却一点反应都没有。这时，火势已经蔓延过来，能听到木板被烧着之后的"噼啪"响声。瘦女人将胖女人背到背上，一边大声地叮嘱着让两个孩子沿大街向镇外的大河跑，一边踉跄着迈动了脚步。胖女人太重了，没跑出多远，瘦女人就呼吸急促，脚步也慢了下来。最后，她几乎是在一步一步地往前蹭，终于还是被胖女人压倒在了地上。

大火越来越近了，瘦女人知道，自己不能停，哪怕慢一步都会葬身火海。她顾不上喘口气，又试着背起胖女人，试了几次却都没能站起来。瘦女人趴到了地面上，将胖女人拉上后背，驮着胖女人开始一点一点地向外爬……后来，附近的人们在离大火30米远的地方，找到了这两个女人。当时，胖女人昏迷着压在瘦女人的背上，瘦女人也已经昏过去，双手、双膝血肉模糊，身后是一条从大火中延伸出的血迹斑斑的路……当胖女人的丈夫从山上下来时，40多岁的汉子，一下子就跪倒在了还昏迷着的瘦女人面前。

## 【人生箴言】

心宽一寸，路宽一尺。人与人之间多一份宽容，生活中就会多一份理解，多一份真善，多一份幸福，多一份珍重与美好。

# 帮助自己的仇人

最高贵的复仇之道是宽容。

——雨果

在很久以前，有一位非常富有的商人，在他年事已高时，便决定把家产分给三个儿子，但在分财产之前，他要三个儿子去游历天下做生意。临行前，他告诉孩子们："你们一年后要回到这里，告诉我你们在这一年内，所做过的最高尚的事。我的财产不想分割，集中起来才能让下一代更富有；只有一年后，能做到最高尚事情的那个孩子，才能得到我的所有财产！"

一年之后，三个儿子陆续回到家里。

老大先说："我在游历期间，曾遇到一个陌生人，他十分信任我，将一袋金币交给我保管。后来他不幸过世，我就将金币原封不动的交还给了他的家人。"他的父亲评价说："孩子，你做得很好！但是诚实是你应有的品德，称不上是高尚的事情。"

二儿子接着说："我旅行到一个贫穷的村落，见到一个小孩不幸落水掉到河里，我立即跳下马，奋不顾身的把那个孩子救了上来。"他的父亲称赞说："孩子，你真了不起！但是救人是你应尽的责任，这件事也称不上是高尚的事。"

三儿子迟疑了一下说："我有一个仇人，他千方百计的陷害我，有好几次我差点死在他的手中。在我旅行途中，有一个夜晚，我独自骑马走在悬崖边，发现我的仇人正睡在崖边的一棵树下，我只要轻轻一脚，就能把他踢下悬崖；但我没这么做，我叫醒他，让他继续赶路。这实在算不上什么大事……"

他的父亲却正色回答："我的孩子，能帮助自己的仇人，是高尚而神圣的事，你办到了。来，我所有的产业将都是你的。"

**【人生箴言】**

以德报怨，用你的体谅、关怀、宽容对待曾经伤害过你的人，使他感受到你的真诚和温暖，这或许是最大的宽容。

# 猜猜我的军衔

宽容就像天上的细雨滋润着大地。它赐福于宽容的人，也赐福于被宽容的人。

——莎士比亚

有一次，俄国伟大的大帝亚历山大骑马旅行。这一天，他来到了俄国西部乡镇的一家小客栈，为了更好地体察民情，他决定徒步走访这个小镇。然而，在结束他的访问回客栈时，亚历山大却忘记了回去的路。

亚历山大正在寻找客栈时，他看到在一家旅馆门口站着一个军人。于是，他就走过去问他能否告知去客栈的路。因为当时亚历山大并没有穿着有官衔标志的军服，而是平纹布衣的便装。

那军人傲慢地朝这个身穿平纹布衣的旅行者看了一眼，头一扭，不屑地说："往右走！"然后他依然叼着大烟斗不紧不慢地吸着。

亚历山大很真诚地说了声"谢谢"，然后又问那个叼烟斗的军人，"麻烦您告诉我到客栈还有多远呢？"

"还有1英里呢！"那军人口气很不好地说，然后又朝大帝瞥了一眼。亚历山大在向他道谢后刚走出几步又停住了，他返回来继续微笑着向军人说："请原谅，我可以再请教您一个问题吗？"

这时，那军人显得很不耐烦，他一脸傲气，似乎已经容不得别人再问什么了。五分钟之后，军人才不紧不慢地回应："你到底还有什么事？"

然而，亚历山大大帝仍旧彬彬有礼地说："如果可以的话，您是否愿意告诉我您的军衔是什么呢？"

傲慢的军人在猛吸了一口烟说："那你就猜猜看嘛！"

亚历山大大帝非常风趣地猜道："您是中尉？"

那个烟鬼一般的军人的嘴唇稍微动了一下，没有说什么，但他的意思很明显，他并不止是一个中尉，他的军衔应该更高一些才对。

聪明的亚历山大大帝于是接着猜："那就是上尉喽？"

听到这里，烟鬼军人显示出一副非常得意的样子，然后他摆了摆手说："不，还要高一些。"

亚历山大大帝仍旧很友好地说："那么，你就是少校了？"

"非常正确！"烟鬼军人高傲地回答。于是，大帝非常敬佩地向他敬了礼。那位少校骄傲地转过身并摆出一副对下级训话的高贵神气，然后说："假如你不介意的话，请你也告诉我你的军衔是什么？"

亚历山大大帝也学着少校先前的方式，他乐呵呵地回答："你也猜猜看！"

"中尉？"少校猜测说。

大帝摇摇头说："不，接着猜猜！"

"上尉？"少校又猜测说。

"也不是！"大帝仍旧摇摇头说。

少校有点沉不住气了，于是走近了大帝仔细打量了一番，然后说："那么，你也是少校了？"

大帝非常镇静，他微笑着跟上校说："继续猜！"

少校已经很紧张了，他取下烟斗，原来那副高贵的神气样子也一下子消失了。他的语气开始变得十分尊敬，他低声说："那么，你一定就是部长或是将军了？"

"还是不对，不过您已经快猜到了。"大帝说。

"殿……殿下，您是陆军元帅吗？"少校开始结结巴巴了。

"我的少校，现在请您再猜一次吧！"大帝说。

"皇帝陛下！"少校已经紧张地不行了，烟斗也从手中掉到了地上。他猛地跪在了大帝面前，忙不迭地喊道："陛下，请饶恕我吧！"

"少校，您让我饶你什么呢？"大帝还是笑着说，"您并没有伤害我呀，我向您问路，您告诉了我，我还应该对您说声谢谢呢！"

【人生箴言】

错误在所难免，宽恕就是神圣。宽容就是不计较，事情过了就算了。宽容和忍让能够换来最甜蜜的结果。多一分宽容，就会多一个朋友，少一个敌人。

# 负荆请罪

人心不是靠武力征服，而是靠爱和宽容大度征服。

——斯宾诺沙

战国时期，蔺相如因卓越的外交才能而被赵惠文王拜为上卿，位列战功卓著的老将军廉颇之右。

廉颇对此相当不满，心想自己南征北战，九死一生为赵国立下了汗马功劳，到头来反倒让只会耍嘴皮子的蔺相如占了上风，心里不服，表示遇到他一定当面羞辱一番。蔺相如知道这件事情后，不愿意和廉颇争位次先后，便处处留意，有意避让廉颇，上朝时假称有病，以便回避。

有一次，蔺相如乘车外出，远远望见廉颇的车子急驶而来，急忙叫手下人将车赶入一条小巷。手下人见廉颇的车得意洋洋地远去，非常气愤，以为蔺相如怕廉颇。蔺相如对他们说："连如狼似虎的秦国我都不惧怕，难道我怕廉颇将军？我们赵国到今天之所以未遭秦国攻打，是因为武的他们怕廉颇老将军，文的怕我蔺相如啊。如果我和廉老将军不能和睦相处，互相冲突，必有一伤，内讧一起，秦国就会趁机侵略赵国，将相不和而引敌来犯，我岂不成了国家的罪人？所以，我对老将军避让，是因为我把国家安全放在前头，不计较个人恩怨。"听了蔺相如这番话，手下人大为感动，从此他们也学蔺相如的样子，对老将军手下也处处谦让。

不久，此事传到了廉颇的耳中，他被蔺相如如此宽大的胸怀深深感动，更为自己的言行深感愧疚。于是脱掉上衣，背负荆杖，亲自到相如家中请罪，他沉痛地说："我是个粗陋浅薄的人，真是老糊涂了。真想不到你会对我如此宽容，惭愧啊惭愧！"

蔺相如见廉颇态度真诚，赶忙亲手解下荆杖，请他入座，两人坦诚相叙，以此誓同生死，成为至交。这就是历史上有名的"负荆请罪"。

### 【人生箴言】

人非圣贤，孰能无过。在与人相处的过程中，如果你具有宽阔的胸怀，求大同存小异，谅解他人，你就会有许多朋友，且左右逢源，诸事遂愿。

# 放下仇恨

只有勇敢的人才懂得如何宽容；懦夫绝不会宽容，这不是他的本性。

——斯特恩

有一位德高望重的老禅师叫法正，每年都有成千上万的人去请他解答疑问，或者拜他为师。这天，寺里来了几十个人，全都是心中充满了仇恨而因此活得痛苦的人。他们跑来请法正禅师替他们想一个办法，消除心中的仇恨。

他们每一个人都跑去向法正禅师诉说自己的痛苦，说自己心中有多么的仇恨。法正禅师说："我屋里有一堆铁饼，你们把自己所仇恨的人的名字一一写在纸条上，然后一个名字贴在一个铁饼上，最后再将那些铁饼全都背起来！"大家听了禅师这么说，不明所以，但还是都按照法正禅师说的去做了。

于是那些仇恨少的人就背上了几块铁饼，而那些仇恨多的人则背起了十几块，甚至几十块铁饼。这样一来，那些背着几十块铁饼的人就很重，非常难受。没多久，有人就叫起来了："禅师，能让我放下铁饼来歇一歇吗？"法正禅师说："你们感到很难受，是吧？你们背的岂止是铁饼，那是你们的仇恨，你们现在都能放下了？"大家不由地抱怨起来，甚至还有人私下小声说："我们是来请他帮我们消除痛苦的，可他却让我们如此受罪，还说是什么有德的禅师呢，我看也就不过如此！"

还有人高声说道："我看你是在想法子整我们！"

法正禅师虽然人老了，但是却耳聪目明，他听到了，一点儿也不生气，反而微笑着对大家说："我让你们背铁饼，你们就对我仇恨起来了，可见你们的仇恨之心不小呀！你们越是恨我，我就越是要你们背！"

过了一会儿，看大家真的是很累了。于是，法正禅师笑着说："现在，你们感到很轻松，对吧？你们的仇恨就好像那些铁饼一样，你们一直把它背负着，因此就感到自己很难受很痛苦。如果你们像放下铁饼一样放弃自己的仇恨，你们也就会如释重负，不再痛苦了！"大家听了不由地相视一笑，各自吐了一口气。法正禅师接着说道："你们背铁饼背了一会儿就感到痛苦，又怎能让仇恨背负一辈子呢？现在，你们心中还有仇恨吗？"大家笑着说："没有了！你这办法真好，让我们不敢也不愿再在心里存半点儿仇恨了！"

法正禅师笑着说："仇恨是重负，一个人不肯放弃自己心中的仇恨，不能原谅别人，其实就是自己在仇恨自己，自己跟自己过不去，自己给自己罪受！"听到这里，大家恍然大悟。

📄 【人生箴言】

　　放下仇恨，原谅别人，就是善待自己，就是释放自己的心灵。当你能够真正放下仇恨，不用在仇恨的泥沼中挣扎难安，你才发现另一番开阔天地。

# 宽容改变人生

不会宽容别人的人，是不配受到别人宽容的。

——屠格涅夫

小提琴演奏家艾德蒙先生曾经历了这样一件事。有一天，当他走进家门的时候，突然听到楼上卧室里传来了小提琴的声音。

"有小偷！"艾德蒙先生马上反应过来，急忙冲上楼。果然，一个大约13岁的陌生少年正在那里摆弄小提琴。他头发蓬乱，脸庞瘦削，不合身的外套里面好像塞了某些东西。他被艾德蒙先生抓了个正着。

那少年见了艾德蒙先生，眼里充满了惶恐、胆怯和绝望，那是一种非常熟悉的眼神，刹那间，艾德蒙先生的心柔软了下来。愤怒的表情顿时被微笑所代替，他问道："你是丹尼斯先生的外甥琼吗？我是他的管家。前两天，丹尼斯先生说你要来，没想到来得这么快！"

那个少年先是一愣，但很快就回应说："我舅舅出门了吗？我想先出去转转，待会儿再回来。"艾德蒙先生点点头，然后问那位正准备将小提琴放下的少年："你也喜欢拉小提琴吗？""是的，但拉得不好。"少年回答。

"那为什么不拿着琴去练习一下？我想丹尼斯先生一定很高兴听到你的琴声。"他语气平缓地说。少年疑惑地望了他一眼，还是拿起了小提琴。

临出客厅时，少年突然看见墙上挂着一张艾德蒙先生在歌德大剧院演出的巨幅彩照，身体猛然抖了一下，然后头也不回地跑远了。

艾德蒙先生确信那位少年已经明白是怎么回事，因为没有哪一位主人会用管家的照片来装饰客厅。

那天黄昏，回到家的艾德蒙太太察觉到异常，忍不住问道："亲爱的，你心爱的小提琴坏了吗？"

"哦，没有，我把它送人了。"艾德蒙先生缓缓地说道。

"送人？怎么可能？你把它当成了你生命中不可缺少的一部分。"艾德蒙太太有些不相信。

"亲爱的，你说的没错。但如果它能够拯救一个迷途的灵魂，我情愿这样做。"见妻子并不明白他说的话，他就将经过告诉了她，然后问道："你觉得这么做有什么不对吗？""你是对的，希望你的行为真的能对这个孩子有所帮助。"妻子说。

三年后，在一次音乐大赛中，艾德蒙先生应邀担任决赛评委。最后，一位叫里奇的小提琴选手凭借雄厚的实力夺得了第一名。颁奖大会结束后，里奇拿着一只小提琴匣子跑到艾德蒙先生的面前，脸色绯红地问："艾德蒙先生，您还认识我吗？"艾德蒙先生摇摇头。"您曾经送过我一把小提琴，我珍藏着，一直到了今天！"里奇热泪盈眶地说，"那时候，几乎每一个人都把我当成垃圾，我也以为自己彻底完了，但是您让我在贫穷和苦难中重新拾起了自尊，心中再次燃起了改变逆境的熊熊烈火！今天，我可以无愧地将这把小提琴还给您了……"

里奇含泪打开琴匣，艾德蒙先生一眼瞥见自己那把心爱的小提琴正静静地躺在里面。他走上前紧紧地搂住了里奇，三年前的那一幕顿时重现在艾德蒙先生的眼前，原来他就是"丹尼斯先生的外甥琼"！艾德蒙先生眼睛湿润了，少年没有让他失望。

因为宽容，艾德蒙先生成就了一个音乐奇才。

## 【人生箴言】

宽容具有伟大的力量，一句简单的话，一个小小的善举，或许就会改变了一个人的一生。宽容是一种博大的情怀，它能包容人世间的喜怒哀乐。宽容也是一种境界，它能使人生跃上新的台阶。

# 军官和老炊事员

该放下时且放下，你宽容别人，其实是给自己留下来一片海阔天空。

——于丹

这是一场惨烈的战争，几乎所有的士兵都丧命于敌人的刀剑之下。

命运把两个地位悬殊的人推到了一起：一个是年轻的指挥官，一个是年老的炊事员。他们两人在奔逃中相遇了，两个人不约而同地选择了相同的路——沙漠。追兵在沙漠的边缘止步了，因为他们不相信有人会从沙漠里活着出去。

"请带上我吧，丰富的阅历教会了我怎样在沙漠中辨识方向，我对你会有用的。"老人哀求道。指挥官麻木地下了马，他认为自己已经没有求生的资格了，他望着老人花白的双鬓，心里禁不住一颤：因为我的无能，几万个鲜活的生命从这个世界上消失了，我有责任保护这最后一个士兵。于是，他扶老人上了战马。

在这茫茫的沙海中，到处是金色的沙丘，没有一个标志性的东西，让人很难辨认方向。"跟我走吧！"老人果敢地说。指挥官跟在他的后面。灼热的阳光把沙子烤得炙热，他们喉咙干得几乎要冒烟。不幸的是，他们没有水，也没有食物。老人说："把马杀了吧！"年轻人怔了一下，唉，要想活着也只能这样了。于是，他取下了腰间的军刀。

"现在没马了，就请你背我走吧！"年轻人又怔住了，心想：你有手有脚，为什么要人背着走，这要求确实有点过分。但长期以来，他都处在深深的自责中，老人此时要在沙漠中逃生，也都是因为他不称职。年轻的指挥官此刻唯一的信念就是让老人活下去，以弥补自己的罪过。他们就这样一步一步地前进着……

一天，两天……十天……茫茫的沙漠好像无边无际，到处都是灼热的沙砾，满眼都是弯曲的线条。白天，年轻的指挥官是一匹任劳任怨的骆驼；晚上，他又成了最体贴周到的仆人。然而，老人的要求却越来越多，越来越过分。比如，他会把两人每天总共的食物吃掉一大半，会把每天定量的马血喝掉好几口。年轻人从没有怨言，他只希望老人能活着走出沙漠。他们俩越来越虚弱了，直到有一天，老人奄奄一息了，"你走吧，别管我了。"老人忿忿地说，"我不行了，还是你自己走吧！"

"不，我已经没有了生的勇气，即使活着我也不会得到别人的宽恕。"

这时，一丝苦笑浮上了老人的面容，他说："说实话，这些天来难道你就没有感到我在刁难、拖累你吗？我真没有想到，你不和我较真，你的心竟然可以包容下这些不平等的待遇。"

"我只想让你活着，你让我想起了我的父亲。"年轻人痛苦地说。老人这时解下了身上的一个布包，"拿去吧，里面有水，也有吃的，还有指南针，你朝东再走一天，就可以走出沙漠了，我们在这里的时间实在太长了……"老人闭上了眼睛。

"你醒醒，我不会丢下你的，我要背你出去。"老人勉强睁开眼睛，"唉，难道你真的认为沙漠这么漫无边际吗？其实，只要走三天，就可以出去，我只是带你走了一个圆圈而已。我亲眼看着我的两个儿子死在敌人的刀下，他们的血染红了我眼前的世界，这全是因为你。我曾想和你同归于尽，一起耗死在这无边的沙漠里，然而你却用胸怀融化了我内心的仇恨，我已经被你的宽容大度征服了。只有能宽容别人的人才配受到他人的宽容。"说完，老人永远地闭上了眼睛。

指挥官十分震惊地矗立在那儿，仿佛又经历了一场战争，又经历了一场人生的战斗。他得到了一位父亲的宽容。此时他才明白，武力征服的只是人的躯体，只有靠爱和宽容大度才能赢得人心。他放平老人的身体，怀着一颗宽容的心，向着希望走去。

### 【人生箴言】

宽容是人类的一种美德，也是一种博大的智慧，它是一种解决仇恨的良方。对于战争所给人们带来的巨大伤害，我们不能仅停留在仇恨的记忆上。因为仇恨是一切罪恶的种子，它除了能带来更多的仇恨之外，对于我们没有任何帮助。

# 齐桓公称霸

宽恕而不忘却，就如同把斧头埋在土里而把斧柄留在外面一样。

——巴斯克里

春秋时期齐国国君齐襄公被杀。襄公有两个兄弟，一个叫公子纠，当时在鲁国（都城在今山东曲阜）；一个叫公子小白，当时在莒国（都城在今山东莒县）。两个人身边都有个师傅，公子纠的师傅叫管仲，公子小白的师傅叫鲍叔牙。两个公子听到齐襄公被杀的消息，都急着要回齐国争夺君位。

在公子小白回齐国的路上，管仲早就派好人马拦截他。管仲拈弓搭箭，对准小白射去。只见小白大叫一声，倒在车里。管仲以为小白已经死了，就不慌不忙护送公子纠回到齐国去。怎知公子小白是诈死，等到公子纠和管仲进入齐国国境，小白和鲍叔牙早已抄小道抢先回到了国都临淄，小白当上了齐国国君，即齐桓公。

齐桓公即位以后，即发令要杀公子纠，并把管仲送回齐国办罪。管仲被关在囚车里送到齐国，鲍叔牙立即向齐桓公推荐管仲，齐桓公气愤地说："管仲拿箭射我，要我的命，我还能用他吗？"

鲍叔牙说："那回他是公子纠的师傅，他用箭射您，正是他对公子纠的忠心。论本领，他比我强得多。主公如果要干一番大事业，管仲可是个用得着的人。"齐桓公也是个豁达大度的人，听了鲍叔牙的话，不但不治管仲的罪，还立刻任命他为相，让他管理国政。

在管仲的辅助下，齐桓公整顿内政，开发富源，大开铁矿，多制农具，后来齐国就越来越富强了。

齐桓公之所以能成就霸业，主要用了管仲之谋的缘故。如果齐桓公当时没有容人的气度，把管仲杀了，就可能没有后来齐桓公的雄伟事业。

### 【人生箴言】

　　宽容是一种气度，一种风范，它有助于你事业的成功，一个人只有摒弃了内心的小小私念，才能把事业做大做好。

# 胸怀宽厚的狄青

　　报复的目的无非只是为了同冒犯你的人扯平。然而如果有度量宽谅别人的冒犯，就使你高于冒犯者了。

——弗·培根

　　北宋名将狄青和猛士刘易之间有一段这样的故事。有一年，狄青要出守边塞，他的好朋友韩将军向他推荐了一名猛士，这名猛士叫刘易。刘易熟知兵法，善打恶仗，对狄青守卫的那段边境的情况非常熟悉，狄青带他一起到边境去十分必要。但是刘易有个很不好的嗜好，就是特别爱吃苦荬菜，一顿饭吃不到苦荬菜就会呼天喊地，骂不绝口，甚至还会动手打人，士兵、将领都有点怕他。

　　刘易和狄青一起到边塞后，忙于军务，每天早起晚睡，从内地带的苦荬菜很快就吃完了，而边塞又见不到这种野菜。这天，士兵送来的菜里缺少了苦荬菜，刘易便把盛饭菜的器皿扔到地上，并在军营中大闹不止。士兵将此事情报告给狄青，狄青听了非常生气。

　　对于这种情况而言，刘易这样的人是绝不能留在戍边军队中的。但刘易又确实与众不同。狄青考虑，与这种性格刚烈的人发生正面冲突，不仅破坏了自己与韩将军的朋友关系，而且会影响刘易的情绪；如果放任不管，势必会动摇其他士兵的军心，影响戍边大业。

于是，狄青出面好言安抚刘易，并立即派人回内地去取苦荬菜。一部分将领见这种情况，非常不服气，说狄将军骁勇善战，屡建奇功，而刘易何德何能，却要狄将军放下军务派人去给他弄苦荬菜吃。特别气盛的将领还想去与刘易比一比武艺，杀一杀刘易的威风。狄将军急忙劝阻众将说："刘易原来不是我的部下，如果你们与他计较，争强斗胜，传出去势必会给敌人以可乘之机。我们现在要加强团结，决不能争一时之短长。"

当这些话传到刘易的耳中时，他非常感动。狄将军派人专程去弄苦荬菜，刘易觉得自己得到了别人的同情和理解；狄将军劝阻将领勿争强斗胜，刘易觉得是真正顾全大局，宽宏大量。在这种情况下，自己不该再给非常忙碌的狄将军添麻烦。

过了几天，刘易懊悔地去找狄青，说："狄将军，您治军严整，我在韩将军手下时就有耳闻。这次我因这么点小事就大闹，您不仅不责怪我，还原谅了我，我一定会报答您。"从此，刘易再也没为苦荬菜闹过事，并且逢人便夸狄将军的宽阔胸怀。

## 【人生箴言】

胸怀宽广是一种涵养的体现，也是成就大事的前提。一个人如果拥有宽容之心，就会让他周围的人产生安全感与感激之情，进而靠近他、拥护他。所以，做人处世要有容人之量，这样你才会赢得更多的朋友。

# 一个女人的遗憾

宽宏精神是一切事物中最伟大的。

——欧文

有个女人，因为小的时候家里太穷了，她的母亲把她送给了别人。长大后，她知道了这件事，心里极其怨恨自己的亲生父母，觉得他们太狠心了。她的亲生母亲几次想要来相认，她都拒绝了，连母亲亲手给她织的毛衣她也一次没有穿过，而是把它收了起来，搁在箱底。就这样，她结了婚，生了孩子，但她的心一直沉浸在怨恨里。在她30岁的那年，突然传来母亲病危的消息。那时刚好是冬天，乡里的人送来信，说母亲想见她一面，让她穿上那件毛衣。

这个女人听后，心里开始有些慌乱。再怎么着也是生母，她急匆匆地穿上母亲织的毛衣就上路了。在路上，她觉得冷，就把手伸进口袋中取暖，她突然在口袋中摸到了一张纸条。她拿了出来，好奇地打开，原来是母亲写给她的信。母亲在信上说，家里的另一个孩子是捡来的，那时候实在养活不了两个孩子，才决定把她送出去。因为那个孩子太小，又病得不成样子，除了他们两口子，没人要他。

看完纸条后她非常震惊，眼里涌出了泪水。母亲这么多年来是多么的伤心啊，她是她唯一的女儿啊！

赶到母亲那里时，老人已经辞世了。母亲走的时候，手里紧紧地握着一枚蓝色的扣子。在母亲的身边放着一封信，信里说，送给女儿毛衣的那天，母亲回到家里才发现那件衣服上的一枚扣子掉在了地上。母亲把它捡了起来，一直想去帮女儿缝上这枚扣子。想了十几年，希望再见到女儿，母亲欠女儿一枚扣子。

她拿着这枚扣子，扣子已经被磨搓得光滑圆润，亮闪闪的，她不知道，每当深夜时，母亲想起她，就会拿出那枚扣子，放在掌心静静地看，看了十几年。

这个女人的余生都是在悔恨中过日子。前30年，她在怨恨中过；后45年，她在悔恨中过。前30年已无法挽回了，为什么后45年还要去为前30年付出那么多的代价呢？如果在母亲给她送来毛衣的那天，她能够宽容一次，那么，她的一生可能就要改写。

## 📋【人生箴言】

试着用仁慈的宽容之心去对待别人的过失，用感恩的心去对待身边的人，你就会少一些人生的遗憾。亲情、友情、爱情，想维系这些我们生命中最重要的感情，就要学会宽容。不要因为谁伤害过你，就沉溺于痛苦的回忆中不能自拔，收起悲伤，原谅对方吧，你也会收获更多的快乐。学会了包容他人，你就真正地拥有了那份广阔的心胸，那份坦然，那份自然。

# 化解冲突的服务员

心胸狭窄的人不会快乐。心胸狭窄的最简单的定义是太过分地专注于个人的利益，而容不下别人的利益。

——罗曼·罗兰

有这样一个发生在餐厅里的故事。

"服务员！你过来！你过来！"一位顾客高声喊，指着面前的杯子，满脸寒霜地说："看看！你们的牛奶是坏的，把我一杯红茶都糟蹋了！"

"真对不起！"服务员一边陪着不是，一边微笑着说，"我立即给你换一下。"

新红茶很快就准备好了，碟子和杯子跟前一杯一样，放着新鲜的柠檬和牛奶。服务员轻轻放在顾客面前，又轻声地说："我是不是能建议您，如果放柠檬就不要放牛奶，因为有时候柠檬酸会造成牛奶结块。"

那位顾客的脸一下子红了，匆匆喝完茶，走出去。

有人笑问服务员："明明是他土，你为什么不直说他呢？他那么粗鲁地叫你，你为什么不还以颜色？"

"正是因为他粗鲁，所以要用婉转的方式对待；正因为道理一说就明白，所以用不着大声。"服务员说。

那个问话人同意地点了点头。

**【人生箴言】**

在现实生活中，并不是所有问题都值得去争论，也不是任何话题都可以拿出来争论。在有些情况下，因为个人的性格、兴趣和偏好不同，对问题的看法也不相同。这时如果去引发一场争论，那一定没有任何结果，也毫无意义，甚至会使矛盾越闹越大，事情越搞越僵。此时应该有宽容的心态，在这些小事上，没有必要那么清楚明白，不妨大度一些，得理也要让三分，用宽容之心待人。

# 蛮横无理的将军

智者总是着眼于现在和未来，念念不忘旧怨只能使人枉费心力。

——弗·培根

在日本禅门里，有一位大名鼎鼎的梦窗国师。他德高望重，既是有名的禅师，也是当朝国师。

有一次他搭船渡河，渡船刚要离岸，这时从远处来了一位骑马佩刀的大将军，大声喊道："等一等，等一等，载我过去！"他一边说一边把马拴在岸边，拿了鞭子朝水边走来。

船上的人纷纷说道："船已开行，不能回头了，干脆让他等下一班吧！"船夫也大声回答他："请等下一班吧！"将军非常失望，急得在水边团团转。

这时坐在船头的梦窗国师对船夫说道："船家，这船离岸还没有多远，你就行个方便，掉过船头载他过河吧！"船夫看到是一位气度不凡的出家师父开口求情，只好把船撑了回去，让那位将军上了船。

将军上船以后就四处寻找座位，无奈座位已满，这时他看见坐在船头的梦窗国师，于是拿起鞭子就打，嘴里还粗野地骂道："老和尚！走开点，快把座位让给我！难道你没看见本大爷上船？"没想到这一鞭子正好打在梦窗国师头上，鲜血顺着脸颊汩汩地流了下来，国师一言不发地把座位让给了那位蛮横的将军。

这一切，大家都看在眼里，心里是既害怕将军的蛮横，又为国师的遭遇感到不平，纷纷窃窃私语：将军真是忘恩负义，禅师请求船夫回去载他，他还抢禅师的位子，并且打了他。将军从大家的议论中，似乎明白了什么。他心里非常惭愧，不免心生悔意，但身为将军却拉不下脸面，不好意思认错。

不一会儿，船到了对岸，大家都下了船。梦窗国师默默地走到水边，慢慢地洗掉了脸上的血污。那位将军再也忍受不住良心的谴责，上前跪在国师面前忏悔道："禅师，我……真对不起！"梦窗国师心平气和地对他说："不要紧，出门在外难免心情不好。"

📋 【人生箴言】

　　宽容是一面镜子，它可以随时照出人的胸怀。得理不饶人、睚眦必报的人只会照出其狭隘的一面；只有胸怀宽广、心地坦荡地对人，镜子里才会有万朵莲花为你绽放。

# 女孩与教授

　　人的心只有拳头那麼大，可是一个好人的心是容得下全世界的。

——罗大里

　　女孩在一所著名的大学中文系读书，授课的老师中有一位五十出头风度翩翩的男教授。教授不仅著作等身学识渊博，而且谈吐幽默风趣，经常走到学生们中间和他们谈古说今，成为班里女学子们心中的偶像，许多女生甚至主动接近他，希望得到他的提携和指点。

女孩也是其中一个。一天，她约了两位要好的女同学一块儿去教授家请教几个问题，来到教授门前女孩伸出手来正欲敲门，却发现门是虚掩着的，于是她轻轻地推开，看到了令她目瞪口呆的一幕。

教授正在屋内，拥吻着一个女孩子，而那个女孩子也是他的学生。看到不速之客，教授的手像触电一样一下子猛然开，脸色霎时变得惨白。

其实教授已经结婚了，有一个他所深爱也深爱着他的妻子，他的妻子在同城的另一所高校任教，他们有一个阳光帅气的即将大学毕业的儿子，这是一个幸福而完美的家庭。他们的家庭和教授本人洁身自律的品质在校内一直有着良好的口碑。

不知所措的双方就这么站着，也许仅仅只有几秒钟的时间，却像一个漫漫的世纪，空气死一样的沉寂，听得见彼此猛烈的心跳和呼吸。

仅仅是几秒钟的犹豫和停顿后，女孩坦然地站在教授面前，一脸笑容地说道："教授，我们都是您的学生，您可不能偏心哟，您也吻我一下好吗？"

教授马上清醒过来。他轻轻地拥抱并轻吻了一下她的额头。另两位女同学也马上会意过来。走到教授身边提出了相同的请求，教授一一应允了她们。

几年过去了，教授依然拥有一个美好的家庭和良好的口碑，他变得更加勤奋地研究和著述，并取得了极为丰硕的成果。女孩毕业那年，他曾寄给女孩一张贺卡，上面只有一句话："我永远感激你的善良和智慧，是你拯救了我。"

### 【人生箴言】

宽容也是一种智慧。故事中的女孩在化解尴尬问题的方式上是值得称赞的，她既给教授留了面子，又有效地指出了教授的错误。也正是由于女孩运用自己的智慧来宽容教授，才有了教授最后的成就。其实，很多时候，给别人留个余地和面子，或许就是给了别人一个别样的人生。所以，无论遇到什么事，我们都要多想想，怎样用更好的办法去解决，多说几句体谅的话，不要对别人的错误或缺点紧抓不放。记住：保留他人的面子和自尊，是人际交往的底线。

# 来借钱的远房亲戚

> 生活中有许多这样的场合：你打算用怨恨去实现的目标，完全可能由宽恕去实现。

> ——西德尼·史密斯

一位穷困潦倒的远房亲戚来找李先生借钱，说是她丈夫因遇到车祸，脾脏破裂住进了医院。他当时从感情上无法答应她。见到了她，20多年前的往事又浮现在他的眼前，恨和气使他无法接纳她，真不想让她走进他的家门。因为在20多年前，是他借钱给她的丈夫，她的丈夫才娶了她。而当他遇到困难、并且急需用钱时，他只想要回借给她丈夫的钱。而娶进来的她，死活不认账，而且当他的母亲代他去表达他的想法，想要回他的钱时，竟然还动手打了他年近70岁的老母亲。当时他不知道，后来他听了母亲的述说，心里难过极了。钱借给了别人，让老母亲给他去要债，结果老母亲被人家打了。为了母亲，他决定不要这钱了。多少年过去了，一提起这件事他仍气愤难平！今天，她竟然还有脸来借钱！

后来，在她吃饭的时候，李先生顺手拿起一本杂志坐在客厅的沙发看，杂志上的一段话给他启发很深：人世间最宝贵的是宽容，宽容是世界上稀有珍珠。善于宽容的人，总是在播种阳光和雨露，医治人们心灵和肉体的创伤。同宽容的人接触，智慧得到启迪，灵魂变得高尚，襟怀更加宽广。

等到她吃过饭走进客厅时，李先生想：按照她的品行，我不应该去同情她。但过去的事已经过去了，再提也没有什么意义，何况母亲已经不在了。我怎么能和他们一般见识？我应该学会宽容，做一个宽容大度的人，原谅他们的过错。现在她的丈夫生命垂危，我不能见死不救……然后，他跑进屋里，拿了1000元钱交给了她。李先生诚恳地说："这钱拿去给你丈夫治病，不要你还了。"他知道她无能力还钱，起码在这几年内。另外，李先生又给了她价值200元钱的补养品，让她丈夫手术后好好调养。她当时非常震惊和感动，扑通一声就跪在地上，泪流满面地说："叔，对不起，我们欠您的钱，包括以前的钱，我这辈子还不了，我来世还给您，您的大恩大德我一辈子也报答不完，我给您磕头。"李先生看到她那个样子，又悲又喜，眼泪情不自禁地流出来，他的心情是复杂的。

从那件事情以后，李先生的心情轻松了不少。他想一生中最恨的人，他都原谅了她，还有什么做不到的呢！李先生学会了宽容，让他的人生无憾！

## 【人生箴言】

宽容之于爱，正如和风之于春日，阳光之于冬天，它是人类灵魂里美丽的风景。在生活中，利用宽容可以减少很多人与人之间的隔阂，可以让大家更好地沟通，彼此多一些体贴和关怀，同时，宽容也可以解决许多棘手的问题。

# 第六章

## 勇敢的心态：
## 未来有多险，你就要有勇敢

# 成功之门都是虚掩的

　　勇气不仅仅是一种美德，而且还是各种美德在经受考验时，也是在最逼真的情形下的一种表现形式。

——刘易斯·西里尔·康诺利

　　一次公司的工作例会上，总经理特意向全体员工宣布了一条纪律："谁也不能进保安科旁那个破烂的房间。"但是，他没有解释为什么。当时大家也没在意这条与自己毫无关系的纪律，此后也没有人违反这条"禁规"。

　　5个月后，公司招聘了一批员工。在全体员工大会上，总经理再次将上述"禁规"予以重申。这时，只听见了一个新来的年轻人在下面小声嘀咕了一句："为什么？"总经理听了后并没有因为这位新人的不礼貌而恼怒，只是满脸严肃地答道："不为什么！"

　　回到岗位上，那个年轻人百思不得其解，还在思考着总经理为什么要这样做。同事则劝他只管干好自己的那份差事，别的不用瞎操心。因为"听领导的，总是没错"。难道那破房还装有金子不成？那个年轻人偏偏来了犟脾气，非要把事情弄个水落石出不可。于是他决定冒着被炒鱿鱼的危险，去那个房间探个究竟。

　　这天中午，他趁其他同事还在休息时，悄悄来到那间房门前。轻轻地叩了叩那扇门，没有反应。年轻人不甘心，进而轻轻一推，虚掩的门开了，原来门并没有上锁。房间里没有任何摆设，只有一张陈旧的桌子。年轻人来到桌旁，看到桌子上放着一个纸牌，上面用毛笔写着几个醒目的大字——"请速将纸牌转递给总经理"。

　　年轻人拿起那个已堆满灰尘的纸牌，似乎明白了什么，走出房间，乘电梯直奔10楼总经理办公室。当他自信地把纸牌交到总经理手中时，仿佛期待已久的总经理一脸笑意地宣布了一项让年轻人感到震惊的任命："从现在起，你被任命为推销部经理助理。"

在后来的日子里，年轻人果然不负所望，不断开拓进取，把销售部的工作搞得红红火火，并很快被提为销售部经理。事后许久，总经理才向众人做了如下解释："这位年轻人不为条条框框所束缚，敢于对上司的话问个'为什么'，并勇于冒着风险走进某些'禁区'，这正是一个富有开拓精神成功者应具备的良好素质。"

## 【人生箴言】

其实，成功离你并不遥远，可能只是一扇门的距离，就看你是否有勇气打开这扇门。有些时候，不是我们缺少成功的能力，而是缺乏走向成功的勇气。记住，只要你鼓足勇气，勇敢地去推开那扇虚掩的门，就一定能拥有意外的收获。

# 勇敢地面对困难

经过磨难的好事，会显得分外甘甜。

——莎士比亚

1990年，19岁的他大学毕业后参军当了一名伞兵。在部队里，他工作积极，得到了领导和战友的一致肯定。

两年后，在一次排除炸弹的行动中，他不小心引爆了炸弹。一场巨响过后，他倒在了血泊中。当战友跑过来后，发现弹片撕开了他的肚子，左胳膊骨折，骨盆有18处粉碎，膝盖以下全都炸掉了。

万幸，经过紧急抢救，他终于保住了性命。当他睁开眼睛看到自己的样子时，他痛苦万分，他拉着最亲密的战友哀求："求求你，求求你一枪打死我吧。现在这个样子，活着没有任何意义，我想还是死了算了……"

战友看着安慰了他几句，含泪退出去了。

在这之后的四年中，他不断接受着各种康复手术，可身上残废的地方依然没有根治。命运似乎在对他开了个玩笑，总是给无数次给他希望，又无数次让他失望。后来，他安装了假肢，可以试着行走了。他想："既然生命选择了我，我就要勇敢地活下去。虽然我一生再也不会像正常人那样行动，但我依然要享受生活。对，享受生活，这也许就是生命的意义吧。"于是，他开始变得乐观起来，每天跑步、登山和滑雪等，在不断在运动中享受着快乐与刺激。

2000年，在一次慈善的募捐活动中，他又试着跳了一次伞。虽然这次只有40秒，但他却在跳伞中感受到了一种久违的亲切。在天空飞翔的那一刻，他感觉自己与健全人没什么两样。从此，他每天都练习跳伞。一年下来，他跳伞的次数达到了700多次，技术较之于以前更加娴熟了。另外，他还结识了一个同样喜欢跳伞的女孩并同她结了婚，而且他们的婚礼也是在空中举行的。

2003年，他参加了跳伞比赛，并轻松夺冠。他在接受采访的时候说："这次比赛让我感觉自己是个有用的人，我渴望战胜任何对手。"

在这之后的几年中，他练习得更加卖力了。

2010年英国自由式跳伞比赛中，39岁的他战胜了所有对手成功获得冠军。

他的名字叫阿利斯泰尔·霍奇森，是一个从不幸中重新站起来的人。他征服了天空，成为了跳伞运动中最优秀的运动员。他曾深情地说："我很庆幸自己能够获得今天的成绩。我想告诉那些对生命失去信心，对人生不抱任何希望的人，不管多遭受少打击与不幸，只要没有失去勇气，只要拘着一颗快乐而平静的心去奋斗，去争取，你总有一天会获得成功。"

### 【人生箴言】

人生旅途中不可能一帆风顺，常会遇到许多意想不到的困难和挫折，艰难险阻是人生对我们另一种形式的馈赠，困难挫折也是对我们意志的磨炼和考验。面对人生劫难，我们要勇敢地去面对，从挫折中汲取教训，是迈向成功的踏脚石。

# 有一种勇敢叫认错

偶尔犯了错误无可厚非，但从处理错误的态度上，我们可以看清楚一个人。

——松下幸之助

周华是某电视台的记者。有一次，他要去美国采访一个电影节。当时去外国的手续很难办，不但要各种证件，而且得请公司的人事和安全单位出函，于是他托电影公司的一位朋友代办。

周华好不容易备妥了各项文件，送去给那位朋友。可是才回公司，就接到电话，说少了一份东西。

"我刚刚才放在一个信封里交给您的啊！"周华说。

"没有！我没看到！"对方斩钉截铁地回答。

周华立刻赶到那位朋友的办公室，当面告诉那人他确实已细细点过。

那人举起刘先生的信封，抖了抖，说："没有！"

"我以人格担保，我装了！"周华大声说。

"我也以人格担保，我没收到！"那个人也大声吼回来。

"你找找看，一定掉在了什么地方！"周华吼得更大声。

"我早找了，我没那么糊涂，你一定没给我。"那个人也吼得更响。

眼看采访在即，周华气呼呼地赶回公司，又去重新"求爷爷、告奶奶"地办那份文件。就在办的时候，突然接到那个朋友的电话。

"对不起！是我不对，不小心夹在别人的文件里了，我真不是人……"那位朋友说。

周华怔住了，忘记是怎么挂上那个电话的。

周华说虽然那件事是他朋友的错，可是他却十分敬佩他的朋友敢于承认错误的勇气。

**【人生箴言】**

一个人犯错并不可怕，可怕的是没有认错的勇气。"知耻近乎勇"，如果你勇于认错，知错就改，你就是一个勇士，也是一种成功。

# 撕碎手中的机票

不要逃避人生，不要妄自菲薄。要拿出勇气，永进不止。

——池田大作

在NBA的赛场上，有一支球队已到了绝境：再输一场比赛，球队将从NBA里除名——他们输不起。这种绝望的情绪蔓延到每个球员心里，所以来到主队的城市以后，大家都闷闷不乐。这时，球队的经理默默来到更衣室，他给在场的每位球员都发了一张返乡的机票。

"我很抱歉，大家也知道我们的处境，我们几乎没机会了，一旦输了比赛，俱乐部就要解散。所以我给你们每个人回家的机票，打完这场比赛你们就可以回去了。"听完这话，所有队员的心都揪紧了，他们清楚自己将面对一个极其强大的对手，以至于连球队老板都失去了信心，看样子现在球队只有一条路了，那就是解散。

忽然，一个年轻的球员站起来，分开众人走到经理面前，脸涨得通红，无比坚决地，一字一顿地对经理说："我没有准备失败的机票，我来这里只有一个目的——赢得比赛！"说完，他把手中的机票撕得粉碎。他的队友们也纷纷站了起来，撕碎了手中的机票。

那一场球打得异常激烈，带头撕碎机票的年轻球员带伤打满全场。在他的带领下，球队展开了绝地反击，结果出乎所有人的意料——他们击败了强大的对手，球队因此奇迹般地得以保存下来。一个初出茅庐的年轻人就这样靠自己的勇气和毅力挽救了球队，同时也成就了自己，他的名字叫麦克格雷迪。

## 【人生箴言】

常言道：有压力才有动力。若要让自己的人生有所突破，有所成功，就必须给自己更大的压力，逼自己尽最大的努力。这时，选择自断退路确实是一个绝好的方式。斩断退路，就斩断了自己的惰性；斩断退路，就斩断了为自己回旋的余地，这样才能义无反顾地迈向成功的终点。相反，若心存侥幸，则会因留有后路而一败涂地。

# 一个法官的成长历程

你若想尝试一下勇者的滋味，一定要像个真正的勇者一样，豁出全部的力量去行动，这时你的恐惧心理将会为勇猛果敢所取代。

——丘吉尔

美国最受人敬重的法官艾文·班·库柏，之所以能取得人生的巨大辉煌，在很大程度上取决于他勇敢地战胜了自己的懦弱。

艾文·班·库柏生长在密苏里州贫穷的社区。父亲是移民来的裁缝师，收入微薄，经常食不果腹。小时候的班必须提着篮子，到附近的铁道捡拾碎煤块回家取暖。他为此觉得很难堪，总是绕过街道，不想让同伴看到。然而，同伴却经常会看到他。有一群恶少，更喜欢守在他回家的路途中，等着取笑他并打他，把他的碎煤块丢得满地，让他哭哭啼啼地回家。班一直难以摆脱恐惧和自卑的阴影。

　　胜利总是等人们准备好才出现。当他看了哈瑞特·亚格写的《罗勃特·卡夫迪的奋斗》一书之后，决定效法书中像他一样不幸的主人翁，勇敢地抵制横逆。

　　他借来亚格其他的作品，整个冬天，他都坐在寒冷的厨房内，看完一篇篇勇敢与成功的故事，不觉把自己当成书中的主角，在潜意识中培养了积极的心态。

　　几个月之后，班又去铁道捡拾煤块。远远地他看到三个恶少躲在一栋屋子后面。他第一个念头是掉头逃跑，接着，他想到书中勇敢的主角，便抓紧篮子，向前走去。

　　那是一场激烈的打斗。三名恶少同时向班扑过来，篮子掉落在地上，班猛力挥拳，使那些小流氓大感意外。他的右拳击中其中一个人的鼻子，左手打中他的腹部，那名恶少停止攻击，掉头跑了。另外两个人继续联手踢他、打他，他跳了起来，脚落在第二个人的身上，发疯似的，拳头如雨点般落在这个小流氓的腹部和下巴上。这个小流氓无招架之功，爬起来就跑掉了。

　　剩下那个带头的小流氓。他们在数秒钟里互相逼视，带头的小流氓被班严厉的目光逼得一步一步倒退，最后也跑掉了。班愤然捡起一个煤块，向他打过去。

　　直到这时候，班才发现自己的鼻子流血了，身上也布满了淤紫的伤痕。值得！这是班生命中伟大的一天。因为，他克服了自己恐惧懦弱的心理。

　　班的身材和一年前相差无几，他的对手还和原来一样强悍。不同的是，班下定决心不再受人欺负。从那天开始，他改变了自己的世界。

　　班打败三名街头恶少之时，再也不是胆小懦弱的班·库柏，而是哈瑞特·亚格书中的少年英雄罗勃特·卡夫迪。从小便不怕邪恶的班，长大后成了一名罪犯们害怕的法官。

📄 【人生箴言】

　　狭路相逢勇者胜。勇敢与懦弱只是一念之间，当你拿出勇气，战胜懦弱，勇敢地迈出第一步时，你的人生也向前迈出了一大步。生活中，如果你能带着勇气上路的话——任何事情都不能阻挡他们前进。

# 遭遇18次辞退的主持人

怯懦是你最大的敌人，勇敢则是你最好的朋友。

——佚名

在美国，曾有一位电台女主持人被人贬得一文不值，并在自己的职业生涯中遭遇了18次辞退。

在最初求职的时候，她来到美国大陆无线电台面试。但是因为是女性遭到公司的拒绝。接着，她来到了波多黎各工作，由于她不懂西班牙语，于是又花了3年的时间来学习。在波多黎各的日子，她最重要的一次采访，只是有一家通讯社委托她到多米尼加共和国去采访暴乱，连差旅费也是自己出的。在以后的几年里，她不停面试找工作，不停地被人辞退，有些电台指责她能力太差，根本不懂什么叫主持。

尽管如此，她却从来没有放弃过。1981年，她来到纽约一家电台，但是很快被辞退，失业了一年多。有一次，她向两位国家广播公司的职员推销她的倾谈节目策划，都没有得到认可。于是她找到第三位职员，他雇佣了她，但是要求她改做政治主题节目。她对政治一窍不通，但是她不想失去这份工作，于是她开始恶补政治知识。1982年夏天，她主持的以政治为内容的节目开播了，凭着她娴熟的主持技巧和平易近人的风格，让听众打进电话讨论国家的政治活动，包括总统大选，她几乎在一夜之间成名，她的节目成为全美最受欢迎的政治节目。

这个女人叫莎莉·拉斐尔。现在的身份是美国一家自办电视台节目主持人，曾经两度获全美主持人大奖。每天有800万观众收看她主持的节目。在美国的传媒界，她就是一座金矿，她无论到哪家电视台、电台，都会带来巨额的回报。

## 【人生箴言】

人生的光荣，不在永不失败，而在于能够屡败屡战。只要你有一颗永不服输的心灵，有一种越挫越勇的意志，勇往直前，那么胜利将不会离你太远。

# 毛头小伙子的快递梦想

勇气是人类最重要的一种特质，倘若有了勇气，人类其他的特质自然也就具备了。

——丘吉尔

20世纪60年代中期，美国耶鲁大学的一个血气方刚的毛头小伙子写了一篇论文，文中阐述了他关于在全国范围内建立一种连夜递送邮包的快递系统的设想。但这篇具有远大眼光和基于科学分析和冒险精神的论文，却从评分教授那里得了个差评。理由是：这个年轻人的想法不切实际。

年轻人不认为自己的设想是天方夜谭，自此开始寻找实现梦想的机会。1969年，服完兵役的他开始创业。先是收购一家破产企业，完成原始积累，然后凭借家族的庞大资金支持，敢为天下之先，建立了有史以来第一家航空快递公司。

当时邮递运输业的许多资本家都不看好他的快递公司，不仅投入资金大，利润空间少，社会上对目前的运输服务也抱不信任态度。正是有这些原因，这项新行业举步维艰，初期营运持续亏损。仅一年时间内，公司亏损近2000万美元，许多亲朋好友劝他撒手，但他却坚持咬牙挺住。

他深信，随着科技的发展，渴求高效快递的服务行业一定会有极其广阔的发展前景。因为如果人们确信自己拥有价值很高而又易损的包裹能在第二天早上安全送到目的地，他们是愿意付出高额快递费的。眼下的公司亏损是因为参与快递的小包裹多，大客户少。

随着公司信用度的升高，需要快递贵重物品的大客户势必会越来越多。果然，五年后公司转入盈利，1985年，公司总资产达到51.83亿美元。至此，弗雷德·史密斯——这位全球最大的快递公司联邦快递创始人，以敢于创新的冒险精神和传奇经历，当之无愧地成为当今成就最大的企业家之一。

## 【人生箴言】

"无险不足以言勇"。在很多情况下，强者之所以成为强者，就是因为他们具有冒险精神，敢为别人所不敢为。如果缩手缩脚，即使有比别人更新的思想，也只能错过机会，成为过时的东西。

# 真正的男子气概

勇敢里面有天才、力量和魔法。

——歌德

有一个16岁的男孩，每天都乖巧的待在家里，从来不像其他小朋友一样出去玩。他的父亲很为他的小孩苦恼，认为男孩一点也没有男子气概。

无奈之下，他去拜访一位禅师，请求这位禅师帮他训练他的小孩。禅师说："放心吧，只要你把小孩留在我这边半年，我一定可以把他训练成一个真正的男子汉。"

半年后，男孩的父亲来接回小孩。为了向孩子的父亲展示这半年来的训练成果，禅师特意安排了一场空手道比赛。被安排与小孩对打的是空手道的教练。

在双方的较量中，只要教练一出手，这小孩便应声倒地。但是小孩才刚倒地便立刻又站起来接受挑战。

倒下去又站起来，站起来又倒下去，又站起来……如此，来来回回总共十几次。

禅师问父亲："你觉得你小孩的表现够不够男子气概？"

"我简直羞愧死了，想不到我送他来这里受训半年，我所看到的结果是他这么不经打，被人一打就倒。"父亲回答。

禅师说："我很遗憾你只看到表面的胜负。你有没有看到你儿子那种倒下去立刻又站起来的勇气及毅力？那才是真正的男子气概。"

**【人生箴言】**

跌倒了，爬起来就是勇者。人不可能总是一帆风顺，如果跌倒了就此趴下，一蹶不振，永远不会到达胜利的巅峰，而跌倒了再爬起来总是会有成功的希望所在的。

# 撑死胆大的，饿死胆小的

*"拿出胆量来"那一吼声是一切成功之母。*

*——雨果*

井植岁男是日本三洋电机公司的创办人，他在1947年创立三洋电机公司时，公司只有20个人，从一间小厂房起步，到1993年，该公司已发展成为一个跨国经营的大企业。

井植岁男性格豪放，决断大胆，处事单纯明快，不拘小节。井植岁男从姐夫的公司走出来自己创立"三洋"，是其胆识的体现，经过几十年的艰苦经营，把"三洋"发展成为世界级的大企业，也是其胆识结出的硕果。

而许多人却因为没有胆识失去致富的机会。

1955年，井植岁男曾试图鼓励其雇用的园艺师傅自己创业，但这位园艺师傅却因为缺乏胆量而失去一个致富的机会。

有一天，园艺师傅向井植岁男请教说："社长先生，我看您的事业愈做愈大，而我就像树上的一只蝉，一生都在树干上，太没出息了。请您教我一点儿创业的秘诀吧！"

井植点头说："行！我看你比较适合园艺方面的事业。这样好啦，在我工厂旁有2万坪空地，我们合作种树苗吧！我想种树苗出售是项有前途的事业。你知道一棵树苗多少钱可以买到？"

"40元。"

井植又说："好！以一坪地种2棵计算，扣除走道，2万坪地大约可种2.5万棵，树苗的成本刚好是100万元。三年后，一棵可卖多少钱呢？"

"大约3000元。"

"100万元的树苗成本与肥料费都由我支付，以后的三年，你负责浇水、除草和施肥工作。三年后，我们就有600万元的利润，那时我们每人一半。"井植岁男认真地说。

不料，那园艺师傅却拒绝说："哇！我不敢做那么大的生意。"

最后，井植只好作罢了。他无可奈何地说："要创业，必须要有胆识，否则，面对好的机会，不敢去掌握与尝试，这固然没有失败的顾虑，但是却失去了成功的机会。世上凡事都有风险，欲要成功，必须以胆量和力量去排除风险。"

## 【人生箴言】

胆量，是迈向成功的"第一资本"。如果你想在竞争中成为一名优胜者，必须具备超人的胆识。只有具备了"敢为天下先"的精神，才有可能前进，才有可能发展，否则，只能永远做一个平庸者，永远跟在别人的后面，永远做不出什么名堂。

# 音乐家卡洛斯的故事

在全人类中，凡是坚强、正直、勇敢、仁慈的人，都是英雄！

——贝多芬

卡洛斯·桑塔纳出生在墨西哥，17岁随父母移居美国时，由于英语太差，他的功课一团糟，他感到很自卑。

卡洛斯自幼随父学艺，歌唱得很不错，曾经在班里的几次活动中展现过他的歌喉。有一次，学校要举办年级歌手大赛，通知说学生可以自由报名，但是卡洛斯没有勇气去报名，他怕报名处的老师们奚落他。有一次他走到了报名处的办公室前，还是没有勇气去敲门。

当报名时间只剩下两天时，他的音乐老师克努森问他："卡洛斯，为什么你不去报名呢？难道你没有看到通知吗？要知道，报名后天就截止了。"

"呃，克努森先生，您知道，我的成绩很糟糕，所以……"

"我知道，我看过你来美国以后的成绩，除了'及格'就是'不及格'，真是太糟了。但是你的音乐成绩却很优秀，我看得出来你是个音乐天才。为什么不去报名，让别人看到你优秀的一面呢？"

克努森老师将双手放在卡洛斯的肩膀上："孩子，有一句话，你一定要记住：不管你做什么，都要拿出勇气来，幸运女神的门只为有勇气的人敞开着。"

老师的话给了卡洛斯极大的信心，他勇敢地走向那间办公室报了名，在比赛中用他那美妙的歌喉征服了全校的老师和同学，一举夺得年级第一名的好成绩。

由于这次夺魁，卡洛斯对自己信心倍增。从此以后，他的其他功课成绩也渐渐向"良"的方向发展，而他最擅长的音乐则始终保持着"优"。

克努森老师的话给了卡洛斯极大的启迪，在他以后从艺的道路上，无论遇到什么困难，他都毫不退缩，奋勇向前。付出终有收获，2000年，52岁的卡洛斯·桑塔纳成为了第42届格莱美颁奖舞台上最大的赢家，独揽了包括含金量最高的格莱美年度专集奖与年度歌曲奖。至此，他共获得了8次格莱美音乐大奖，是首位步入"拉丁音乐名人堂"的摇滚音乐家。

领奖台上，卡洛斯作了一次简短的演说，述说了他对音乐的热爱，并着重强调了一点："幸运女神之门只为有勇气的人敞开着，没有足够的勇气，我就不会站在这个舞台上！"

### 【人生箴言】

生活中，如果没有勇气，不敢去尝试，你永远都不会拥有任何机会。世界是属于勇者，无论做什么事，首先要有勇气。有了勇气，才敢于做事，才能最终战胜困难和挫折，到达成功的彼岸。

# 日本独立公司的成立

英勇是一种力量，但不是腿部和臂部的力量，而是心灵和灵魂的力量，这力量并不存在于战马和武器价值之中，而是存在于我们自身之中。

——蒙田

日本独立公司是一家专为伤残人设计和生产服装的公司，它们的服装不但价格低廉，而且还非常人性化，适合伤残人士穿着，因此赢得了消费者的一致好评。

这家公司的老板是一位叫木下纪子的妇女，在未成立独立公司以前，她曾管理过两个室内装修公司，并且小有名气。可是，正当她顺风顺水发展的时候，不幸降临到她的头上——她突然中风，半身瘫痪了，连吃饭穿衣都难以自理。当她从极度的痛苦中摆脱出来，清醒思考的时候，她问自己：难道这辈子就要这样躺在床上了吗？不行！我不能自暴自弃，必须振作起来。穿衣服这件事虽然是个小事，但又是每天都遇到的事情，对一个残废人来说又多么重要啊！难道就不能设计出一种供伤残人容易穿的衣服吗？一个新的念头突然而至，使她顿时兴奋起来。她忘记了自己的痛苦，甚至忘记了自己是一个左半身瘫痪的人。

有了好的想法之后，就要开始行动了。于是，木下纪子根据自己的设想加之以往管理的经验，办起了世界第一家专门为伤残人设计和生产服装的服装公司——"独立"公司。为什么要叫"独立"公司，木下纪子解释说，这个字眼不仅要向全世界人们宣告伤残人的志愿和理想，也道出了她自己内心的独白，就是她要走出一条独立自主的生活道路。

独立公司成立后，木下纪子按残废人的特点及心理，设计出适合伤残人穿的服装。服装推向市场后，受到好评如潮，公司的生意日益兴隆，有时一个季度就可销售五万多美元的服装。由于她事业上的成功，在日本这个以竞争著称的国家，竟得到了十家不同行业的支持，木下纪子还准备把她的产品打入国际市场。她的这一计划不仅得到日本政府的支持，同时也得到了外国友人的帮助，她和一家美国同行组成了一个合资公司。

作为一个残疾人，木下纪子没有自暴自弃，相反，她重新点燃生活的火把，她为公司的发展呕心沥血，走过了漫长的路。在接受记者采访时，她说：为伤残人生产产品固然重要，改变伤残人的形象更重要。尽管我们的身体残废了，但我们的精神并没有残废。我所做的就是想让人们看到我们伤残人不但生活得非常有朝气，而且也同样是生活中的强者。

**【人生箴言】**

每个人的人生中，都难免有面临绝境的时候，绝境并不可怕，可怕是放弃希望和努力。如果身陷绝境不想灭亡，那就点燃希望，勇敢地从绝境中冲出，做生活的强者。

# 一次求职经历

世界是属于勇敢者的。

——哥伦布

有一位跨国公司老总，在一次员工大会上讲述了他在美国留学打工时的求职经历。

刚到美国时，他和许多中国留学生一样，在未拿到美国人承认的学历之前，只有靠体力打工来维持自己的学业。半年后，他急切地想换换环境。

一天，他在报纸上看到有位教授想招聘一名助教的广告，他心想：做助教，薪水不菲，还有利于自己的学业，于是他报了名。经过筛选，共有36人取得了报考资格，其中包括他在内的5名中国留学生。就在他为决赛做准备时，另外4名入围的中国留学生退出了决赛。因为他们打听到，这位教授曾在朝鲜战场上当过中国人民志愿军的俘虏，肯定会对中国人存有偏见，而不予录取。

他冷静了下来，坚持一定要搏一搏："就是教授真的对中国人有偏见，我也应该用行动证明给他看，我是优秀的。"

考试那天，他镇定自若地回答教授的提问。最后，教授对他说："OK，就是你了。""我真的被录取了？为什么？"他感到非常的意外。教授说："是的，其实你在他们中并不是最好的，但你不像其他入围的中国学生，连试一下的勇气都没有。我聘你是为了我的工作，只要你能胜任我就会聘用。"

事实证明，在后来的工作中，他与教授配合得非常默契。一次，他俏皮地问教授："您真的当过中国人的俘虏？"教授说："我确实在朝鲜战场上当过中国人的俘虏，不过当时志愿军战士对我非常好，这让我很感动，也一直念念不忘。所以，我对中国人没有偏见，相反，很有好感。"

故事讲完了，会场响起一阵热烈的掌声。最后，老总对他的员工们说："有句话说得好：年轻没有失败，如果你真的失败了，记住，打败你的不是别人，而正是你自己。"

**【人生箴言】**

有些时候，胜者靠的是勇气而不是力量。对一个渴望成功的人来说，勇气就是面对巨大困难也不放弃的精神，是在遭受挫折后还要再试一次的胆量。

# 金融巨擘摩根

并非所有的人都能成功；勇于进取者往往要冒失败的风险。

——托·斯摩莱特

有一次，一个名叫摩根的年轻人，由于工作原因，他被派往古巴采购海鲜货物。在返回的途中，货船在新奥尔良码头作了短暂的停留。因为闲来无事，摩根便在码头上闲逛了起来。

突然，一位陌生人从他后面叫了他，并问他是否有兴趣购买一船咖啡。一向对任何事都感兴趣的摩根，就跟他交谈起来。从谈话中得知，原来此人是巴西人，他是一艘货船的船长，正在为一个美国商人运送一船咖啡。可是，货到了，而收货人却破产了，因此无法接收，他只好就地贱卖抛售。

摩根听了船长的介绍后，便看了咖啡样品，觉得咖啡的成色和品质都还不错，于是果断地决定全部买下。

要知道，对一位普通的职员来说，做出这样的决定需要冒极大的风险。原因是：第一，摩根初出茅庐，还没有商业实践经验，万一判断失误怎么办？第二，摩根还没有找到合适的买家，万一这批货卖不出去，后果不堪设想。第三，此事还未经过公司批准，万一上面怪罪下来怎么办？

但是，摩根凭着自己的直觉，还是果敢地买下了这批咖啡，然后用电报通知公司。他很快接到公司的回电：赶快退货。这样，摩根陷入进退两难之境。但是，他相信自己的直觉判断没错，并没有畏惧退缩。于是，他决定向自己的父亲求援。他的父亲也是一个冒险家，对儿子的行为十分赞赏，当即决定投资。受到父亲的支持，摩根索性放开手脚大干一场，把码头上其他几条船上的咖啡也以很便宜的价格买了下来。

应该说，摩根的眼光还是很准的。没多久，巴西咖啡因为受到寒潮侵袭而产量骤减，市场供应量猛然少了许多。物以稀为贵，咖啡的价格一下子涨了好几倍！

于是，摩根由此大赚特赚，他取得了第一笔巨额的风险收益。

此后，摩根便创办了自己的公司，并进行了一次又一次大胆的风险投资，并且几乎每次都是大获其胜，并最终成为左右美国经济达半世纪之久的金融巨擘！

## 【人生箴言】

生活中，不能缺少冒风险精神，什么事情都要去勇敢地尝试。对于一项需要冒险的事情，当别人犹犹豫豫的时候，你迅速做出决断，大胆承担起来，很可能这就是改变你的命运的关键性一步。

# 断绝自己的退路

勇猛、大胆和坚定的决心能够抵得上武器的精良。

——达·芬奇

美国人詹姆斯出生在一个贫穷的家庭，但他是一个坚持不懈、勇于奋斗的人。

年轻时詹姆斯一直给别人打工，但他挣的钱连养家糊口都不够。于是，他说服妻子，冒着流落街头的风险卖掉家里的房子，凑足3000美元，开了一家机电工程行。几年后，虽然他的公司逐渐壮大，但还是家小企业。

詹姆斯希望公司有更好的业绩，他决定让公司上市，利用社会资金。但华尔街一些有实力的股票承销商都对小公司不感兴趣。詹姆斯要想让那些承销商接受自己的公司实在太难了，但他没有被困难打倒，继续为公司能够上市做着自己的努力。

当詹姆斯办妥成立股份公司的一切法律手续后，还是没有一家证券商愿意承销他的股票，他一下子陷入进退两难的境地，但詹姆斯并没有放弃努力。他决心孤注一掷，自己发行股票，跟华尔街的传统观念搏一把。说干就干，他请他的朋友们帮他到处散发印有招股说明书的传单。

在华尔街的历史上，还没有过撇开承销商而自行发行股票的先例。行家们都断言詹姆斯必然以笑话收场。而就詹姆斯本人来说，他已是骑在虎背上，不得不硬着头皮走下去，因为他根本没有给自己留退路。

詹姆斯和他的朋友们，从一个城市到另一个城市，起劲推销股票。他的离经叛道之举使他在华尔街名声大噪，人们抱着或敬佩、或赞赏、或好奇、或尝试的心理，踊跃购买他的股票，短时间内便卖出40万股，筹得一百万美元。

获得资金后，詹姆斯如虎添翼。他奇迹般地兼并了多家大公司，创造了一个全美家喻户晓的现代股市神话。

## 【人生箴言】

有时候，无路可退的人往往更容易成功，因为他别无选择，只能倾尽全力朝目标冲刺。所以，当千载难逢的机会降临到你面前的时候，当某件事情的发展到了一个生死攸关的时刻，你需要有一点破釜沉舟的精神，勇敢地面临这种无退路的境地，集中精神奋勇向前，最大程度地调动自己的潜能，从生活中争得属于自己的位置。

# 大胆去尝试

本来无望的事，大胆去尝试，往往就能成功。

——莎士比亚

一直以来，许多的啤酒商家都认为，要想打开比利时首都布鲁塞尔的啤酒市场很困难。哈罗啤酒厂也是如此。

当时的哈罗啤酒厂的市场份额在逐步减少，而啤酒厂没有钱，所以无法在电视或报纸上做广告。即便销售员林达曾多次建议厂长做些广告，但都被厂长断然地拒绝了。后来，林达决定冒险去做这个工作，他向别人贷款把这个啤酒厂的销售工作承包了下来。然而怎样打开市场局面，如何来做广告却成了林达的一块心病。就在他徘徊于布鲁塞尔市中心的于连广场时，他不经意间看到了广场中心用自己的尿浇灭了敌人炸城的导火线而挽救了这个城市的小英雄于连的雕像时，林达豁然开朗，他突然有了一个想法，他决定自己要做一件别人从未做过的事情。

第二天一早，广场上的人们发现于连雕像的尿由水变成了金黄剔透、泡沫泛起的哈罗啤酒。旁边还立着一块写着"哈罗啤酒免费品尝"的广告牌。如此创新的事情，立刻传遍全市，只见市区四面八方的老百姓都聚集于此，他们拿着自己的瓶瓶罐罐来接啤酒喝。各大媒体也争先恐后地报道这一事件。

就在那一年，这个厂的啤酒销量一下子增长了近20倍。这个叫林达的小伙子轰动了整个欧洲，成了闻名布鲁塞尔的销售专家。

林达做了一件别人还没有尝试的事情，这个尝试改变了当时啤酒市场的销售困难，也让他一举成名。

【人生箴言】

　　尝试是人们取得成功的前提，不去尝试，就永远都不会知道结果。不要怕尝试会招致失败，即使失败，也可以汲取教训，从而为下一次的尝试做准备。

# 第七章

## 知足的心态：
## 只看我拥有的，不看我没有的

# 人心不足蛇吞象

> 扩大自己的欲望，无异于将悬崖下的深谷挖得更深，事情就是如此。
>
> ——巴尔扎克

从前，有条蟒蛇精违犯天条，玉皇大帝命雷公轰击它。蟒蛇精无处藏身，现出原形，化作一条小蛇蜷缩于尘土中。刚好遇到寿州一个穷秀才梅生郊游途中发现了它，救了小蛇一命。

有一天，梅生在大街上闲逛，见众人围观皇榜。原来是皇太后身染重病，御医医治无效，因此榜告天下，有能治好皇太后病症者，可进京做官。梅生暗自叹息，可惜我没有灵丹妙药，不然就一步登天了。刚回到家中，突然狂风大作，一条巨蟒出现在眼前，并对梅生口吐人言："梅相公别怕，你从前救过我的命，今天我要报答你。当今皇天太后病重，你从我腹中割下一块心肝，用它就能治好太后的病。"

随后，梅生进京果然治好了太后的病。皇帝大悦，封梅生为宰相，并放假三月让他回乡祭祖。一路上耀武扬威之余，梅生想，荣华富贵皆过眼烟云，何不再向蟒蛇割·块心肝，以备日后自用，永葆长牛，于是梅生再次找到大蟒。大蟒此时已识破梅生乃贪心不足之辈，但念其曾救过自己的命，只得忍痛让其再割一刀。谁知梅生贪婪过头，竟然想要割下大蟒全部心肝。大蟒疼痛难忍，就一口吞下了梅生这个宰相。

这就是"人心不足蛇吞相"的由来。由于相传有误，到了今天，"人心不足蛇吞相"变成了人人皆知的"人心不足蛇吞象"。不过，这样能更直观地表达这句话的意思：人的贪欲过大，就好比蛇想把一头大象吞掉。

一个人有欲望，本来是一件好事，因为欲望可以是理想、愿望、目标，成为人奋斗的动力，成功的源泉。但"世上莫如人欲险"，欲望也可能是负担、累赘、陷阱。当一个人的贪婪过度、欲壑难填，什么都想要，什么都想争的时候，欲望带给他的就不是满足和成就，而是灾难了。

# 心理医生的药方

爱好虚荣的人，把一件富丽的外衣遮掩着一件丑陋的内衣。

——莎士比亚

一天，一个面容憔悴的女人走进了一家心理诊所，一进门她就喋喋不休地抱怨自己如何不幸，丈夫离她而去了，工作也搞得一塌糊涂，刚刚上中学的孩子也不愿回家陪陪她，又因炒股而欠了一大笔债务……总之，与别的女人相比，她要活不下去了。

心理医生问她："你丈夫为什么离开了你？""我也没说什么，只说邻居家小张很能干，又开了一家餐厅，而且生意红火得不得了，而相比之下，我丈夫是个笨蛋，连一个蛋糕房都弄不好还要赔本。""你孩子们怎么样呢？""他们更可恶，每次考试都是60多分，害得我每次家长会都很没面子。""那你为什么要炒股？"心理医生继续问道。"那是因为邻居张太太炒股赚了一大笔，她的那个奥迪A8就是炒股赚的，她行，为什么我不行？"

心理医生问完这些问题后，并没有说什么，而是给她讲了一个有关乡下老鼠和城市老鼠的故事。城市老鼠和乡下老鼠是好朋友。有一天，乡下老鼠写了一封信给城市老鼠，邀请它到家里来玩。城市老鼠接到信后，高兴得不得了，立刻动身前往乡下。到了乡下，乡下老鼠拿出很多玉米和小麦，放在城市老鼠面前，城市老鼠不以为然地说："你怎么能够老是过这种清贫的生活呢？还是到我家玩吧，我会好好招待你的。"

于是，乡下老鼠就跟着城市老鼠进城了。乡下老鼠看到那么多豪华干净的房子，非常羡慕，想到自己在乡下从早到晚，都在农田上奔跑，以玉米和小麦为食物，冬天还要不停地在那寒冷的雪地上搜集粮食，夏天更是累得满身大汗，和城市老鼠比起来，自己实在太不幸了。

它们在一起玩儿了一会儿，就爬到餐桌上开始享受美味的食物。突然，"咚"的一声，门开了，有人走了进来，它们吓了一跳，飞也似的躲进墙角的洞里。乡下老鼠对城市老鼠说："乡下平静的生活，还是比较适合我。这里虽然有豪华的房子和美味的食物，但每天都紧张兮兮的，倒不如回乡下吃玉米过得快活。"说罢，乡下老鼠就离开都市回乡下去了。

听完了这个故事，那位太太若有所思地问心理医生："那你的意思是说，我就什么都不去想，什么都不去做，任生活就这样糟糕下去？""当然不是，你应该在发火前，多想想这样的故事，然后再想别的办法去解决你面临的问题，记住，我是说真正的问题，而不是在与别人比较出来那些所谓的'问题'。"听了心理医生的解释，这个女人终于明白了心理医生暗指的意思，她的脸上浮动着愉快的神色。

### 📑【人生箴言】

一生最悲哀的事情就是拿自己的处境和别人作比较。攀比源于对自己、对现状的不满，攀比不是罪过，但攀比心太强必然烦恼丛生。所以，我们要学会知足。无论贫或富，我们都不必和别人攀比，不必奢求荣华富贵、锦衣玉食。只要过好自己的日子，感悟生活的真谛，享受生活带来的快乐，你就会感受无比的幸福。

# 寻宝的人

贪婪，在我们需要的事物以外还想多去占有，多去支配，这是一切罪恶的根源。

——洛克

有个人去沙漠寻找宝藏，可是宝藏还没有找到，身上所带的食物和水却都已经用完了。没有了食物和水，他感到身上一点儿力气也没有，只能静静地躺在沙地上等待死神的降临。

在奄奄一息的时刻，寻宝人向佛做了最后的祈祷："佛啊，请你帮帮我这个可怜的人吧！"

这时，佛真的出现了，问他："你想要什么呢？"

寻宝人急忙回答："我想要食物和水，哪怕只是很少的一点儿也行啊！"

佛于是满足了他的要求，给了他不少的食物和水。

他吃饱喝足后，犹豫片刻，决定继续向沙漠深处进发。最终，他终于找到了宝藏，他贪婪地把宝藏装满身上所有的口袋，并且还背了重重的一袋子。

可是，此时他又没有多少食物和水了。他带着宝物往回走，由于体力不断下降，他不得不扔掉一些金银珠宝。他一边走一边扔，后来不得不把身上所有的宝物都扔掉了。最后，他躺在地上，再次等待死亡的临近。

寻宝人临死之前，佛又出现了，问："现在你要什么东西呢？还想要宝藏吗？"

他有气无力地回答："食物和水，更多的食物和水！我不再想要宝藏了。"

## 【人生箴言】

每个人都有欲望，但欲望太多了，人生就会变得疲惫不堪。每个人都应学会让心灵之舟轻载，才能在最初的道路上一直走下去。所以，人要有颗知足心，知足是福。

# 舍命不舍财

人生有两种悲剧，其一为欲望难遂，另一为欲望得遂。

——萧伯纳

有个扬州人善于游泳。一天，河水暴涨，水势很急，他与同村的五六个同伴一起乘船到河岸去办事。哪知天有不测风云，船到河中间的时候，突然破了，水一个劲儿地涌进了船里。眼看船就要沉了，因为都识得水性，于是大家干脆跳下船去，准备游到对岸去。这个人也跳下了船，虽然拼命地向前游，却游得很慢。

他的同伴问他："你平时游泳比我们都强，今天怎么啦，竟然落在了我们后面？"这个人十分吃力地说道："我腰上缠着500大钱，很沉，我游不动。""赶快把它解下来，丢掉算了。"同伴们都劝他。可是他摇着头，舍不得扔掉这500大钱。渐渐地这个人越游越慢，已经筋疲力尽了。

这时，同伴中的一些人已经游到了对岸，看见这人马上就要沉下去了，于是就冲他大喊着："快把钱扔了！你为什么这样愚蠢，连性命都保不住了，还要这些钱有什么用。"可是这个人终究还是舍不得扔掉这些钱。不一会儿，他就沉下去淹死了。

【人生箴言】

贪婪令人丧失理智，做出愚昧不堪的行为，甚至失去自己的生命。做人如果不能控制自己的欲望，就会成为欲望的奴隶，最终丧失自我，被欲望所役。

# 一场拍卖会

我在世界上认识到的唯一的罪过是贪婪。其他的一切罪过，不管叫什么名字，都无非是这种罪过的不同方式，不同程度的表现。

——摩莱里

一位商人带着自己十几岁的女儿去参加一场拍卖会。女儿看中了一位音乐家收藏的塔罗牌。这副塔罗牌原价20元。商人问女儿愿意为副塔罗牌付多少钱，女儿想了想说因为自己很喜欢这个音乐家，所以愿意多付100元。于是商人说："那好，100元加上原来售价20元，这就是你的最高出价，也就是底线，超过这个就放弃。"

竞拍开始了，女儿开始举牌，商人坐在她旁边，感觉出她很紧张，生怕别人和她竞价。这次竞拍者很多，对手并没有因为她是孩子而放弃。

对手已经加价到一百元了，女儿小声嘀咕了一句："糟了，快到了。"

这句话亮出了自己的底牌，商人知道这是拍卖中最忌讳的，他用胳膊肘碰了女儿一下，女儿意识到自己说错话了，但已无力挽回。塔罗牌一路上涨，冲过了120元底线。女儿还想举牌，商人抬手制止了她。

走出拍卖厅，商人安慰情绪低落的女儿："你虽然没得到那副塔罗牌，但你今天学到的东西比这副牌更有价值。人的欲望是无止境的，你今天学会为欲望设定底线，这很好。很多人失败就是没控制好底线，结果成了欲望的奴隶。"

【人生箴言】

　　人成熟的一个重要内在体现，就是其能否控制好自己的欲望，可以说，一个人如果能控制好自己的欲望，也就能控制好自己的人生。

# 富有的年轻人

贵莫贵于无求，富莫富于知足。

——申居郧

　　一位年轻人总是不停地抱怨自己时运不济，发不了财，整日愁眉苦脸。有一天，他遇到了一位老人，老人看见年轻人这种愁容，就问到："年轻人，你为什么愁眉苦脸？难道你不快乐吗？"

　　年轻人说："我不明白我为什么总是这样穷？"

　　"穷？我看你很富有嘛！"老人由衷地说。

　　"为什么你会这样说？"年轻人问。

　　老人没有正面回答，反问道："假如今天我折断你的一根手指头，给你1000元，你愿不愿意？"

　　"不愿意。"

　　"假如斩断你的一只手，给你1万元，你愿不愿意？"

　　"不愿意。"

　　"假如让你马上变成80岁的老翁，给你100万，你愿不愿意？"

　　"不愿意。"

"假如让你马上死掉，给你1000万，你愿不愿意？"

"不愿意。"

"这就对了，你身上的钱已经超过了100万了呀。"老人说完就笑吟吟地走了。

看着老人离去的背影，年轻人恍然大悟，学会知足才会让自己更快乐。

### 【人生箴言】

对金钱狂热追求的人，总是被物欲冲昏了头脑，他们只想着怎样拥有更多的财富，不停地抱怨命运对自己的不公，却忘了享受已拥有的一切，忘了"知足者常乐"那句古训，结果在抱怨中度过不愉快的一生，从来没有真正地享受过心灵的快乐。其实，快乐不在于你拥有的多少，而是在于你是否知足。学会知足，你就有了快乐的理由。

# 国王的点石术

人一旦成为欲念的奴隶，就永远也解脱不了了。

——察·高吉迪

从前有个国王，他虽然拥有天下，但却仍不感到满足。有一天，他对上帝说："请教给我点金术，让我把伸手所能摸到的东西都变成金子，我要使我的王宫到处都金碧辉煌。"

上帝答应了他的请求，说："好吧，只要是你的手指摸到的任何东西，就会立刻变成金子。"

第二天，国王刚一起床，他的手就摸到了衣服，衣服就立刻变成了金子，他高兴得不得了；在他吃早餐时，伸手摸到的瓷器也变成了金子，摸到的餐具也变成了金子，这时他十分的高兴。但是，在他用手拿到面包时，面包也变成了金子，这时他有点儿不舒服，因为他再也不能享用到面包的美味了。

他吃过早餐后，按照惯例每天上午都要在王宫里的大花园散步，当他走进花园时，他看到一朵红玫瑰开放得非常娇艳，他情不自禁地上前摸了一下，玫瑰花立刻变成了金子，他感觉有点儿遗憾。这一天里，他只要一伸手，所触摸的任何物品全部变成金子，后来，他越来越恐惧，吓得不敢伸手了。到了晚上，他最喜欢的小女儿来拜见他，他拼命地喊着不让女儿过来，可是天真活泼的女儿仍然像往常一样径直跑到父亲身边，伸出双臂来拥抱他，结果女儿变成了一尊金像。

**【人生箴言】**

无止境的欲望是生命沉重的负荷。欲望太多的人总希望得到更多，他不知满足，结果命运让他失去一切，贪心只会愚弄自己。所以说，欲望越高，幸福就会离你越远，甚至带来痛苦。

# 想成佛的皇帝

贪心的人想把什么都弄到手，结果什么都失掉了。

——克雷洛夫

南阳慧忠禅师被唐肃宗封为"国师"。有一天，肃宗问他："朕如何可以得到佛法？"

慧忠答道："佛在自己心中，他人无法给予！陛下看见殿外空中的一片云了吗？能否让侍卫把它摘下来放在大殿里？"

"当然不能！"

慧忠又说："世人痴心向佛，有的人为了让佛祖保佑，取得功名；有的人为了求财富、求福寿；有的人是为了摆脱心灵的责问，真正为了佛而求佛的人能有几个？"

"怎样才能有佛的化身？"

"欲望让陛下有这样的想法！不要把生命浪费在这种无意义的事情上，几十年的醉生梦死，到头来不过是腐尸与白骸而已，何苦呢？"

"哦！如何能不烦恼不忧愁？"

慧忠答："您踩着佛的头顶走过去吧！"

"这是什么意思？"

"不烦恼的人，看自己很清楚，即使修成了佛身，也绝对不会自认是清净佛身。只有烦恼的人才整日想摆脱烦恼。修行的过程是心地清明的过程，无法让别人替代。放弃自身的欲望，放弃一切想得到的东西，其实你得到的将是整个世界！"

"可是得到整个世界又能怎么样？依然不能成佛！"

慧忠问："你为什么要成佛呢？"

"因为我想像佛那样拥有至高无上的力量。"

"现在你贵为皇帝，难道还不够吗？人的欲望总是难以得到满足，怎么能成佛呢？"

### 【人生箴言】

过多的欲望会使人的精力和体力透支，带来无穷无尽的烦恼和麻烦。放下贪欲，追求平实简朴的生活，才是获得快乐最简单的方法。人们要学会接纳自己、欣赏自己，把心灵从欲念的无底深渊中释放出来。

# 卖羊

顶不住眼前的诱惑，便失掉了未来的幸福。

——泰戈尔

有一天，一位牧羊人在野外捡到了一只公羊。这只公羊不仅长相奇特、配种能力强，而且由它配种产出的那些小羊肉味鲜美。一传十、十传百，牧羊人拥有一只奇异公羊的消息很快传遍了四邻八村，大家都争相来观看这只公羊。后来，有人就提出要掏五万元来买走这只公羊，牧羊人却不肯卖出，因为他实在是太喜欢这只公羊了。

那人遭到牧羊人的拒绝后并不甘心，又提出要拿30万元来买走这只公羊，他以为牧羊人会动心，但牧羊人还是摇摇头不答应。可从这以后，觊觎这只公羊的人却多起来，公羊受到了惊吓，甚至不愿配种了，而牧羊人还不得不日夜派人来看护这只公羊。这样长期下去也不是个办法，牧羊人思索了很久，决定带着由公羊配种生出的那些小羊去参加一个拍卖会。

在拍卖会上很多人争相竞价要买走那些小羊，但出人意料的是，牧羊人竟把小羊卖给了一个出价最低的人，而每只小羊的价格只是300元。正当人们为牧羊人的行为不解时，牧羊人说话了："那些小羊只是羊，它们也只值羊的价格，而我的那只公羊也只是一只羊，它也只值羊的价格，这没有什么争议的。"

当牧羊人把他的那些小羊，以普通羊的价格售出后，再也没人来觊觎那只公羊了。公羊得到安宁，由它配种生出的小羊渐渐多起来。发展到后来，牧羊人不仅脱了贫致了富，也带领乡邻们富裕起来，而牧羊人更是赢得了很多人的尊重。

后来有人问这位牧羊人成功的秘诀，他说了这样的话："世界上总会有这样那样的诱惑，但有些诱惑需要降低，因为这些诱惑只能引起贪婪、罪恶，并不能增加社会财富。"

### 【人生箴言】

　　生活中，"诱惑"很会伪装自己。它如同糖衣炮弹，总是装出一副美好的样子，如果你经不起诱惑，你就将会成为诱惑的奴隶，被诱惑所淹没；如果你经得起诱惑，你就能保持自我，在人生的道路上快乐前行。

# 嫉妒的代价

　　妒忌使他人和自己两败俱伤。

——托马斯·富勒

　　孙伟是某大学社会学专业大三的学生，他是以优异的成绩考入这所名牌大学的。刚上大学时，他与班上同学的关系非常融洽，这当然与他的热情大方、乐于助人的性格分不开。同学们都喜欢朴素、热情的他。

　　可慢慢地，他产生了严重的不平衡心理。只要别的同学哪方面比他强，他就眼红；只要老师在同学面前表扬别的同学，他心里就酸溜溜的；他看见别的同学家境很好，不用勤工俭学就能过上很宽裕的生活，他心里就特别不平衡，时常怨恨自己没有生在一个富裕的家庭；他看见别的同学得了奖学金或被评为三好学生，就嫉妒得夜里辗转反侧，暗暗埋怨上天的不公。

　　孙伟尤其看不惯与他来自同一所高中的一位老乡。原来两个人在高中时各方面都不相上下，上大学后，这个老乡的成绩越来越好，而且被选为班干部，他就更加妒火中烧了。于是他的注意力不在读书学习上，而是时刻注视着老乡的一举一动，妄图从中抓住把柄，他开始到处给那位老乡散布流言蜚语，造谣中伤，大家都开始讨厌他。他为了争口气，把老乡比下去，在竞选班干部时竟然不知羞耻地在下面做小动作、拉选票，结果他的阴谋被同学们识破，唱票时只有他自己投了自己一票，搞得十分狼狈。一计不成他又生一计，在期末考试中，他知道凭自己的水平是拿不了高分的，于是，他就采用夹带纸条的方式作弊。在最先的两门考试中，他的计谋得逞了。正当他自鸣得意、觉得胜利在望时，在第三门考试中被监考老师抓个正着。老师说："我早就注意你了，以为你会有所收敛，没想到你一而再、再而三地作弊。我再也不能容忍你的作弊行为了。"孙伟当下便痛哭流涕地求监考老师手下留情，可是学校的制度是无情的，孙伟的名字上了作弊的名单。当天，学校教务处就做出了开除其学籍的处分决定。

孙伟没想到自己的大学生活会是以被开除告终。他觉得无颜面对自己的父母。于是，他一个人背着简单的行囊去了另外一个陌生的城市，开始了流浪生涯。

嫉妒的毒火烧毁了孙伟的良知，让他迷失了本性，一而再、再而三做出害人害己的蠢事；嫉妒更毁灭了他的前程，也许他将不得不用一生的坎坷来为嫉妒付出代价。

### 【人生箴言】

人若没一颗知足的心，就会生出嫉妒的恶果。而嫉妒就像一把刀，刺在了别人身上，插进了自己心里！

# 幸福的农夫

所谓幸福的人，是只记得自己一生中满足之处的人；而所谓不幸的人只记得与此相反的内容。

——荻原朔太郎

从前有一个国王，富有整个天下，可以为所欲为。但是，他却不知道自己是否幸福，并且为此而深深苦恼。于是，他命令其手下去给他找一个幸福的人来，好让他看一看怎样才是幸福。奉命寻找幸福的人想："全国上下，谁会最幸福呢？应该是宰相，他大权在握，位高权重。"于是，他们找到了宰相，并向他说明了来意，宰相闻讯，陷入沉思，然后他说道："其实我并不幸福，尽管位高权重，但是官场上尔虞我诈，勾心斗角，难以论理。我为此费尽心思，终日不得安宁，哪里还会有幸福。"为国王寻找幸福的人只好退了出来，重新再考虑谁会幸福，这时他想到了财务大臣，于是就前去拜访，向他说明了来意。那财务大臣回答："对不起，我并不幸福，尽管我有万贯家产，掌管着国库，可是生意场上变幻莫测，我为此终日忧虑，并且每日还担心有人前来偷窃，我又怎么能够幸福呢？"奉命寻找幸福的人，又走访了国防大臣，想他军权在握，可能会幸福；走访了内务大臣，想他人缘广阔，可能会幸福……就这样，他们又走访了许多他们认为可能会幸福的人，可是始终未能找到真正幸福的人。无奈之下，他们走出城外，想到远处再去寻访，途中遇到一位农民，一边在田里耕作，一边在唱着一首《幸福歌》："天下的国王不幸福，天下的宰相不知足……天下的谁人最幸福，唯我农人最知足。"国王的手下一听喜出望外。

【人生箴言】

知足是人生最大的幸福。满足自己的现状，并能充分的享受自己的生活，这就是幸福。

# 凡事适可而止

人最大的财富，是在于无欲。

——塞尼逊

二战结束后，德国慕尼黑的街道上满目苍夷，此时，一位农夫和一位商人正在街上寻找没被炮火炸毁的物品。他们发现了一大堆未被烧焦的羊毛，两个人就各分了一半捆在自己的背上。

在回家的路上，他们又发现了一些布匹，农夫将身上沉重的羊毛扔掉，选些自己扛得动的较好的布匹；贪婪的商人将农夫所丢下的羊毛和剩余的布匹统统捡起来，重负让他气喘吁吁、行动缓慢。

走了不远，他们又发现了一些银质的餐具，农夫将布匹扔掉，捡了些较好的银器背上，商人却因沉重的羊毛和布匹压得他无法弯腰而作罢。

突降大雨，饥寒交迫的商人身上的羊毛和布匹被雨水淋湿了，他踉跄着摔倒在泥泞当中；而农夫却一身轻松地回家了。他变卖了银餐具，生活富足起来。

【人生箴言】

人生最大的苦恼，不在于自己拥有的太少，而在于自己向往的太多。凡事适可而止，才能把握好自己的人生方向。如果你什么都想要，就会活得很累；该放就放，你才会轻松快乐。

## 其实你是个幸福的人

欲望用两个词便可以概括：金钱和享乐。

——巴尔扎克

曾经有人说过这样一段话：

如果我们把全球人口压缩成一个只有100人的部落，而且维持人类的各种比率，那么我们会得到：57个亚洲人、21个欧洲人、14个美洲人、8个非洲人，52个男人、48个女人，30个白种人、70个非白种人，30个基督教徒、70个非基督教徒，89个异性恋者、11个同性恋者，6个人将拥有全部财富的59%，而且这6个人全部来自美国，80个人的居家生活不甚理想，70个文盲，50个人营养不良，1个人即将死亡，1个人即将生产，1个人拥有大专学历，1个人拥有电脑。

当我们从这样压缩的角度来看这个世界时，我们会更清楚这个世界需要更多的接纳、谅解和教育。

如果我们以这种方式认知世界，那么，这里就有一些值得我们深思的信息。

如果您今天早上醒来时还算身体健康，恭喜您，因为有100万人将活不过一个星期，见不到下周的太阳。

如果您不曾经历战争的危险、被监禁的寂寞、被凌虐的痛苦，或是饥寒交迫，恭喜您，您的处境比5亿人还要好。

如果您可以参加宗教活动而不必担心被骚扰、逮捕、凌虐，或死亡，恭喜您，您比30亿人还自由。

如果您的冰箱里还有食物，有衣服穿，还有地方住，恭喜您，您比全世界75%的人还富有。

如果您在银行有存款，钱包里有钞票，还有一些零钱，恭喜您，您是全世界前8%的有钱人。

如果您的双亲都还健在而且没有离婚，您算是幸运儿。

如果您可以读这篇文章，那是双重幸福：有人想到您这个朋友，而且有20亿人根本不认字。

## 【人生箴言】

一直以来，人们都在追求幸福生活。其实，人的幸福是人们对它的理解和感觉所赋予的。对于物质生活相对丰富的今天，现实中最幸福的人到底是什么人呢？就是那些知足的人。如果你此时正感觉到不幸，那么，与文章中的人作个比较，你是到底是不幸还是幸福呢？

# 被饿死的流浪汉

贪婪是许多祸事的原因。

*——伊索*

有一个流浪汉在家里诚心地祈祷："万能的上帝啊，我只求你施舍我一些钱财吧，我只要一点点……"

这时候，上帝在流浪汉的身旁出现了，说道："好吧，我就让你发财吧，我会给你一个魔力的钱袋，这钱袋里永远都有一块金币，是拿不完的。但是，你要记住，在你觉得够了的时候，要把钱袋扔掉才可以开始花钱。"

果然在流浪汉的身边，真的有一个钱袋，里面装着一块金币。流浪汉把那块金币拿出来，里面又有一块。于是，流浪汉不断地往外拿金币。

到了第二天，他很饿，很想去买面包吃。但是，在他花钱以前，必须扔掉那个钱袋，但他舍不得扔掉。他又开始从钱袋里往外拿钱。每次当他想把钱扔掉时，总觉得钱不够多。他不吃不喝地拿，金币已经快堆满一屋子了。同时，他也变得又瘦又弱，头发也全白了，脸色蜡黄。

他虚弱地说："我不能把钱袋扔掉，金币还在源源不断地出来啊！"终于，当他挣扎着用尽最后一点力气去拿钱袋中的金币时，他头一歪，饿死在成堆的金币旁。

**【人生箴言】**

贪婪的人，被欲望牵引，欲望无边，贪婪无边。贪婪的人，是欲望的奴隶，他们在欲望的驱使下忙忙碌碌，不知所终。贪婪的人，常怀有私心，一心算计，斤斤计较，却最终一无所获。这样的人是非常愚蠢的。

# 天使的答谢

如果你要使一个人快乐，别增添他的财富，而要减少他的欲望。

——伊比鸠鲁

有一个天使，送信的时候在人间睡着了。醒来后，她发现翅膀被偷走了。没有翅膀的天使，能力比普通人还要小。她又冷又饿，来到一个牧羊人家门口。

天使对牧羊人讲述了自己的遭遇，牧羊人很同情天使，就让天使吃饱了饭，还给她穿上暖和的衣服。

牧羊人说："你即使不是天使，我也会给你一顿饭吃的。不过，你如果还想吃下顿饭，就得自己出力了。"

天使开始跟着牧羊人学放羊。

天使每天收集梳理一些落下的羊毛，日积月累，她为自己织了一对羊毛的翅膀，在牧羊人目瞪口呆的注视下飞走了。

过了几天，天使前来答谢牧羊人，问他要什么。

牧羊人说："让我增加100只羊吧。"

羊群增加了100只，牧羊人比过去更累了。他找到天使，请她把羊变回去，为自己盖一所大房子。牧羊人在大房子里住着，发现到处是灰尘，打扫不过来，于是，他用房子换了一匹马。牧羊人骑在马背上，但不知要到什么地方去，就把马还给了天使。

天使问："你还要什么？"

牧羊人回答："什么也不要了。"

天使说："人们都有很多理想，你难道没有吗？"

牧羊人回答："愿望实现之后，我才知道，我不需要这些东西，它成了我的累赘。"

天使说："那么，我送你一样无价之宝吧，就是性格。你想有什么样的性格？"

牧羊人说："我已经有了这样的性格，那就是知足。"

## 【人生箴言】

知足者常乐。一个人要得到幸福和快乐，并不需要追求什么，而是要减少欲望。欲望越少，满足就越多，幸福也就越多。生活中，只有那些知足的人，才会活得幸福、活得快乐、活得踏实。

# 控制欲望的老者

如果对财富的欲望没有餍足的限度，这就变得比极端的贫穷还更难堪。

——德谟克利特

镜湖山是一个著名的旅游区，它之所以远近闻名，不是因为风景，而是因为游戏。游客在饱览山顶风光后，可以乘坐索道奔下一个峪口。但是在购票前，游客可以玩个游戏，大家有两种选择：一是直接乘索道前行，票价10元；二是先入另一个通道，然后再乘索道，在这个通道里会有一些闯关的项目，游客需要参加一种翻番奖励游戏，连过七关，奖励结果各关不同，全凭自己把握，票价15元。大部分游客都选择了后者，既然到了山顶，还差这5元钱？赌一次！

游客被带进一个封闭通道内，通道每次只能过一人，等前面的人先过去了后面的人才能继续接上。进入第一关时，游客会看见电子屏幕上的提示：现在，您已经获得了5元钱的奖励，如感到满足，您可以结束游戏，从侧边出去领取奖金。如果想要继续，可以往前挑战。游客心里想，不能白玩，继续。于是就进了第二关。第二关屏幕上提示：现在，您已经获得了10元钱的奖励，如感到满意，您可以结束游戏，从侧边出去领取奖金。游客想，接下来更刺激，再走。第三关，奖金成了20元。游客想，下一个定是40元了，继续下去会比较好……到了第六关，屏幕上写着：现在，您已经获得了320元钱的奖励，如感到满足，你可以结束游戏，从侧边出去领取奖金。大部分的游客想，我不过花费5元钱，损失了也没事，就快通关了，坚持就是胜利，下一关应当是640元了！

然而，当游客进入最后一关时，只见那里的负责剪票的工作人员，手中拿的是一个印有"欢迎下次光临"的牌子。这时想要退回去是不可以的，所以游客只好怀着一丝遗憾离去。最后从通道出来的是一位老者，只有他获得了奖金，因为他在第三关的时候领取了共20元的奖金，也就是说，他将免费乘索道，旅游区还要倒贴给他5元。其他游客笑问老者怎么没有再往前选取再高一点的奖金呢，哪怕是在第四关、第五关或者第六关，钱都会多一些。老者摇摇头说："当我到了第三关的时候，我就发现，这第三关的奖金已经让我赚了5元，这就够了。贪念是人间最可怕的东西，只有舍弃这个可怕的贪念，才能获得最后的胜利。"

**【人生箴言】**

人有七情六欲，谁能没有欲望？关键在于如何把握。欲望一半是天使；另一半却是恶魔，做人的学问其实就是如何驾驭欲望这匹烈马。

# 《项链》

人总是喜欢在别人面前表现自己，自己原来是一无所有，反而要处处装出有的样子。

——巴尔扎克

莫泊桑的《项链》写了这样一个悲剧故事。

天生丽质，出身贫穷的女子洛阿赛太太，心比天高，命比纸薄。她梦想与王子联姻，却嫁给了一个小职员；她渴望身居王宫大厦，却住在一个晋迪公寓里。"她没有香水，没有珠宝，而这些正是她梦寐以求的东西。"她有个富贵的朋友，是她的同班同学，她从来不去看望这个朋友，因为她如果看到朋友的那些珠宝首饰，正是自己想得而得不到的时，就会很痛苦。有一天晚上，她丈夫高高兴兴地回到家里，告诉她："我们接到一份请帖，可以参加公共教育部长和他夫人举行的晚会。"洛阿赛太太起初表现得很高兴，可是一会儿她又变得很沮丧，"可是我没有像样的衣服。"她说。于是丈夫给她买了一件衣服，可她还是不开心，"我没有首饰。"丈夫讨好地对她说："为什么不到你的朋友福莱斯蒂太太哪儿去借呢，她的首饰多的是。""对呀，我怎么就没想到这个好办法呢！"她高兴地喊了起来。她到朋友的家里借来了一串美丽的钻石项链。

她穿着新衣服，戴着璀璨的项链，在晚会上，她成了所有女宾中最美丽动人的一个，极大满足了自己的虚荣心。晚会结束了，她还久久陶醉在那愉快的气氛中。但当她兴致勃勃地回家后，对着镜子卸下晚装时，忽然发出一声惊呼："项链，我把福莱斯蒂太太的项链弄丢了。"于是到处去找，可是找遍了所有的地方都没有找到。"我们总得想办法赔呀！"她和丈夫一起从这家首饰店跑到那家，从那家又跑到另一家，一家一家地跑，终于找到了一条和弄丢的那条非常相像的了。可是店主告诉他们，这个要四万法郎，虽然可以减价，但最少也要三万六千。于是他们四处奔走，找遍了亲戚朋友、银行家、高利贷者、放债人，最后才凑足了三万六千法郎。

洛阿赛太太把项链还给了她的朋友，从此开始为偿还债务而不停劳作。她含辛茹苦，终日洗刷忙碌，变得两手粗糙，容颜憔悴。丈夫也跟她一起辛苦劳作，替商人们结算账目，为了五分钱一页的报酬抄写文件，常常通宵达旦。他们这样过了十年，才还清了全部债务。一个星期天，现在已经是苍老憔悴的洛阿赛太太在大街上走着的时候，忽然看到一个年轻、漂亮、动人的贵妇人从对面走来，原来是福莱斯蒂太太。洛阿赛太太招呼道："珍妮，你早！"福莱斯蒂太太没认出她来，怔怔地望着她。"你不认得我了吗？珍妮，我是玛蒂尔德·洛阿赛。""啊，我可怜的玛蒂尔德！你怎么变成这个样子了？""这些年来，我的境况很不好——都是为了你。""为了我？怎么回事呀？""我把你借给我的项链弄丢了，后来买了一串跟它一样的还给了你，这十年，我都在还这笔债呢。"福莱斯蒂太太激动地说："我可怜的玛蒂尔德，我的那串项链是假钻石的呀，顶多只值五百法郎。"玛蒂尔德的悲剧，正是由虚荣造成的。为了一时的虚荣，而赔上一生的幸福。正是她的爱慕虚荣，才付出了如此惨重的代价。

**【人生箴言】**

有时，人们为了自己可怜的虚荣心，通过炫耀、显示、卖弄等不正当的手段来获取荣誉与地位，但结果往往是弄巧成拙。

# 贪婪的猴子

> 轻浮和虚荣是一个不知足的贪食者，它在吞噬一切之后，结果必然牺牲在自己的贪欲之下。
>
> ——莎士比亚

据说，在阿尔及尔地区生活着一些贪婪的猴子，它们经常偷食农民的大米，当地的人们很伤脑筋。后来，人们根据这些猴子的特性，发明了一种捕捉猴子的巧妙方法：人们把一只葫芦型的细颈瓶子固定好，系在大树上，再在瓶子中放入猴子最喜欢的大米。当猴子见到瓶子中的大米后，就把爪子伸进瓶子去抓大米。这瓶子的妙处就在于猴子的爪子刚刚能够伸进去，等它抓起一把大米时，爪子就怎么也拉不出来了。

猴子急于吃到瓶子中的大米，贪婪的本性更使它不可能放下已经到手的大米，就这样，它的爪子也就一直抽不出来，只好死死的守在瓶子旁边。第二天早晨，人们把它抓住的时候，它依然不会放开爪子，直到把那米放入嘴里。

　　动物尚且贪婪无度，人性的贪婪更是如此。禁不住诱惑，欲壑难填的人往往会在不知不觉中陷入欲望的陷阱，不能自拔。世人如何不心安，只因放纵了欲望，人生的痛苦也是源于贪欲。

# 挖到金罗汉的人

　　贪欲使人无所不为。

——但丁

　　从前有个山民靠打柴为生，长年累月辛苦劳作，仍改变不了困顿局面。

　　他自己也不记得曾在佛前烧了多少炷高香，祈求佛祖降临好运，帮他出苦海。

　　佛祖果然慈悲，有一天，山民无意中在山坳里挖出了一个百十来斤的金罗汉。

　　转眼间他便过上了他从前做梦都无法梦到的生活，又是买房又是置地。

　　而他的宾朋亲友一时间竟多出十几倍，从四面八方赶来向他祝贺。

　　可是这个山民只高兴了一阵，继而却犯起愁来，食不知味，睡不安。"偌大的家产，就是贼偷，也一时不能偷个精光，看你愁得像个丧失鬼！"他老婆劝了几次都没有效果，不由得高声埋怨起来。

　　"你一个妇道人家怎能理解我的愁事呢，怕人偷只是原因之一啊。"山民叹了口气，说了半句便很懊恼地用双手抱住了头，又变成了一只闷葫芦。

　　"十八罗汉我只挖到一个，其他十七个不知在什么地方？要是那十七个罗汉一齐归我所有，那该有多好啊。"——这才是他犯愁的最大原因。

**【人生箴言】**

欲望得不到满足便痛苦。一个人的欲望与其快乐成反比，与其痛苦却成正比。一个被欲望牵着自己的鼻子走的人，生活中往往痛苦不堪。

# 淡泊名利的居里夫妇

贪婪过度，总要受害。如果没有一颗知足的心，定会受许多损失。

——歌德

居里夫妇都是世界上知名的科学家，居里夫人是世界上唯一两次获得诺贝尔奖的女科学家，但他们生活俭朴，不求名利。

居里夫妇在发现镭之后，世界各地纷纷来信祝贺，希望了解提炼的方法。

居里先生与居里夫人商量说："我们必须在两种决定中选择一种。一种是毫无保留的说明我们的研究成果，包括提炼方法在内。"

居里夫人说："是，当然如此。"

居里先生继续说："第二个选择，是我们以镭的所有者和发明者自居，但是我们必须先取得提炼铀沥青矿技术的专利执照，并且确定我们在世界各地造镭业上应有的权利。"

取得专利代表着他们能因此获得巨额的金钱、舒适的生活，还可以传给子女一大笔遗产。

但是，居里夫人听后却说："我们不能这么做。如果这样做，就违背了我们原来从事科学研究的初衷。"

她轻而易举的放弃了这垂手可得的名利。

从此，居里夫人一生获得各种奖章16枚，各种荣誉头衔117个，自己却仍然丝毫不以为意。

有一天，她的一位女性朋友来她家里做客，忽然看见她的小女儿正在玩弄英国皇家学会刚刚奖给她的一枚金质奖章。

朋友不禁大吃一惊，连忙问她说："居里夫人，那枚奖章是你极高的荣誉，你怎么能给孩子拿去玩呢？"

居里夫人笑了笑说："我是想让孩子从小就知道，荣誉就像玩具一样，只能玩玩而已，决不能永远守着它，否则就将一事无成。"

## 【人生箴言】

人生在世，名利的诱惑不是一般人所能抵挡的，人们常常被心中的欲望所驱使，为了获得、占有，尔虞我诈，甚至不惜以身试法，而真正能做到清心寡欲，面对名利的诱惑而处之泰然的人却少之又少。

可以说，名和利是两张无形的大网，人们一旦陷进去，就会越陷越深，生命也会被这两张网勒得喘不过气来，更何谈从容潇洒地活着呢？所以，智者选择放下名利，追求恬淡悠然的生活。

# 幸福就是知足

对于不知足的人，没有一把椅子是舒服的。

——富兰克林

一天，一个腰缠万贯的富人与一个穷困潦倒的穷人就幸福的真正含义展开了讨论。

穷人说："我认为我目前的状况就是幸福的。"富人抬头望了望穷人的茅舍、破旧的衣着、桌上摆的粗茶淡饭，轻蔑地说："这样的日子也叫幸福，我看你是穷糊涂了。真正的幸福生活要像我这样拥有百万豪宅、千名奴仆。"穷人说："你有你所谓的幸福，我也有我意义上的幸福，我对我现在的生活很满足，所以我觉得很幸福，即便我没有你那么多钱。"

富人看穷人顽固的思想，心想："这家伙真是穷疯了！"

不久的一段时间，富人的豪宅内突然发生了一场大火，把富人所有的家产都烧的一干二净！一夜之间狼藉一片，奴仆们都各走东西。富人也沦为乞丐流浪在街头，汗流浃背着在街上行乞。

口渴难耐的富人想讨口水喝。不料他偏偏走到的地方是以前遇见的那个穷人的家里，穷人见富人目前的情形，摇摇头没有说出什么，径直地走进屋，端来一大碗冰凉的水，递给他并对他说："你现在认为什么是幸福？"乞丐喝过水后说："现在我已经很满足了，幸福就是现在。"

【人生箴言】

其实，幸福就是这样的简单，它不在于外在的东西，幸福就在自己的心里，懂得知足，就是幸福的源泉。所以，人生贵在知足，知足者常乐。人的一生可追求的东西很多，但真正可以拥有的却少之又少。那么，我们就该清楚：知足多一点儿，幸福就多一点儿。

# 第八章
# 感恩的心态：
# 流经人性深处的暖流

# 他的梦和现实不一样

所谓幸福，就是拥有一颗感恩的心，一个健康的身体，一份称心如意的工作，一个相知相伴的爱人，一群值得信赖的朋友。

——佚名

当他还是个孩子的时候，就曾梦想住在一所有门廊和花园的大房子里，房子前面还有两尊圣伯纳的雕像；娶一位身材修长、善良美丽的姑娘，她有着乌黑的长发和碧蓝的眼睛，还会弹奏美妙的吉他；有三个健壮的儿子，在他们长大之后，一个是杰出的科学家，一个是参议员，最小的儿子要成为橄榄球运动员；而他自己则要成为一名探险家，还要拥有一辆红色的法拉利赛车，而且不必为生活奔波劳累。

可是有一天，在玩橄榄球时，他的膝盖受了伤，从此他再也不能登山，不能爬树，不能到海上去航行。于是，他开始研究市场销售，并且成为了一名医药推销商。

他和一位漂亮善良的姑娘结了婚，她的确有乌黑的长发，不过却身材矮小，而且眼睛是棕色的，她不会弹吉他甚至也不会唱歌，却能做美味的中国菜。她画的花鸟更是栩栩如牛。

他住在一幢很高的楼房里，在这儿可以俯瞰蔚蓝的大海和城市的夜景，但是他根本无法在家里摆放两尊圣伯纳的雕像，所以只好养了一只惹人喜爱的小猫。

他有三个非常漂亮的女儿，但最可爱的幼女只能坐在轮椅上。他的女儿们都很爱他，却不喜欢和他一起玩橄榄球。为了使生活过得舒适，他挣了很多钱，却没能开上红色的法拉利赛车。

一天早晨他醒来后，又回忆起了往日的梦境。"我真是太不幸了。"他对他最要好的朋友说。

"为什么？"朋友问。

"因为我的妻子和梦想中的不一样。"

"你的妻子漂亮贤惠，还能做美味的菜肴。"朋友安慰道。听了这话，他不以为然。

"我真是太伤心了。"有一天他对妻子说。

"为什么？"妻子问。

"我曾梦想住在一所有门廊和花园的大房子里，但现在却住进了47层高的公寓。"

"可我们的房间很舒适啊，而且还能看见大海。我们生活在爱情与欢乐中，还有三个漂亮的孩子。"妻子说。但他却听不进去。

"我简直太不幸了。"他对他的会计说。

"怎么回事？"会计问。

"因为我曾梦想自己开着一辆红色的法拉利赛车，而且绝不会有生活负担。可是现在，我却要乘公共汽车，有时还要为挣钱而工作。"

"可你却衣着华丽，饮食讲究，而且还能去欧洲旅行。"但是，他对会计的话依旧无动于衷。

"我的确太不幸了。"他对他的牧师说。

"为什么？"牧师问。

"因为我曾梦想有三个儿子，可我却有了三个女儿，最小的那个甚至不能走路。"

"但你的女儿既聪明又漂亮，她们都爱你。"牧师安慰道。

可他却同样听不进去。终于，极度的悲伤使他病倒了。

一天夜里，他梦见自己对上帝说："小时候，你曾答应满足我的所有要求，你还记得吗？"

"那是一个美好的梦。"

"可你为什么没有把那些赐予我？"

上帝回答："因为我想用那些你没有梦见的东西来使你感到惊奇。我已经赐予你一个美丽善良的妻子、一个体面的职业、一个好的住所，还有三个可爱的女儿。这些的确都是最美好的……"

"可是，你并没把我真正想要得到的赐给我。"

"但我想，你会把我所真正希望得到的给予我。"上帝说。

"你需要什么？"他从未想过上帝要得到什么。

"我要你愉快地接受我的恩赐。"

这一夜，他躺在黑暗中进行思考，并终于决定重新再做一个梦。他希望梦见往昔的时光以及他已经得到的一切。

他康复了，幸福地生活在位于47层的家中。他喜欢孩子们的美妙声音，喜欢妻子那深棕色的眼睛与精美的花鸟画。傍晚，他在窗前凝望着大海，心满意足地观赏着城市的夜景。从此，他的生活充满了阳光。

## 【人生箴言】

感恩是人幸福的源泉。只有当一个人懂得感恩，并领悟幸福快乐时，他才能真正体验生活的意义和价值，享受成功的人生。

# 感谢信

人家帮我，永志不忘；我帮人家，莫记心上。

——华罗庚

有一个作家在美国旅游，一天他到了一家旅馆住下，那是在洛杉矶的一家旅馆。

这天早晨，作家在大堂的餐厅里就餐时，发现自己的右前方有三个黑人孩子，聚精会神地在餐桌上埋头写着什么。

作家感觉很奇怪，在就餐的时间、就餐的地方，这3个孩子却没做与吃饭有关的事。作家难以按捺心中的好奇，便走了过去……

当作家问他们在做什么时，老大回答说正在写感谢信。他一副理所当然的神情让作家满脸疑惑。这三个小孩一大早起来就为写感谢信？

作家愣了一阵后，继续追问道："写给谁的？""给妈妈。"

作家心中的疑团一个未解一个又生了出来。"这是为什么呢？"作家又问道。

"我们每天都写啊，这是我们每日必做的功课。"一个小女孩回答道。哪有每天都写感谢信的，真是不可思议！

作家凑过去看了一眼他们每人手下的那沓纸。老大在纸上写了八九行字，妹妹写了五六行，小弟弟只写了两三行。

再细看其中的内容，却是一些像"路边的野花开得真漂亮""昨天吃的比萨饼很香""昨天妈妈给我讲了一个很有意思的故事"之类的简单语句。

看着看着，作家心头一震，原来他们写给妈妈的感谢信不是专门感谢妈妈给他们帮了多大的忙，而是记录下他们幼小心灵中感觉很幸福的一点一滴。

他们还不知道什么叫大恩大德，只知道对于每一件美好的事物都应心存感激。但作家认为，他们能做到这些，已经足够了。

### 【人生箴言】

感恩，是一种歌唱生活的方式，它源自人对生活的真正热爱。感恩之心足以稀释你心中的狭隘和蛮横，更能赐予人真正的幸福与快乐。心存感恩，你就会感到幸福。

# 富商的资助

*我们可以通过感恩的桥梁，走向光明的未来。*

*——佚名*

有一个富商得知有5个贫困孩子生活窘迫，没钱读书，就资助了他们。一年后，这5个孩子突然收不到每个月给他们的资助费了，原来富商的公司遇到了财务危机而且马上就要破产了，所以没有办法再继续资助他们了。富商的心情很沮丧而且感觉到自己很失败同时也觉得自己对不能在继续帮助这些孩子而感到悲伤，同时对没有一个孩子关心他现在的情况而感到失望。

5个被资助的孩子，突然失去了富商的赞助，他们的生活又回到了原来的样子。他们不知道为什么这位好心的叔叔不肯再继续资助他们了，再后来听说那个富商又再继续资助他们5个孩子之中的一个孩子了，这五个之中的另一个孩子着急了，他也多么希望幸运的光环再次可以降临到自己的头上，所以他顾不得心里的忐忑给那位富商打了一个电话，当电话里传来富商那和蔼可亲的声音时，孩子问道："您能也再继续资助我吗？我真的很需要您的帮助！"富商在电话那边沉没了半分钟说道："孩子，你有没有想过为什么我又再次资助另一个，而没有再次资助你们吗？当我心情最低落的时候，我以为我再也不能够东山再起了，可是我收到了一通意外的来电，就是那个我再次资助的孩子打给我的，他在电话中说到不知道我是因为什么原因不能再继续资助下去了，但是他还是很感谢我这些年来对他的帮助……后来我又重新打起精神，事业也在我不断的努力下起死回生，所以当我又有能力的时候，我决定继续资助这个孩子，至于你们，我只能说感到很抱歉，因为我不能再帮助一些永远不知道感恩而只知道一味索取的人……"是呀，他从来都只知道接受富商每个月的赠予，从来不曾想过要感谢别人的这份爱心，自己接受的理所当然，就算是后来收不到钱了，自己也没想过是什么原因他不再资助自己了，从没有关心过这个问题……听到这里这个孩子感到无比的羞愧，脸红的放下了电话。

## 【人生箴言】

一个人最大的不幸，不是得不到别人的"恩"，而是得到了，却漠然视之。因为一个不懂得感恩的人，只会把别人的给予当作理所当然，只会一味索取，而不能给予什么。

# 伍子胥撤兵

不要总是数着自己付出了多少，要记住从别人那得到了多少。

——佚名

春秋时候，吴国的大将军伍子胥带领吴国的士兵要去攻打郑国。郑国的国君郑定公说："谁能够让伍子胥把士兵带回去，不来攻打我们，我一定重重地奖赏他。"可惜没有一个人想到好办法，到了第四天早上，有个年轻的渔夫跑来找郑定公说："我有办法让伍子胥不来攻打郑国。"郑定公一听，马上问渔夫："你需要多少士兵和车子？"渔夫摇摇头说："我不用士兵和车子，也不用带食物，我只要用我这根划船的桨，就可以叫好几万的吴国士兵回吴国。"于是，渔夫把船桨夹在腋下，去吴国的兵营找伍子胥。他一边唱着歌，一边敲打着船桨："芦中人，芦中人；渡过江，谁的恩？宝剑上，七星文；还给你，带在身。你今天，得意了，可记得，渔丈人？"伍子胥看到渔夫手上的船桨，马上问他："年轻人，你是谁呀？"渔夫回答说："你没看到我手里拿的船桨吗？我爹就是靠这根船桨过日子，他还用这根船桨救过你。"伍子胥一听："我想起来了！以前我逃难的时候，有一个老渔夫救过我，我一直想报答他，原来你是他的儿子，你怎么会来这里呢？"渔夫说："因为你们吴国要来攻打我们郑国，我们这些渔夫都被叫来这里。我们的国君郑定公说：'只要谁能够请伍将军退兵，不来攻打郑国，我就重赏谁！'希望伍将军看在我死去的爹曾经救过你，不要来攻打郑国，也让我回去能得到一些奖赏。"伍子胥说："因为你爹救过我，我才能够活着当上大将军。我怎么会忘记他的恩惠呢？我一定会帮你这个忙的！"说完，伍子胥马上把吴国的士兵带走了。

**【人生箴言】**

当他人遇到困难时，你如果能够助人于危难，为他人架桥搭梯、雪中送炭，在关键时刻帮别人一把，别人也一定会牢记在心，投之木瓜，报你以琼瑶。日后你有困难，他一定会回报你。

# 感谢打击你的人

学会怀抱感激，才会有人生的信念，生命的动力。

——佚名

由于家庭贫困，关超只读到高中就辍学了。多年来，他凭着自己的能力，一边勤奋学习，一边努力工作，得到了领导的认可和同事的赞赏，并取得了可喜的工作成果。在一次聚会上，朋友问他工作进步这么快的原因，关超说道："其实，你们可能不知道，我现在工作得这么好，还要感谢一个人。""谁呀？"朋友们迫不及待地问。关超说："你们知道我没有上过大学，我的家在农村，高中毕业后，我就回家务农，当时，在农村如果学样手艺，娶媳妇就不难了，母亲帮我找了木匠师傅，让我拜他为师。从此，我就和师傅一起学做木匠，从农村盖房子到后来搞装修。我由不喜欢到后来出徒，期间受了很多委屈。渐渐地我进入了状态，自己能用学来的手艺挣钱了。有一次，一个高中同学来看我，当时我正在给别人装修房子，整个人浑身上下没有干净的地方，同学见我变成了这个样子，顺口就说：'你真是个窝囊废！'随后拂袖而去。我放下手里的活，眼泪禁不住掉了下来。那一夜，我失眠了，我不要做窝囊废，我也要做个像模像样的人。从那以后，我在干活之余，通过自学考上了公务员，然后进入现在这家公司，成为后备干部，这一切都要感谢当初打击我的那个同学。"

一段时间之后，朋友们听说关超开始写作了，还时常在报纸和刊物上发表文章，这让他的朋友们吃了一惊，朋友们在QQ群中纷纷追问他写作的原因。关超回答："平时不忙时，我习惯看看报纸和杂志，也给自己充充电，时间久了，就萌发了想写文章的念头。我第一次将自己写的稿子邮给报社，很长时间没有音讯。一个偶然的机会，我拨通了某位编辑的电话，询问自己的稿子哪里不合适，能否发表？编辑是这样回答的：'无论你从事什么工作，我们只看重稿子的质量，不注重作者是什么身份！'听完编辑的话，我的心变得冰凉冰凉的，不过他生硬的语气无疑是在将我的军。他的话很不中听，也没有更多的解释。但却激发了我前进的动力，到后来一篇接着一篇的作品发表，使我真正感受到写作的快乐！"最后，关超在QQ群中感慨地写下一句话："我要感谢曾经帮助过我的人，更要感谢那些打击过我的人，没有他们就没有我的今天。"

的确，关超的那个高中同学和那个编辑说的话很打击人，但是却激发了关超的斗志，激发了他前进的动力，让他获得了今天的成功。

### 【人生箴言】

当你受到他人的打击和嘲笑时，请不要愤恨难消，而应借着打击来锻炼自己的心性、品格。当你把别人对自己的打击和伤害转化成前进的动力时，你离成功的距离也就不远了。所以，感谢打击你的人，是他们给了你锻炼自己、提升自己的机会！

# 为母亲洗脚

孝子之至，莫大乎尊亲；尊亲之至，莫大乎以天下养。

——孟子

一个甫自日本一流学府毕业的大学生，参加一家大公司新进人员的招募应征。

在经历几回合的激烈竞试之后，终于到了最后一关——社长的亲自面试。

他忐忑不安，惶惶然地走进社长办公室，在社长面前的椅子上坐下。

社长看过他的自传履历后，凝视他的脸，出乎他意料地问道："你替父母洗过澡、擦过身吗？"

"从来没有过。"青年很老实地回答。

"那么，你替父母捶过背吗？"

他想了想后说："有过，那是在我读小学的时候，那次母亲还给了我十块钱。"

在诸如此类的交谈中，社长似乎已能看出年轻人未来的发展性并不高，只是安慰他别灰心，会有希望的。

面谈结束前，社长突然对他说："明天这个时候，请你再来一次。不过，有一个条件，刚才你说从来没有替父母擦过身，明天来这里之前，希望你能为父母做一次，做得到吗？"

他一一答应。

其实，这个年轻人在出生不久之后，父亲便过世了，全靠母亲一个人含辛茹苦的把他抚育成人。

年轻人以极其优异的成绩考上东京的一流学府，他的母亲就靠着帮佣挣钱，供他在大学的一切学费开销。

那天，他回到家，母亲去帮佣还没回到家。

"等母亲回来，要怎么替她洗呢？"他暗自忖度着："母亲出门在外，脚一定很脏吧？待会儿她回来，便为她洗脚吧！"

母亲回来后，见儿子预备好水盆，要为她洗脚，觉得很奇怪便说："脚，我还洗得动，我自己来吧！"

年轻人便将自己为何想为母亲洗脚的原委说一遍，母亲理解后，便依着儿子，坐在已准备好的椅子上，把脚放进儿子端来的水盆儿里。

当他握着母亲的脚时，才猛然发现母亲的那双脚，在岁月的侵蚀下，已似木棒那样的僵硬。

他情不自禁地搂着母亲的脚，潸然泪下。感受到母亲为了他辛劳一生。

第二天，他如约到那家公司，很伤感地对社长说："我能不能被录取，对我来说已经微不足道。现在我才明白母亲为了我，受了很大的苦，是你使我明白了在学校里没有学到的道理，谢谢社长。如果不是您，我恐怕不会握到母亲的脚。我只有母亲一个亲人，我要好好照顾她，再也不能让她受苦了。"

社长点了点头，说："你明天到公司来上班吧！"

## 【人生箴言】

　　点滴小事凝聚孝道亲情。也许父母的一生不奢望自己的子女能够天天为他们洗脚，可是作为子女的我们是否想过要为父母洗一次脚呢？也许当你洗完后，你就会知道父母对你那无私的爱，同时也会感受到自己是多么的粗心，这么多年自己都没有为父母做点什么。我们该如何报答自己的父母，这是一个值得深思和实践的问题。

# 为生命中的荆棘感恩

换一种角度去看待人生的失意与不幸，怀着感恩的心生活，生活将赐予你灿烂的阳光。

——佚名

当艾米丽迎着11月的寒风推开街边一家花店的大门的时候，她的情绪低落到了极点。长期以来，她都过着一种一帆风顺的惬意的生活。但是今年，就在她怀着孩子已经4个月的时候，一场小小的交通意外无情地夺走了她肚子里的生命，也夺走了她全部的幸福。这个感恩节本来就是她的预产期，而且偏偏就在上个月，她的丈夫又失去了工作。这连串的打击，令她几乎要崩溃了。

"感恩节"为什么感恩呢？为了那个不小心撞了我的粗心司机？还是为个救了我一命却没有帮我保住孩子的气囊？艾米丽困惑地想着，不知不觉就来到一团鲜花面前。"我想订花……"艾米丽犹豫着说。"是感恩节用的吗？"店员问，接着继续说道："我相信，花都是有故事的，在这感恩节里，你一定要那种能传递感激之意的花吧？"

"不"艾米丽脱口而出，"在过去的五个月里，我没有一件顺心的事。"话一说完，她不禁为自己的心直口快感到后悔。"我知道什么对你最适合了。"店员接过话来说。艾米丽大感惊讶。这时，花店的门铃响了起来。"嗨，芭芭拉，我这就去把你订的东西给你拿来。"店员一边对进来的女士打招呼，一边让艾米丽在此稍候，然后就走进了后面一个小工作间里。没过多久，当她再一次出来时候，怀里掬了一大堆的绿叶，蝴蝶结和一把又长又多刺的玫瑰花枝——那些玫瑰花被枝剪得整整齐齐，只是上面连一朵花也没有。

"嗯"，艾米丽忍不住开口了，声音变得有点结结巴巴的，"那女士带着她的……嗯……她走了，却没有拿花！""是的。"店员说道，"我把花都剪掉了。那就是我们的特别奉献，我把它叫做感恩节荆棘花束。""哦，得了吧，你不是要告诉我居然有人愿意花钱买这玩意吧？"艾米丽不理解地大声说道。

"3年前，当芭芭拉走进我们花店的时候，感觉就跟你现在一样，认为生活中没有什么值得感恩的。"店员解释道："当时，她父亲刚刚死于癌症，家族事业也正摇摇欲坠，儿子在吸毒，她自己也正面临着一个大手术。我的丈夫也正好是在那年去世的。"店员继续说道："我一生当中头一回一个人过感恩节。我没有孩子，没有丈夫，没有家人，也没有钱去旅游。"

"那你怎么办呢？"艾米丽问道。"我学会了为生命中的荆棘感恩。"店员沉静地回答，"我过去一直为生活当中美好的事物感恩，却从没有问过为什么自己会得到那么多的好东西。但是，当厄运降临的时候，我问了。我花了很长时间才明白，原来黑暗的日子也是非常重要的。我一直都在享受着生活的'花朵'，但是荆棘使我明白了上帝的安慰是多么的美好。你知道吗？圣经上说，当我们受苦的时候，上帝安慰了我们。借着上帝的安慰，我们也学会了安慰别人。"

艾米丽屏住呼吸思索着眼前这位店主的话，犹豫地说："我想说句心里话，我不想要什么安慰，因为我失去了我的孩子，我的丈夫失去了工作，我感到对上帝生气。"正在这时，又有人走了进来，是一个头顶光秃的矮个子胖男人。

"我太太让我来取我们的'感恩节特别奉献'——12根带刺的长枝！"那个叫菲利的男人一边接过店员从冰箱里取出来的，用纸巾包扎好的花枝，一边笑着说。"这是给你太太的。"艾米丽难以置信地问道："如果你不介意的话，我想知道你太太为什么想要这个东西？""我不介意……我很高兴你这样问。"菲利回答说："4年前，我和我太太差一点就要离婚了。在结婚40多年后，我们的婚姻陷入了僵局。但是，靠着上帝的恩典和指引，我们总算把问题解决了。我们又和好如初。这儿的店员告诉我们，为了让自己牢记在'荆棘时刻'里学到的功课，她总是摆着一瓶子的玫瑰花枝。这正合人意，因此就捎了些回家。我和我太太决定把我们的问题都写在标签上，然后把它们一一贴在这些花枝上。一根花枝代表一个问题，然后我们就为我们从这些问题上所学到的功课而感恩。""我诚挚向你推荐这一特别奉献！"菲利一边付账，一边对艾米丽说。"我实在不知道我能够为我生命中的荆棘感恩？"艾米丽对店员说道，"这有点不可思议。""嗯。"店员小心翼翼地说："我的经验告诉我，荆棘能够把玫瑰衬托得更加宝贵。人在遇到麻烦的时候会更加珍惜上帝的慈爱和帮助，我和菲利夫妇都是这么过来的。因此，不要恼恨荆棘。"

眼泪从艾米丽的面颊上滑落，她抛开她的怨恨，哽咽道："我要买下12枝带刺的花枝，该付多钱？""不要钱。"你只要答应我把你内心的伤口治好就行了。这里所有顾客第一年的特别奉献都是由我送的。"店员微笑着递给艾米丽一张明片，说道："我会把这张明片附在你的礼品上，不过或许你可以先看看。"

艾米丽打开卡片，上面写着：我的上帝啊！我曾无数次地为我生命中的玫瑰而感谢过你，但我却从来没有为我生命中的荆棘而感谢过您，通过我的眼泪，帮助我看到那更加明亮的彩虹……"眼泪再一次从艾米丽的脸颊上滑落。

**【人生箴言】**

生活的真谛，并不在于你失去了什么，而在于你拥有些什么。学着感恩，做个知足的人，你会感到生活是这样美好！

# 离家出走的女孩

对孩子来说，父母的慈善的价值在于它比任何别的情感都更加可靠和值得信赖。

——罗素

那天，她跟妈妈又吵架了，一气之下，她转身向外跑去。

她走了很长时间，看到前面有个面摊，香喷喷热腾腾，她这才感觉到肚子饿了。可是，她摸遍了身上的口袋，连一个硬币也没有。

面摊的主人是一个看上去很和蔼的老婆婆，看到她站在那边，就问："孩子，你是不是要吃面？"

"可是，可是我忘了带钱。"她有些不好意思地回答。

"没关系，我请你吃。"

很快，老婆婆端来一碗馄饨和一碟小菜。她满怀感激，刚吃了几口，眼泪忽然就掉下来，纷纷落在碗里。

"你怎么了？"老婆婆关切地问。

"我没事，我只是很感激！"她忙擦着泪水，对面摊主人说，"我们又不认识，而你就对我这么好，愿意煮馄饨给我吃。可是我自己的妈妈，我跟她吵架，她竟然把我赶出来，还叫我不要回去！"

老婆婆听了，平静地说道："孩子，你怎么会这么想呢？你想想看，我只不过煮一碗馄饨给你吃，你就这么感激我，那你自己的妈妈煮了十多年的饭给你吃，你怎么不会感激她呢？你怎么还要跟她吵架？"

女孩愣住了。

女孩匆匆吃完馄饨，开始往家里走去。当她走到家附近时，一下就看到疲惫不堪的母亲，正在路口四处张望。这时，她的眼泪又开始掉了下来。

## 【人生箴言】

有时候，我们常常会为别人给予自己的帮助而感激万分，却对父母的恩情熟视无睹。这实在是可悲的。在人的一生中，对自己恩情最深的莫过于父母，是父母给予了我们生命，是父母辛勤地养育着我们，我们的成长凝结着父母的心血，不要总认为父母所作一切理所当然，他们把我们带到这个可爱的世界已经足够伟大了！还要把我们养大成人，并且不求任何回报，默默的付出这还不足以让你感谢吗？所以我们要牢记父母的恩情，感恩父母。

# 感恩的传递

感恩是精神上的一种宝藏。

——洛克

那是一个感恩节的清晨，有一家人睡醒了，却极不愿起床，他们不知道如何以感恩的心过这一天，因为他们的生活太窘迫了，几乎连吃饭的钱都没有了，更别想什么感恩节的"大餐"了。

如果他们能提早联系一下当地的慈善团体，或许就能分得一只火鸡了，可是他们没有这么做，他们的自尊心很强，至少不想让别人把他们当成乞丐一样看待。所以，是怎么样就怎么过这个节。

俗话说：贫贱夫妻百事哀。贫穷往往是争吵的源泉，这对夫妇为了一点小事争吵起来。随着争吵的升级，火药味越来越重，家里的孩子在一旁吓坏了，只觉得自己是那么的无奈和无助。然而命运就在此刻转变了……

"咚咚咚"，响起了沉重的敲门声，男孩跑去开门。此时，门外出现了一个高大的男人，满脸的笑容，手里还提着个大篮子，里头满是各种能想到的应节东西：一只火鸡、塞在里面的配料、厚饼、甜薯及各式罐头等，全是感恩节大餐不可缺少的。

面对着眼前的景象，这家人顿时愣住了。门口的那个高大的男人开口说道："这份东西是一位知道你们有需要的人要我送来的，他希望你们晓得还是有人在关怀和爱你们的。"

这一家人都很意外，家庭中的爸爸起初还极力推辞，不肯接受这份礼，可是那个男人却这么说："得了，我也只不过是个跑腿的。"带着微笑，他把篮子搁在小男孩的臂弯里转身离去，身后飘来了这句话："感恩节快乐！"

从那一刻起，小男孩的生命从此就不一样了。那个陌生男人的关怀，让他晓得人生始终存在着希望，随时有人——即使是个"陌生人"——在关怀着他们。在他内心深处，油然升起一股感恩之情，他发誓日后也要以同样方式去帮助其他有需要的人。

时间过得很快，转眼这个小男孩到了18岁，他有了一份工作，终于有能力来兑现当年的许诺。虽然收入还很微薄，在感恩节期间他还是买了不少食物，不是为了自己过节，而时去送给两户极为需要的家庭。

他打扮成成送货员的模样，开着自己那辆破车亲自送去。当他到达第一户破落的住所时，前来应门的是位拉丁妇女，带着提防的眼神望着他。她有六个孩子，数天前丈夫抛下他们不告而别，目前正面临着断炊之苦。

这位年轻人开口说道："我是来送货的，女士。"随之他便回转身子，从车里拿出装满了食物的袋子及盒子，里头有一只火鸡、配料、厚饼、甜薯及各式的罐头。见此，那个女人当场傻了眼，而孩子们也爆出了高兴的欢呼声。

这位年轻妈妈感动的说不出话来，突然，攫起年轻人的手臂，没命地亲吻着，同时操着生硬的英语激动地喊着："你一定是上帝派来的！"年轻人有些腼腆地说："噢，不，我只是个送货的，是一位朋友要我送来这些东西的。"

随之，他便交给妇女一张字条，上头这么写着："我是你们的一位朋友，愿你一家都能过个快乐的感恩节，也希望你们知道有人在默默爱着你们。今后你们若是有能力，就请同样把这样的礼物转送给其他有需要的人。"

年轻人把一袋袋的食物仍不停地搬进屋子，使得兴奋、快乐和温馨之情达到最高点。当他离去时，那种人与人之间的亲密之情，让他不觉热泪盈眶。回首瞥见那个家庭的张张笑脸，他对自己能有余力帮助他们，内心一股感恩之心。

他的人生竟是一个圆满的轮回，年少时期的"悲惨时光"原来是上帝的祝福，指引他一生以帮助他人来丰富自己的人生，就从那二次的行动开始，他展开了不懈的追求，直到今日。

### 【人生箴言】

感恩是一种对恩惠心存感激的表示，它是一种文化素养，是一种生活态度，更是一种社会责任。它会让我们的生活、社会更和谐、更幸福。如果我们每个人都能感恩思报，做到恩恩相报、善念存心，人间的真情至爱便可代代薪火相传，便可产生爱的"叠加""裂变"和"良性循环"，人与人、人与自然、人与社会才会变得更加的和谐，我们自身也会因此变得愉快而又幸福。

# 学会说"谢谢"

感恩即是灵魂上的健康。

——尼采

在一个小县城的一所中学开家长会，来了几十位家长。几个女同学负责接待。可有些孩子，根本不懂接待是什么意思，她们只是把家长们迎进来，让座、倒茶。空下来的时候，就开始窃窃私语。交头接耳的女孩子们把眼光集中在了一个人身上。那是转学来的一位同学的母亲，来自北京。她的容貌并不漂亮，衣着和发式也并不显得很时髦，可是女孩子们用她们仅有的词汇得出了一个一致的结论：她最有风度。

其中的一个女孩子去给那位母亲倒水，回来时，脸颊红红的。她迫不及待地对自己的同学们说："你们猜，我倒水时她对我说什么了？"不等同学们猜，她就说了出来："她说，谢谢。"

女孩子们面面相觑。在她们这样的年纪，在她们这么偏远的小县城里，没有谁用过、听过"谢谢"这两个字。这是一个多么新鲜、温暖的词汇啊。

女孩子们开始争先恐后地去倒水，然后一个个脸红红地回来。轮到去倒水的女生甚至会有点儿心跳，她们总是害羞地走到那位"最有风度"的母亲面前，轻轻的加满水，红着脸听人家说一声"谢谢"。那个时候的她们，还不会说"不客气"。

那次家长会后，那个转学来的同学成为所有同学羡慕的对象。大家都认为，她拥有一个最最幸福的家庭。从那次家长会后，那些窃窃私语的女孩子们学会了一个极温暖的词汇：谢谢。

### 【人生箴言】

学会感恩，永远不要忘记说"谢谢"。一句简单的"谢谢"，这不仅是感谢别人的方式，也是对别人所付出劳动的一种肯定和一种鼓励，更是对别人所付出劳动的一种最起码的尊重。仅仅是一声"谢谢"，虽然只是一个简简单单的词语，就足以让对方内心充满暖意，足以代表你的真诚。所以，我们要时刻怀着感恩的心，学会道谢，并让道谢成为一种习惯。

# 5美元的帮助

应当在朋友正是困难的的时候给予帮助，不可在事情已经无望之后再说闲话。

——伊索

罗伯特在美国的律师事务所刚开业时，连买一台复印机的钱都没有。移民潮一浪接一浪涌进美国时，他接了很多移民的案子，经常在半夜的时候被唤到移民局的拘留所领人。他开一辆破旧的车，在小镇间奔波。经过多年的努力，他的事业得到了很大的发展，业务扩大了，处处受到礼遇。

天有不测风云，一念之差，罗伯特将资产投资股票几乎亏尽——更不巧的是，岁末年初，移民法又再次修改，职业移民名额削减，顿时门庭冷落，几乎快要关门了。

正在此时，罗伯特收到了一封信，是一家公司的总裁写给他的，信中说：愿意将公司30%的股权转让给他，并聘他为公司和其他两家分公司的终身法人代理。看完信后，他又惊又喜，不敢相信这是真的。罗伯特带着疑惑找上门去。

总裁是个40岁开外的波兰裔中年人，见到他后，笑着问道："还记得我吗？"

罗伯特摇摇头，总裁微微一笑，从办公桌的大抽屉里拿出一张很皱的5美元汇票，上面夹的名片印着罗伯特律师的电话、地址。对于这件事，他实在想不起来了。

总裁看了看他，缓缓地说道："10年前，在移民局，我在排队办理工卡，当时人很多，我们在那里拥挤和争吵。当轮到我的时候，移民局已经快关门了。当时，我不知道申请工卡的费用涨了5美元，移民局不收个人支票，我身上没带钱，如果我再拿不到工卡，雇主就不会雇我了。就在这个紧急关头，你从身后递了5美元上来，我要你把地址留下，以后好还钱给你，你就给了我这张名片。"

罗伯特也慢慢想起了这件事，但是仍将信将疑地问："后来呢？"

总裁继续道："后来我就在这家公司工作，很快我就发明了两个专利。我到公司上班后的第一天就想把这张汇票寄出，但是，我却一直没这么做。我一个人来到美国闯天下，经历了许多冷遇和磨难。这5美元改变了我对人生的态度，所以，这张汇票是不能这么随随便便就寄出去的……"

罗伯特做梦也没有想到，多年前的小小善举竟然获得了这样的回报，仅仅5美元就把两个人的命运改变了。

## 【人生箴言】

受人滴水，报以涌泉，送人玫瑰，手留余香。许多人活一辈子都不会想到，自己在帮助别人时，其实是帮助了自己。

# 感谢挫折

苦难可以使人变得崇高，也可以使人变得乖戾。

——泰戈尔

美国著名潜能开发大师席勒有一句名言："任何苦难与问题的背后都有更大的祝福！"他常常用这句话来激励学员积极思考，由于他时常将这句话挂在嘴边，连他的女儿——一个非常活泼的小姑娘在念小学的时候就可以朗朗地附和他念这句话。

有一次，席勒应邀到外国演讲。就在课程进行当中，他收到一封来自美国的紧急电报：他的女儿发生了一场意外，已经被送往医院进行紧急手术，有可能要截掉小腿！他心慌意乱地结束课程，火速赶回美国。到了医院，他看到的是女儿躺在病床上，一双小腿已经被截掉。

这是他第一次发现自己的口才完全派不上用场了，笨拙地不知如何来安慰这个热爱运动、充满活力的天使！

女儿好像察觉了父亲的心事，告诉他："爸爸，你不是时常说，任何苦难与问题的背后都有更大的祝福吗？不要难过！"他无奈又激动地说："可是，你的脚……"

女儿又说："爸爸放心，脚不行，我还有手可以用啊！"两年后，他女儿升入了中学，并且再度入选垒球队，成为该联盟有史以来最厉害的全垒球王！

## 【人生箴言】

人生中的每一个挫折都是值得感谢的，因为只有经过磨砺的生命才会有胜利的彩虹。所以那些不断遭遇不幸，抱怨自己"倒霉透顶"的人，一定要坦然接受现实，感恩挫折，这样，终有一天会雨过天晴，而且大雨过后天更蓝。

# 一杯牛奶

感谢命运，感谢人民，感谢思想，感谢一切我要感谢的人。

——鲁迅

有一个名叫詹姆斯的穷苦学生，为了付学费，他挨家挨户地推销商品。中午的时候，他觉得肚子很饿，但身上却仅有一个铜板。于是，他便下定决心，到下一家时，向人家要餐饭吃。然而当一位年轻貌美的女孩子打开门时，他却失去了勇气。他没敢讨饭，却只要求一杯水喝。女孩看出来他饥饿的样子，于是给他端出一大杯鲜奶来。詹姆斯把牛奶喝光后，说："应付多少钱？"而女孩却说："不用钱。母亲告诉我们，不要为善事要求回报。"于是他道谢后，离开了那个人家。此时，詹姆斯不但觉得自己的身体强壮了不少，而且自信心也增强了起来。

数年后，那个年轻女孩病情危急，家人将她送进了医院，正当医生们对女孩的病情束手无策时，主治医师詹姆士来到了病房。他一眼就认出了她，他的眼中充满了奇特的光辉。他立刻回到诊断室，并且下定决心要尽最大的努力来挽救她的性命。

经过一个多月的诊治后，女孩终于起死回生，战胜了病魔。当批价室将出院的账单送到詹姆士医生手中签字时，他看了账单一眼，然后在账单边缘上写了几个字。账单转送到了女孩的病房里，女孩不敢打开账单，因为她知道，她一辈子都可能还不清这笔医药费。最后她还是打开看了，医药费的确是一个天文数字。但在账单边缘上却写着这样一句话："一杯鲜奶已足以付清全部的医药费！"签署人是詹姆斯医生。女孩眼中泛滥着泪水，她心中高兴地祈祷着："上帝啊！感谢您，感谢您的慈爱，藉由众人的心和手，不断地在传播着。"

【人生箴言】

感恩不仅仅是为了报恩，因为有些恩泽是我们无法回报的，有些恩情更不是等量回报就能一笔还清的，惟有用纯真的心灵去感动去铭刻去永记，才能真正对得起给你恩惠的人。

# 真正的好兄弟

朋友乃平常亲爱，兄弟为患难而生。

——旧约

汤姆有一架小型飞机。一天，汤姆和好友库尔及另外5个人乘飞机过一个人迹罕至的海峡。飞机已飞行了两个半小时，再有半个小时，就可到达目的地。

忽然，汤姆发现飞机上的油料不多了，估计是油箱漏油了。因为起飞前，他给油箱加满了油。

汤姆将这个消息传达后，飞机上的人一阵惊慌，汤姆安慰他们："没关系的，我们有降落伞！"说着，他将操纵杆交给也会开飞机的库尔，走向机尾拿来了降落伞。汤姆给每个人发了一个降落伞后，在库尔身边也放了一个降落伞袋。他说："库尔，我的好兄弟，我带着5个人先跳，你开好飞机，在适当的时候再跳吧！"说完，他带领5个人先跳了下去。

飞机上就剩库尔一个人了。这时，仪表显示油料已尽，飞机在靠滑翔无力地向前飞。库尔决定也跳下去，于是，他一手扳紧操纵杆，一手抓过降落伞包。他一掏，大惊，包里没降落伞，是一包汤姆的旧衣服！库尔咬牙大骂汤姆！没伞就不能跳，没油料，靠滑翔飞机是飞不长久的！库尔急得浑身冒汗，只好使尽浑身解数，往前能开多远算多远。

飞机无力地朝前飞着，与海面距离越来越近……就在库尔彻底绝望时，奇迹出现了——一片海岸出现在眼前。他大喜，用力猛拉操纵杆，飞机贴着海面冲过去，嘭的一声撞落在松软的海滩上，库尔晕了过去。

半个月后，库尔回到了他和汤姆居住的小镇。

他拎着那个装着旧衣服的伞包来到汤姆的家门外，发出狮子般的怒吼："汤姆，你这个出卖朋友的家伙，给我滚出来！"

汤姆的妻子和三个孩子跑出来，一齐问他发生了什么。库尔很生气地讲了事情的经过，并抖动着那个包，大声地说："看，他就是用这东西骗我的！他没想到我没死，真是老天保佑！

汤姆的妻子说了声："他一直没有回来。"她认真翻看那个包。旧衣服被倒出来后，她从包底拿出一个纸片。但她只看了一眼就大哭起来。

库尔一愣，拿过纸片来看。纸上有两行极潦草的字，是汤姆的笔迹，写的是："库尔，我的好兄弟，机下是鲨鱼区，跳下去必死无疑。不跳，没油的飞机不堪重负，会很快坠海。我带他们跳下后，飞机减轻了重量，肯定能滑翔过去……你就大胆地向前开吧，祝你成功！"

## 【人生箴言】

真正的朋友，让你永远都有一种坚实的依靠，他们不仅愿意和你同尝甘甜，而且能够和你共担苦难，甚至以生命来践行对你的承诺。

# 百善孝为先

不当家，不知柴米贵；不养儿，不知报母恩。

——谚语

　　从前，有一对老夫妇含辛茹苦的将四个儿女抚养成人，个个成家立业，儿孙满堂。但是双老得不到晚辈的孝顺犹如孤寡老人一般，为儿女们无孝心而哀叹，于是双老经过一番商议后决定宴请儿女、儿媳、女婿。一天，在吃饭时母亲当着全家人的面，对老伴说："老伴趁今天大家都在，你就将祖上流传下来的无价传世之宝拿出来给大家饱饱眼福吧！"儿女们惊喜万分，没想到自家祖上还留有无价的传世之宝。此时父亲却十分傲慢地说道："祖上有交代，只传给孝子，为了让你们兄妹之间不产生矛盾还是不让传家宝亮相为好。"无论儿女们如何哀求，父亲都摇头说："以后再说吧！"

　　从那以后儿女、儿媳、女婿一反常态，对待双老百般殷勤孝顺，儿子教导自己的孩子要孝敬爷爷奶奶，女儿教导孩子要孝顺外公外婆，并经常买双老喜欢的各种礼物叫孩子送去给老人，都极力讨好双老欢心高兴，可谓百依百顺。特别是当老人小病小痛时，儿女们都不离左右伺候，都怕自己在老人心中是个不孝之人。父亲在生病期间，每家都派一人守候床边，都担心自家无人在，传世之宝落入别家。父亲在断气前告诉儿女们："传世之宝我已托付给老伴保管。"父亲走了，儿女们都为了得到此宝，对待老母更是殷勤孝顺，为了讨好老人欢心各施其招，老人在大家的百般孝顺伺候下走完了人生，在断气前拿出一个精美的宝盒交给大家说道："在我死后做七七四十九天的道场后才能当众打开。"于是儿女们在老母死后做了七七四十九天的道场，最后打开宝盒发现：宝盒内有一块石头，石头正面刻着一个"孝"字。

由于孙辈们从小就看到自己的父母对待老人殷勤孝顺，在父母们的言传身教下也养成了敬奉长辈，对待老人百依百顺的习惯，当儿女们老了也得到了自己儿女及孙辈们的尽心孝敬。就这样"孝"从此变成了他们各自家中的传世之宝。

从那以后，这一家人的子孙后代都严格遵照准则做人做事，子孙后代不但孝心好，而且品德高尚，本分做人，踏实做事，于是在各自的仕途中都飞黄腾达，功名利禄俱全，并且还出了许多高寿之人而闻名遐迩，人们传言是他们家的祖坟埋得好和房子屋基好，其实不然，这一切全是源于一个"孝"字。

### 【人生箴言】

百善孝为先。孝是人的本分，是义不容辞的责任，是人类最真最善的行为，它和我们常说的感恩是一个意思。一个人如果对给予自己生命和辛勤哺育自己长大的父母都不知报答，不知孝敬，那就丧失了人生来就该有的良心，也丧失了道德。试想一下，一个连生养自己的父母都不爱，怎么能去爱别人呢？可见，人世间一切的爱都需要从对父母的爱开始。

## 感恩的回报

生活需要一颗感恩的心来创造，一颗感恩的心需要生活来滋养。

——王符

在一个闹饥荒的城市，一个心地善良的面包师把城里最穷的几十个孩子聚集到一块儿，然后拿出一个盛有面包的篮子，对他们说："这个篮子里的面包你们一人一个。在上帝带来好光景以前，你们每天都可以来拿一个面包。"

瞬间，这些饥饿的孩子一窝蜂似的涌了上来，他们围着篮子推来挤去大声叫嚷着，谁都想拿到最大的面包。当他们每人都拿到了面包后，竟然没有一个人向这位好心的面包师说声谢谢就走了。

但是有一个叫依娃的小女孩却例外，她既没有同大家一起吵闹，也没有与其他人争抢。她只是谦让地站在一步以外，等别的孩子都拿到以后，才把剩在篮子里最小的一个面包拿起来。她并没有急于离去，她向面包师表示了感谢，并亲吻了面包师的手之后才向家走去。

第二天，面包师又把盛面包的篮子放到了孩子们的面前，其他孩子依旧如昨日一样疯抢着，羞怯、可怜的依娃只得到一个比头一天还小一半的面包。当她回家以后，妈妈切开面包，许多崭新、发亮的银币掉了出来。

妈妈惊奇地叫道："立即把钱送回去，一定是面包师揉面的时候不小心揉进去的。赶快去，孩子，赶快去！"当依娃拿着钱回到面包师那里，并把妈妈的话告诉面包师的时候，面包师慈爱地说："不，我的孩子，这没有错。是我把银币放进小面包里的，我要奖励你。愿你永远保持现在这样一颗感恩的心。回家去吧，告诉你妈妈这些钱是你的了。"她激动地跑回了家，告诉了妈妈这个令人兴奋的消息，这是她的感恩之心得到的回报。

**【人生箴言】**

感恩是一种积极的生活态度。懂得感恩的人是幸福的，在感恩的同时，你会得到双倍的快乐与幸福。

# 感谢你所拥有的

怀着感恩的心情去生活，让自己快乐，更让别人感到快乐！

——佚名

在感恩节期间，有一位先生垂头丧气毫无生气来到教堂，坐在牧师面前，他对牧师诉苦："都说感恩节要对上帝献上自己的感谢之心，如今我一无所有，失业已经大半年了，工作找了10多次，也没人用我，我没什么可感谢的了！"牧师问他："你真的一无所有吗？上帝是仁慈的，神依然爱你，你没觉得？好，这样吧，我给你一张纸，一支笔，你把我问你答的记录下来，好么？"

牧师问他："你有太太么？"

他回答："我有太太，她不因我的困苦而离开我，她还爱着我。相比之下，我的愧疚也更深了。"

牧师问他："你有孩子么？"

他回答："我有孩子，有5位可爱的孩子，虽然我不能让他们吃最好的，受最好的教育，但孩子们很争气。"

牧师问他："你胃口好么？"

他回答："呵，我的胃口好极了，由于没什么钱，我不能最大限度地满足我的胃口，常常只吃7成饱。"

牧师问他："你睡眠好么？"

他回答："睡眠？呵呵，我的睡眠棒极了，一碰到枕头就睡熟了。"

牧师问他："你有朋友么？"

他回答："我有朋友，因为我失业了，他们不时地给予我帮助，而我无法回报他们。"

牧师问他："你的视力如何？"

他回答："我的视力好极了，我能够清晰看见很远地方的物体。"

于是他的纸上就记录下这么6条：1.我有好太太；2.我有5位好孩子；3.我有好胃口；4.我有好睡眠；5.我有好朋友；6.我有好视力。

牧师听他读了一遍以上的6条，说："祝贺你！感谢我们的上帝，他是何等地保佑你，赐福给你！你回去吧，记住要感恩！"

他回到家，默想刚才的对话，照照那久违的镜子："呀，我是多么的凌乱，又是多么的消沉！头发硬得像板刷，衣服也有些脏……"

后来，他带着感谢神的心，精神也振奋不少，他找到了一份很好的工作。

【人生箴言】

请不要抱怨自己的不幸，其实你拥有很多。生活中，值得我们去珍惜和感恩的东西非常多，一个幸福的人，心里一定装满了对生活一点一滴的感激。换一种角度去看待不顺，对生活时时怀有一份感恩的心情，你就能永远保持健康的心态、完美的人格和进取的信念。

# 感谢你的对手

感谢你的敌人吧，是他们使你变得如此坚强。

——佚名

非洲某部有一个商人，经常在世界各地经商，把非洲的特产鲁销往世界各地，然而在每次的运输途中，被装在船箱内的鱼开始都是活蹦乱跳，条条精神得很，随着时间的推移，鱼慢慢地就停下来，昏昏欲睡，无精打采。过不了多久，就出现了死亡现象，直到抵达目的地，鱼死亡大半。商人疑惑重重，百思不得其解，水天天换，饲料充足，氧气充足，怎么会出现这种状况呢？因此商人一直在思索。一天商人来到部落里向老者请教了这个问题，老者笑了笑说："这个简单，你只要在这些鱼当中放入些鱼的天敌就可以了。"商人半信半疑地离开了老者，但他还是按老者的话做了。结果，鱼箱内的鱼为躲避天敌的追杀，不得不加速游动，整个鱼箱内闹哄哄的。时间一天天过去了，鱼儿还是保持原先的活蹦乱跳，四处游动，最后到达目的地死亡数竟少了很多，基本没有，商人在喜，向老者请求缘由，老者说："这就是对手的力量。"

【人生箴言】

　　生活中出现竞争对手，让你经历挫折磨难，这并不是坏事，因为有时是对手让你成功。对手是自己的压力，也是自己的动力。正是因为有了对手，才有了竞争，才能激发自己的斗志，使自己格外地努力，从而战胜自我、超越自我。从这个意义上来讲，也说明我们的确应该对对手心存感激。

# 《祈求的手》

没有感恩就没有真正的美德。

——卢梭

　　15世纪，在纽伦堡附近有一户贫困家庭，家里有18个孩子。为了养家糊口，孩子的父亲每天都要工作18个小时。

　　尽管家境如此困苦，但有两个孩子都梦想当艺术家。不过他们很清楚，家里根本没有经济能力把他们中的任何一人送到纽伦堡的艺术学院去学习。

　　为了实现梦想，两个孩子一直在寻找解决学费问题的办法。经过夜晚床头无数次的私议之后，他们最后议定掷硬币——输者要到附近的矿井下矿四年，用他的收入供给到纽伦堡上学的兄弟；而胜者则在纽伦堡就学四年，然后他出卖的作品支持他的兄弟上学，如果必要的话，也得下矿挣钱。

　　在一个星期天做完礼拜后，他们掷了钱币。阿尔勃累喜特·丢勒赢了，于是他离家到纽伦堡上学，而他的兄弟艾伯特则下到危险的矿井，以便在今后四年资助他的兄弟。阿尔勃累喜特在学院很快引起人们的关注，他的铜版画、木刻、油画远远超过了他的教授的成就。到毕业的时候，他的收入已经相当可观。

　　当阿尔勃累喜特衣锦还乡时，全家人在草坪上为他祝贺，并举行了盛大的餐宴。吃完饭，阿尔勃累喜特从桌首荣誉席上起身向他亲爱的兄弟敬酒，因为他多年来的牺牲使自己得以实现理想。"现在，艾伯特，我受到祝福的兄弟，应该倒过来了。你可以去纽伦堡实现你的梦，而我应该照顾你了。"阿尔勃累喜特以这句话结束他的祝酒词。

大家都把期盼的目光转向餐桌的另一端，艾伯特坐在那里，泪水从他苍白的脸颊流下，他连连摇着低下去的头，呜咽着再三重复："不……不……不……"

最后，艾伯特起身擦干脸上的泪水，低头瞥了瞥长桌前那些他挚爱的面孔，把手举到额前，柔声地说："不，兄弟。我不能去纽伦堡了。这对我来说已经太迟了。看……看一看四年的矿工生活使我的手发生了多大的变化！每根指骨都至少遭到一次骨折，而且近来我的右手被关节炎折磨得甚至不能握住酒杯来回敬你的祝词，更不要说用笔、用画刷在羊皮纸或者画布上画出精致的线条。不，兄弟……对我来讲这太迟了。"

为了报答艾伯特所做的牺牲，阿尔勃累喜特·丢勒苦心画下了他兄弟那双饱经磨难的手，细细的手指伸向天空。他把这幅动人心弦的画简单地命名为《手》，但是整个世界几乎立即被他的杰作折服，把他那幅爱的贡品重新命名为《祈求的手》。

当你看见这幅动人的作品时，请多花一秒钟看一看。它会提醒你，没有人——永远也不会有人能独自取得成功。

### 【人生箴言】

家人是我们今生中最应感谢的人。一个人的家庭和事业应该是相辅相成的关系，要想在事业上有点成绩，离不开家人的理解和支持。只有取得家人全力的支持，你的事业才会更上一层楼。因此，当你经过努力付出，取得丰硕的成果之后，一定要记住，与家人一同分享，并与他们一起成长。

# 感谢他人的批评

*帮助，只是举手之劳，而感谢却是永无止境的。*

——佚名

迈克曾在西班牙当过多年律师。第二次世界大战期间，他被迫逃去法国，并急需一份工作，否则他将无法生存下去。庆幸的是迈克的外语不错，能熟练地说好几个国家的语言。于是，他想如果能进到一家进出口公司，担任秘书的工作应该不是问题。可是，几乎他拜访的所有的公司都回信告诉他，由于战乱他们不需要这个职位，不过他们会把迈克的名字存在档案中，假如有需要的时候会通知他。

本来就很沮丧的迈克在看到其中一家公司的回信后变得非常气愤，信中这样写道："你对公司生意的了解太少了，而且你完全不懂这项工作的性质，你连用瑞典文写求职信都是错误百出，语法也不通顺，不要说我们现在根本不需要秘书，即便是需要，那个人也不会是你。"

迈克当时就拿起笔来准备反驳并痛骂那个发信人。在信写到一半的时候，他停了下来，心想：或许这个人说得很有道理？我的确学过瑞典文，但这并不是我的母语，或许我真的犯了很多我不知道的错误。假如是这样的话，如果我想得到一份类似的工作，就一定要再努力学习。虽然这个人是用这种难听的话来表达他的意思，可是对我来说却是一个提醒和帮助。我怎么能谩骂帮助自己的人呢，不仅如此，我还要感谢他。

于是，迈克又拿出一张稿纸写道："谢谢你能在百忙之中看到并回了我的信，而且还指出了我许多错误和不足的地方，这对我来说是非常有意义的。对于我对贵公司生意不甚了解的问题，我感到非常抱歉。我之所以写信给你，是因为我知道你是这一行的领导人物。我并不知道我的信上有很多语法上的错误，我觉得非常惭愧，现在我准备重新开始努力学习瑞典文以改正我的错误。希望有一天我能用非常准确的瑞典文给你写一封求职信。"

结果出乎迈克的意料，他居然在几天之后收到了那家公司的来信，信上说让迈克去他们公司面试。迈克疑惑地前去面试，最后获得了一份梦寐以求的工作。

**【人生箴言】**

听惯了谀辞的人常常狂妄自大，只有虚心接受批评的人，才能改正缺点，提升自己。所以，我们要感谢那些批评自己的人，正是因为有了不同的意见、严厉的批评、决绝的反对，才能让我们检视自身，取得进步。

# 寻找最幸福的人

感恩是美德中最微小的，忘恩负义是品行中最不好的。

——英国谚语

很久以前，有一位国王觉得自己不幸福，就派宰相去找一个最幸福的人，将他幸福的秘密带回来。

宰相碰到男人问："你幸福吗？"

男人回答："不幸福，我还没有功成名就呢。"

宰相碰到女人问："你幸福吗？"

女人回答说："不幸福，我没有闭月羞花的美貌。"

宰相碰到穷人问："你幸福吗？"

穷人回答说；"不幸福，我没有钱。"

宰相碰到富人问："你幸福吗？"

富人回答说："不幸福，我的钱还不够多。"

宰相询问了各种各样的人，但始终没有找到自认为最幸福的人。在返回的路上，一筹莫展的宰相听到了远处传来的歌声，那歌声中充满了欢乐、活力和激情。于是宰相赶紧找到了那个唱歌的人。

宰相问："你幸福吗？"

唱歌的人回答："是的，我幸福，我是最幸福的人。"

宰相问："你为什么是最幸福的人呢？"

唱歌的人回答说："我感激父母，感激生命，感激妻子，感激朋友，感激这温暖的阳光，感激这和煦的春风，感激这蓝蓝的天空，感激这广阔的大地。

我感激所有的一切，因此我是最幸福的人了。"

宰相问："为什么？"唱歌的人回答："因为对能够改变的事情，我竭尽全力，追求美好；对不能改变的事情，我顺其自然，随遇而安。"

宰相发自肺腑地说："你确实就是那个最幸福的人啊！快说出你幸福的秘密吧，国王一定会重赏你的。"

最幸福的人说："如果我有幸福的秘密，那就是我懂得心怀感激，因为感激才会珍惜，因为珍惜才会满足，因为满足才会幸福。给不给我赏赐都无所谓，你还是把幸福的秘密送给国王，送给一切需要幸福的人吧。"

### 【人生箴言】

幸福其实一直都来源于感恩，不会感恩的只会不满所得。而也只有会感恩的人才能感受到幸福。感恩和幸福永远是一对孪生兄弟，只有一个常怀感恩之心的人，才能获得幸福。生活需要感恩，常怀感恩之心，才能领悟美好。

# 一场慈善晚宴

慈善的行为比金钱更能解除别人的痛苦。

—— 卢梭

2007年2月的一天，刚刚卸任的联合国秘书长安南，在美国得克萨斯州的一个庄园里举行了一场慈善晚宴，旨在为非洲贫困儿童募捐，应邀参加的都是富商和社会名流。在晚宴将要开始的时候，一位老妇人领着一个女孩来到了庄园的入口处，小女孩手里捧着一个看上去很精致的瓷罐。

守在庄园入口处的保安安东尼拦住了这一老一小。"欢迎你们，请出示请柬，谢谢。"安东尼说。

"请柬？对不起，我们没有接到邀请，是她要来，我陪她来的。"老妇人抚摸着小女孩的头对安东尼说。

"很抱歉，除了工作人员，没有请柬的人不能进去。"安东尼说。

"为什么？这里不是举行慈善晚宴吗？我们是来表示我们的心意的，难道不可以吗？"老妇人的表情很严肃，"可爱的小露西从电视上知道了这里要为非洲的孩子们举行慈善活动，她很想为那些可怜的孩子做点事，所以她决定把自己储钱罐里所有的钱都拿出来。我可以不进去，但真的不能让她进去吗？"

"是的，这里将要举行一场慈善晚宴，应邀参加的都是很重要的人士，他们将为非洲的孩子慷慨解囊，很高兴你们带着爱心来到这里，但是，我想这场合不适合你们进去。"安东尼解释说。

"叔叔，慈善的不是钱，是心，对吗？"一直没有说话的小女孩露西问安东尼。她的话让安东尼愣住了。

"我知道受到邀请的人有很多钱，他们会拿出很多钱，我没有那么多，但这是我所有的钱啊。如果我真的不能进去，请帮我把这个带进去吧！"小露西说完，将手中的储钱罐递给安东尼。

安东尼不知道是接还是不接，正在他不知所措的时候，突然有人说："不用了，孩子，你说得对，慈善的不是钱，是心。你可以进去，所有有爱心的人都可以进去。"说话的是一位老头，他面带微笑，站在小露西身旁。他躬身对小露西说了几句，然后直起身来，拿出一份请柬递给安东尼："我可以带她进去吗？"

安东尼接过请柬，打开一看，忙向老头敬了一个礼："当然可以了，沃伦·巴菲特先生。"

当天慈善晚宴的主角不是倡议者安南，不是捐出300万美元的巴菲特，也不是捐出800万美元的比尔·盖茨，而是仅仅捐出30美元零25美分的小露西，她赢得了最多最热烈的掌声。晚宴的标语也改成了这样一句话："慈善的不是钱，是心。"第二天，美国各大媒体纷纷以这句话作为标题，报道这次慈善晚宴。看到报道后，许多普普通通的美国人纷纷表示要为非洲那些贫穷的孩子捐款。

**【人生箴言】**

慈善，与贫富无关。不管富裕与贫穷都可以做慈善，只要有一颗向善的心，慈善就无处不在。一个充满爱心的人，一定是一个很富足的人，是对世界心存善意和爱的人

# 别忘记感谢自己

在追逐梦想和希望的路上，我们每一个人都应该享受更多舒适和愉悦，将舒适的心情和氛围带给我们身边的每一个人，让我们彼此都能够积极的、感恩的心去享受我们的生活。

——佚名

有一位农夫拉着一车沉重的稻草来到陡坡前，他望着前方不禁停下了脚步，他认为单凭自己的力量是上不去，必须有人帮助才行。恰巧，有一个过路人笑着对农夫说："别急，我来帮你！"说着便卷起袖子，拉开一副推车的架势。农夫觉得自己有了底气，便在前面使劲拉车，过路人一边在后边推，一边大声喊："加把劲儿，加把劲儿！"经过一番努力，农夫终于把车拉上了大坡。

他充满感激地说："谢谢你啊，好心人！"那位过路人却不好意思地说："不用谢我，还是谢谢你自己吧。我的手患有小儿麻痹，没有力气，只是在旁边为你喊加油而已。你完全是靠自己的力量把车拉上来的！"

## 【人生箴言】

感谢他人已成常态思维，我们因此而忽视了另一个重要理念：人也得感谢自己！感谢自己，才能真实的感受世界与生活，当你困难时，面对别人伸出的手时，如果你无动于衷，或许那双手也是多余的，因为这一切取决于你自己。当你伸出自己的手时，此时你应该感谢你自己，因为面对别人那双真诚的手，你也同样伸出了你的手。

生活之中总有太多的事需要我们去感谢，但真正应该感谢的是自己。感谢自己是自己给自己喝彩，感谢自己是为了给自己鼓劲。感激自己，才能让我们在感激中产生一种回报自己的强烈愿望。自己对自己、对心灵衷心地道一声感谢、说一句"您辛苦了"；感恩自己，是自己对自己的一次虔诚的祝福、一次真挚的问候；感恩自己，是自己对自己的一次心灵和灵魂的升华、净化；感恩自己，是自己对自己的一次零距离、零空间的对话，一次自我反省、自我检阅的接触；懂得感恩自己的人，日后更懂得感恩他人！

在生活中要感谢很多人，但女孩千万别忘了：感谢自己。

# 第九章
# 谦虚的心态：
# 把你心灵里的一切清空

# 站在巨人肩上的牛顿

　　无论在什么时候，永远不要以为自己已经知道了一切。不管人们把你评价得多么高，你永远要有勇气对自己说：我是个一无所知的人。

——巴甫洛夫

　　近代科学的开创者牛顿，在科学上作出了重大贡献。他的三大成就——光的分析、万有引力定律和微机分学，为现代科学的发展奠定了基础。纵然他取得了令人瞩目的成就，但他从不沾沾自喜，自以为很了不起。

　　当年，牛顿费尽心血，算出万有引力定律后，没有急于发表。而是继续孜孜不倦地深思了数年，研究了数年，埋头于数字计算之中，从未对任何人讲过一句。后来，牛顿的朋友、大天文学家哈雷（慧星的发现者），在证明一个关于行星轨道的规律遇到困难时，专程登门请教牛顿。牛顿把自己关于计算万有引力的书稿交给哈雷看。哈雷看后才知道他所要请教的问题，正是牛顿早已解决、早已算好的问题，心里钦佩不已。

　　在1684年11月某一天，哈雷又到牛顿的寓所拜访。当谈到有关天文学的学术问题时，牛顿拿出论证万有引力的论文，请哈雷提意见。哈雷看后，对这巨著感到非常惊讶。他欣喜地对牛顿说："这真是伟大的论证，伟大的著作！"他再三奉劝牛顿尽快发表这部伟大著作，以造福于人类。可是牛顿没有听信朋友的好意劝告去轻易地发表自己的著作，而是经过长时间的一丝不苟的反复验证和计算，确认正确无误后，才于1687年7月将《自然哲学的数学原理》发表于世。

　　牛顿是个十分谦虚的人，从不自高自大。曾经有人问他："你获得成功的秘诀是什么？"牛顿回答说："假如我有一点微小成就的话，没有其他秘诀，唯有勤奋而已。"他又说；"假如我看得远些，那是因为我站在巨人们的肩上。"

这些话多么意味深长啊！它生动地道出牛顿获得巨大成就的奥妙所在，这就是站在前人研究成果的基础上，以献身的精神，勤奋地创造，开辟出科学的新天地。

**【人生箴言】**

越成功的人，越谦虚。谦虚的品格，能使他们面对成功、荣誉时不骄傲，把它视为一种激励自己继续前进的力量，而不会陷在荣誉和成功的喜悦中不能自拔，他们总能不断反思与雕琢自我的人生，让自己不断进步。

# 不要狂妄自大

骄傲自满是我们的一座可怕的陷阱；而且，这个陷阱是我们自己亲手挖掘的。

——老舍

清代有名的经学家、史学家、文学家毕秋帆是江苏镇江人，与司马光的《资治通鉴》相媲美的《续资治通鉴》就是他编纂的。

乾隆三十八年，毕秋帆任陕西巡抚。赴任的时候，经过一座古庙，毕秋帆进庙内休息。一个和尚坐在佛堂上念经，有人报巡抚毕大人来了，这个毛和尚既不起身，也不开口，只顾念经。毕秋帆当时只有40出头，英年得志，自己又中过状元，名满天下，见老和尚这样傲慢，心里很不高兴。老和尚念完一卷经之后，离座起身，合掌施礼，说道："老衲适才佛事未毕，有疏接待，望大人恕罪。"毕秋帆说："佛家有三室，老法师为三宝之一，何言疏慢？"随即，毕秋帆上坐，老和尚侧坐相陪。

交谈中，毕秋帆问："老法师诵的何经？"老和尚说："《法华经》。"毕秋帆说："老法师一心向佛，摒除俗务，诵经不辍，这部《法华经》想来应该烂熟如泥，不知其中有多少'阿弥陀佛'？"老和尚听了，知道毕秋帆心中不满，有意出这道题难他，不慌不忙，从容地答道："老衲资质鲁钝，随诵随忘。大人文曲星下凡，屡考屡中，一部《四书》想来也应该烂熟如泥，不知其中有多少'子曰'？"毕秋帆听了不觉大笑，对老和尚的回答极为赞赏。

献茶之后，老和尚陪毕秋帆观赏菩萨殿宇，来到一尊欢喜佛的佛像前，毕秋帆指着欢喜佛的大肚子对老和尚说："你知道他这个大肚子里装的是什么吗？"老和尚马上回答："满腹经纶，人间乐事。"毕秋帆不由连声称好，因而问他："老法师如此捷才，取功名容易得很，为什么要抛却红尘，皈依三宝？"老和尚回答说："富贵惹例眼烟云，怎么比得上西方一片净土？"两人又一同来到罗汉殿，殿中18尊罗汉各种表情，各种姿态，栩栩如生。毕秋帆指着一尊笑罗汉问老和尚："他笑什么呢？"老和尚回答说："他笑天下可笑之人。"毕秋帆一顿，又问："天下哪些人可笑呢？"老和尚说："恃才傲物的人，可笑；贪恋富贵的人，可笑；倚势凌人的人，可笑；钻营求宠的人，可笑；阿谀逢迎的人，可笑；不学无术的人，可笑；自作聪明的人，可笑……"毕秋帆越听越不是滋味，连忙打断他的话，说道："老法师妙语连珠，针砭俗子，下官领教了。"说完深深一揖，便带领仆从离寺而去。从此，毕秋帆再也不敢小看别人了。

### 【人生箴言】

一个人有了才能是好事，但如果因为自己的才能出众而狂妄自大就个是什么好事了。狂妄往往是与无知和失败联系在一起的，人一狂妄往往就会招人反感，自然也很难得到别人的认可。所以，一个人不管自己有多丰富的知识，取得了多大的成绩，或是有了何等显赫的地位，都要谦虚谨慎，不能自视过高。只有心胸宽广，博采众长，才能不断地丰富自己的知识，增强自己的本领，进而创造出更大的业绩。

# 别把自己看得太重

当我们是大为谦卑的时候，便是我们最近于伟大的时候。

——泰戈尔

布思·塔金顿是20世纪美国著名小说家和剧作家，他的作品《伟大的安伯森斯》和《爱丽丝·亚当斯》均获得普利策奖。在塔金顿声名显鼎盛时期，他在多种场合讲述过这样一个故事。

"那是一个红十字会举办的艺术家作品展览会上，我作为特邀的贵宾参加了展览会。期间，有两个可爱的十六七岁的小女孩来到我面前，虔诚地向我素要签名。

"'我没带自来水笔，用铅笔可以吗？'我其实知道他们不会拒绝，我只是想表现一下一个著名作家谦和地对待普通读者的大家风范。

"'当然可以。'小女孩们果然爽快地答应了，我看得出她们很兴奋，当然她们的兴奋也使我备感欣慰。

"一个女孩将她非常精致的笔记本递给我，我取出铅笔，潇洒自如地写上了几句鼓励的话语，并签上我的名字。女孩看过我的签名后，眉头皱了起来，她仔细看了看我，问道：'你不是罗伯特·查波斯啊？'

"'不是，'我非常自负地告诉她，'我是布思·塔金顿，《爱丽丝·亚当

斯》的作者，两次普利策奖的获得者。'

"小女孩将头转向另外一个女孩，耸耸肩说道：'玛丽，把你的橡皮借我用用。'

"那一刻，我所有的自负和骄傲瞬间化为泡影。从此以后，我都时时刻刻告诫自己；无论自己多么出色，都别太把自己看得太重。"

## 【人生箴言】

一个人不要把自己看得太重要、太高明、太有能耐，更不要觉得凡事有己才行，无己就不成，一副高高在上的姿态。过于抬高自己，而不客观地审视自己，过分自我膨胀，就注定会走向失败。不管我们取得了多少傲人的成绩，也不管我们拥有了多么响亮的名声，在某些人的眼中我们只不过是普通人而已。所以，无论自己多么出色，都要把自负和骄傲收起来，不要太把自己当回事。

# 贝罗尼画画

一知半解的人，多不谦虚；见多识广有本领的人，一定谦虚。

——谢觉哉

贝罗尼是19世纪的法国名画家。有一次，他到瑞士去度假，背着画架到日内瓦湖边写生。旁边来了二位英国女游客，看了他的画后，便在一旁指手画脚地批评起来：一个说这儿不好，一个说那儿不对。贝罗尼都一一修改过来，末了还跟她们说了声谢谢。第二天，贝罗尼又遇到了那三位妇女，她们正交头接耳不知在讨论些什么。过了一会儿，那三个妇女走过来问他："先生，我们听说大画家贝罗尼正在这儿度假，所以特地来拜访他。请问你知不知道他现在在什么地方？"贝罗尼朝她们微微弯腰，回答说："不敢当，我就是贝罗尼。"三位英国妇女大吃一惊，想起昨天的不礼貌，一个个红着脸跑掉了。

**【人生箴言】**

生活中，有些人总觉得自己比其他人懂得多，见识也广，以至于在很多时候总是表现出要比其他的人高人一等的姿态。事实上，骄傲的真正原因并非是因为饱学，而是因为他们对自己缺乏足够的了解，他们可能有一点点本事，总以为自己天下第一，这一难以克服的缺点，使得他们虽然在某些方面较之其他的人要优秀，却真正的难以获得长足的进步和发展，甚至还可能导致人生惨败。所以，我们应该引以为戒，戒骄破满，做人谦虚一些、谨慎一些，多一点自知之明为好。

# 反省自己的错误

*每个人都会犯错，但是，只有愚人才会执过不改。*

*——西塞罗*

有一个叫吴刚的学生，由于家里经济条件不太好，被迫选择在家乡的一所大学走读。感到委屈的他，有一天在和父亲发生激烈的争吵后，冲动之下在交给老师的卡片上写下了一句"我是傻瓜的儿子"。卡片交给老师之后，吴刚便感到有些后悔，开始变得惴惴不安起来。第二天上课的时候，老师并没有专门向他说什么，只是在发还给他的卡片上写了简短的一句话："是不是'傻瓜的儿子'与一个人未来的人生有多少关系呢？"老师的话引起了吴刚深深地反思："我常常把不顺心的事情归咎于父母，总是想：如果不是因为他们没有钱，如果不是他们错误的干涉，如果不是他们没有本事，我就不至于落到这个地步。而对于自己却缺少自知之明，理直气壮地认为自己总是对的，就好像是一个不公正的裁判员，总是把成功归功于自己，把失败推诿给父母。"老师简单的一句话引发了吴刚的反省，让他从"自我中心"中跳出来，检讨自己，并学会去做一个有责任感的人。变化在不知不觉中发生了，一个学期之后，吴刚的学习成绩提高了，朋友也增加了，而最令人欣喜的是，和父亲的争吵完全消失了。

### 【人生箴言】

自省是一个人得以认识自己、分析自己，并有效提高自己的最佳途径。人们通过反省及时修正错误，不断地调整自己的心态和做事方法，所以掌握了自我反省的能力，就等于掌握了自我完善和健康成长的秘方。

# 博士找工作

谦虚是不可缺少的品德。

——孟德斯鸠

有一位在美国留学的计算机博士，辛苦了好几年，总算毕业了。可是，虽说是拿到了响当当的博士文凭，却一时难以找到工作。

他一次又一次地被各大公司拒绝，生计没有着落，这个滋味可是不好过。他苦思冥想，想找个办法，谋个职位，他终于想到了一个绝妙的点子。

他决定收起所有的学位证明，以一个最低身份去求职。

这个法子还真灵，一家公司老板录用他做程序输入员。这活可真是太简单了，对他来说简直是"高射炮打蚊子"。不过，他还是一丝不苟，勤勤恳恳地干着。

不多久，老板发现这个新来的程序输入员非同一般，他竟然能看出程序中的错误。这时，这位小伙子掏出了学士证书。老板二话没说，立刻给他换了个与大学毕业生相对口的专业。

又过了一段时间，老板发现他时常还能为公司提出许多独到而有价值的见解，这可不是一般大学生的水平呀！这时，这位小伙子又亮出了硕士学位证书，老板看了之后又提升了他。

他在新的岗位上干得很出色，老板觉得他还是与别人不一样，非同小可。于是，老板把他找到办公室，对他进行质询，这时，这位聪明人才拿出他的博士学位证书。

老板这时对他的水平有了全面的认识，便毫不犹豫地重用了他。

这位博士求职的成功，在于他能够放低自己的身价，以低姿态去求职，进而赢得工作岗位。

### 【人生箴言】

抬高自己的身价，只能让路越走越窄，直到最后无路可走，而放低自己的身价，却能够让路越走越宽。现实生活中，我们只有敢于放低自己的身价，从小事做起，循序渐进，才能为自己日后的成长打下坚实基础，为谋求更大的发展际遇增添筹码。

# 反思失败的原因

不会从失败中寻找教训的人，他们的成功之路是遥远的。

——拿破仑

在美国，有个叫道密尔的企业家，专买濒临破产的企业，而这些企业在他手中，又一个个起死回生。有人问："你为什么总爱买一些失败的企业来经营？"道密尔回答："别人经营失败了，接过来就容易找到它失败的原因，只要把缺点改过来，自然会赚钱，这比自己从头干省力多了。"

道密尔的聪明之处就是在于他善于反思他人的失败原因，把别人的失败变成了自己的财富。

## 【人生箴言】

其实，在发展的过程中，有很多人都会犯这样那样的错误，也就是说，都会在不同的程度上遭遇失败。失败并不可怕，可怕的是失败了之后没有经过认真总结以致继续失败。一个渴望自己真正在人生事业方面有所发展的人，就会从失败中找出原因。不再犯同样的错误，他就会成为一个成功的人。

# 钟隐偷师学画

不谦虚的话只能有这个辩解，即缺少谦虚就是缺少见识。

——富兰克林

南唐时，有一位叫钟隐的画家。他年纪不大就已经很出名了，但是这一切对钟隐来说却没有值得欣喜的地方，他每天仍然在书房里潜心作画，万不得已才去应酬一些琐事。

钟隐的妻子对丈夫这么做有些不太明白。一天，钟隐正在画画，妻子就走到他身边帮他研墨，最后忍不住问："现在你有家财万贯，才华也受到世人的认可，为什么你每天还要这么辛苦呢？"钟隐听妻子这么说，便放下笔拿过一幅画问："你看这画怎么样？"妻子说："这我不太懂，不过我觉得那鸟像活的一样。"钟隐又拿了另一幅画，问："你再看这幅如何？"妻子说："这只鸟看上去呆头呆脑的。"钟隐说："第一幅是别人画的，而第二幅是我画的。虽说我在山水画上有点成就，可在花鸟画上还差很多呢。"

钟隐知道如果想画好，必须要有名师指点，他开始四处打听擅画花鸟的名师。一天，在和一个朋友吃饭时，钟隐问其能否给他引荐一位名师，朋友说："我倒认识一个叫郭乾晖的人，他很擅长画花鸟画，听我妻子说，他画的牡丹竟把蜜蜂给招来了，只不过这个人恐怕不会教你，因为他连自己的画都不愿意给别人看，而且他画画儿还总躲着人。"钟隐便开始四下打听关于郭乾晖的消息，当听说郭乾晖要买个家奴时，他就报名了。

钟隐打扮成仆人的模样进入郭府，虽然每天干活累得他腰酸腿疼，但让他感到欣慰的是他看到了一些郭乾晖的画，这让钟隐更加坚定地在郭乾晖左右工作，只是希望能亲眼看他画画儿。可是每到作画时，郭乾晖总是把他打发出去。

钟隐的家中没有人知道他卖身为奴去学画的事，连他妻子也只知道他出远门了，当朋友去看他时，家里人只说是出了门，却不知道去了哪里，这让人们起了疑心，最后连他的家人也起了疑心，于是开始在大街小巷贴告示寻人。

恰巧郭乾晖出门，听人说钟隐失踪了，而且细听年龄和长相，觉得和家里的那位年轻仆人很相似，他刚好来家里两个月。"难怪他总想看我作画呢？"郭乾晖自言自语道，"不过他倒真是个谦虚的人，有这样的学生是我的幸运。"钟隐终于以谦卑的求学态度感动了郭乾晖，郭乾晖把自己作画多年的体会和技艺都传授给了钟隐。

**【人生箴言】**

人们总是乐于接受谦逊的人。只有谦虚谨慎、永不自满的人，才能追求有所作为、有所成就的人生。

# 虚心向他人学习

成功的第一个条件是真正的虚心，对自己的一切敝帚自珍的成见，只要看出同真理冲突，都愿意放弃。

——斯宾塞

李丽和苏青是同一批受雇于一家大型超市的员工，开始大家都是一样的，从最基层做起。可不久李丽就受到总经理的青睐，一再被提升，从领班直到部门经理。苏青就像是被人遗忘了一般，还是停留在最初的岗位。终于有一天苏青忍无可忍，就向经理提出辞职，并痛说总经理不了解实际情况，自己辛勤工作却得不到提拔，只提拔那些溜须拍马的人。

总经理耐心地听说着，他了解她，工作吃苦，但好像缺了点什么，缺多么呢？三言两语说不清楚，说清楚了她也不服呀？看来……他忽然有了个主意。

"苏青，"总经理说，"你现在就到集市去，看看今天有什么卖的。"

苏青就很快从市集回来说："有个农夫刚拉来了一车玉米在卖。"

"这车玉米大约有多少袋，多少斤？"总经理问。

苏青又跑出去，回来说有10袋。

"是什么价格呢？"苏青再次跑去。

总经理望着她跑得很累就说："请你休息一下吧，看看李丽是怎样做的。"说完，叫李丽来说："李丽，您马上到集市去，看看今天有什么卖的。"

李丽很快从集市回来了，汇报说有一个农夫在卖玉米有10袋，价格适中，质量很好，她还带了几个让总经理看看。这个农夫过一会还将弄几箱西红柿上市呢，根据她看价格还算公道，可以进一些货。想到这种价格的西红柿总经理大概会考虑进货，所以她不仅带回了几个西红柿作为样品，而且还把那个农夫也带来了，他现在就在外面等着回话呢？

总经理看着脸红的苏青，诚恳地说："职位的申迁是要靠能力的。不过眼下，您还得学一段时间，看看别人是怎么做的。"

### 【人生箴言】

善于向他人学习，是提高自己的一种有效手段。每个人身上都有值得学习的地方，我们需要有一双善于发现别人优点的眼睛。"三人行，必有我师焉。"把别人当成自己的一面镜子，可以从他们那里知道自己的浅薄和丑陋，还可以从他们那里得到鞭策和鼓舞。

# 黑带的真义

所谓活着的人，就是不断的挑战的人，不断攀登命运险峰的人。

——雨果

一位武学高手在一场典礼中，跪在武学宗师的面前，正准备接受来之不易的黑带，经过多年的严格训练，这个徒弟武功不断精进，终于可以在这门武学里出人头地了。

"在颁给你黑带之前，你必须再通过一个考验。"武学宗师说。

"我准备好了。"徒弟答道，心中以为可能是最后一回合的拳术考试。

"你必须回答最基本的问题：黑带的真义是什么？"

"是我学武历程的结束，"徒弟不假思索地回答："是我辛苦练功应该得到的奖励。"

武学宗师等了一会儿，他显然不满意徒弟的回答，最后他开口了："你还没有到拿到黑带的时候，一年后再来。"

一年后，徒弟再度跪在武学宗师面前。

"黑带的真义是什么？"宗师问。

"是本门武学中杰出和最高成就的象征。"徒弟说。

武学宗师过了好几分钟都没有说话，显然他并不满意，最后他说道："你还没有到拿到黑带的时候，一年后再来。"

一年后，徒弟又跪在武学宗师面前。

"黑带的真义是什么？"

"黑带代表开始，代表无休止的纪律、奋斗和追求更高标准的历程的起点。"

"好，你已经准备就绪，可以接受黑带和开始奋斗了。"武学宗师欣慰地答道。

## 【人生箴言】

人生是一个不断发展，不断超越自我的过程，而只有那些在这个过程中不断自我挑战的人，才是真正的胜者。超越自我意味着不断地追求，顽强地奋斗；意味着走前人没有走过的路，在你的生活中寻找新的起点。

超越自我是生命的要求。只有把自己当做对手，不断超越自我，才能成就大事。人活在世上，不能只贪图安逸享受。慵懒自私的人，永远也享受不到人生的真正乐趣。只有努力创造，全力拼搏，不断超越，才能在激烈的竞争中占有自己的位置，使生命的碰撞发出耀眼的火花。

# 最后的考试

人不光是靠他生来就拥有一切，而是靠他从学习中所得到的一切来造就自己。

——歌德

这是美国东部一所大学期终考试的最后一天。在教学楼的台阶上，一群工程学高年级的学生挤做一团，正在讨论几分钟后就要开始的考试，他们的脸上充满了自信。这是他们参加毕业典礼和工作之前的最后一次测验了。

一些人在谈论他们现在已经找到的工作；另一些人则谈论他们将会得到的工作。带着经过4年的大学学习所获得的自信，他们感觉自己已经准备好了，并且能够征服整个世界。

他们知道，这场即将到来的测验将会很快结束，因为教授说过，他们可以带他们想带的任何书或笔记。要求只有一个，就是他们不能在测验的时候交头接耳。

他们兴高采烈地冲进教室。教授把试卷分发下去。当学生们注意到只有5道评论类型的问题时，脸上的笑容更加生动了。

3个小时过去了，教授开始收试卷。学生们看起来不再自信了，他们的脸上是一种恐惧的表情。没有一个人说话。教授手里拿着试卷，面对着整个班级。

他俯视着眼前那一张张焦急的面孔，然后问道："完成5道题目的有多少人？"没有一只手举起来。"完成4道题的有多少？"仍然没有人举手。"3道题？"学生们开始有些不安，在座位上扭来扭去。"那一道题呢？"

但是整个教室仍然很沉默。

"这正是我期望得到的结果。"教授说，"我只想给你们留下一个深刻的印象，即使你们已经完成了4年的工程学习，关于这项科目仍然有很多的东西你们还不知道。这些你们不能回答的问题是与每天的普通生活实践相联系的。"然后他微笑着补充道："你们都会通过这个课程，但是记住——即使你们现在已是大学毕业生了，你们的学习仍然还只是刚刚开始。"随着时间的流逝，教授的名字已经被遗忘了，但是他教的这堂课却没有被遗忘。

## 【人生箴言】

知无涯，学无境。学习是没有终点的。在现实生活中，无论是在哪个年龄阶段，在哪种环境里，人们都应继续学习，人生是不会毕业的。只有终生学习，不断学习，才能成为真正的强者，更好地实现自身的价值。

社会竞争日趋剧烈，生活情形日益复杂，所以我们必须具备充分的学识，接受充分的教育训练，来应对社会生活的变化。如果你满足现状，不思进取，那么，你就不能使自己的命运向更好的方向发展。在当今社会中，任何人都不能满足现状，只有勤奋努力，才能适应社会生活，实现个人成长目标。

# 善于接受批评的林肯

人不能没有批评和自我批评，那样一个人就不能进步。

——毛泽东

美国前总统林肯是一个善于接受批评的人。有一次，爱德华·史丹顿批评林肯是一个笨蛋。史丹顿之所以批评他是因为林肯干涉了他的业务，为了要取悦于一个自私的政客，林肯签了一项命令，调动了某些军队。史丹顿不仅拒绝执行林肯的命令，而且批评林肯签发这种命令是笨蛋行为。结果怎么样呢？当林肯听到史丹顿对他批评的话后，很平静地回答说："如果史丹顿说我是一个笨蛋，那我一定就是个笨蛋，因为他几乎从来没有出过错。我得亲自过去看一看。"林肯果然去见史丹顿，他知道自己签发了错误的命令，于是收回了成命。只要是善意的批评，是以知识为根据具有建设性的批评，林肯都乐意接受。

## 【人生箴言】

人往往都是喜欢被人夸奖的，很少人喜欢被别人批评。因此，接受批评，这是一种最难培养的习惯。但我们也要知道，接受他人的批评是我们改正错误、不断成长的动力。有时别人的批评不是对我们个人本身的不满，而是对我们做事或是对人态度的不满，他们的批评是对我们做事的建议，并不是无中生有的挑剔。善意的批评可以让我们知道自己存在着哪些不足和缺点，以便能逐步弥补和改掉它们，去完善自己。

我们要学会虚心接受他人的批评。如果有人批评你，这时不要先替自己辩护。你要谦虚，要明理，要先去看批评的意见。对的批评，你要接受，并反思和改正自己的问题；错的批评，你就暂且当成是一种忠告，引以为戒，没什么大不了的。其实一个人的成长，就是接受批评与自我完善的过程。

# 虚心求教

为了彻底防止和克服思想上不同程度的主观主义成分，我们惟有要求自己，遇事都一定要保持真正的虚心。

——邓拓

孔子是我国春秋末期伟大的思想家、教育家、政治家，儒家学派的开山鼻祖，被人们尊为"圣人"，他有弟子二千，大家都向他请教学问。他的《论语》是千百年来的传世之作。孔子学问渊博，可是仍虚心向别人求教。

孔子苦苦钻研"礼"的学问，可终没有得出结果，为此，他感到十分苦恼。当他听说老子经过多年苦心探索钻研，知识渊博，已经求得天道的消息后，就决定去洛阳拜访老子。

老子见了孔子，便热情地接待了他，并对他说："阴阳之道是不可以用感官感知的，也是不能用语言来表达的，道也是不能送人的。寻求道，关键在于内心的感悟。心中没有感悟就不能保留住道；心中自悟到道，还需和外界的环境相印证。因此，可以说，得道之人是无为的，是简朴而满足的，是不以施舍者自居，也无所耗费的。自己正的人才能正人，如果自己内心不能正确领悟大道，心灵活动便不通畅。"

一席话使孔子心窍大开，在和老子分别后，他对自己的学生说："我今天看见了老子，就像见到了龙一样啊！"老子的一席话，使孔子对他的高深见解十分赞赏，可见这次拜访使孔子有了很大的收获。

我们再来看一则欧阳修虚心求教的故事。

欧阳修是北宋大文豪，他文才出众，官居高位，但却非常注重虚心向别人求教，每写完一篇文章，必先"草就纸上、粉于壁，兴卧观之屡思屡议"。其作品《醉翁亭记》，用字精炼，文辞优美，被人们传诵至今，此文就曾得益于一位砍柴老樵夫的指教。

欧阳修任滁州太守时，好友智仙和尚在琅琊山上为其建造了一座亭子，欧阳修取名"醉翁亭"，并写下《醉翁亭记》一文。文章写成后，欧阳修抄写了很多份，命人贴到外面，希望行人帮助他修改和提意见。

看到文章的人都纷纷赞赏欧阳修的文采。这时，有一个砍柴的老樵夫说他这篇文章有点太啰嗦了。欧阳修于是为老人再次诵读此文，虚心请老人指教失误之处。

刚开始读："滁州四面皆山也，东有乌龙山、西有大丰山、南有花山、北有白米山，其西南诸峰，林壑优美……"老樵夫认为啰嗦的地方就在这里，说道："我砍柴时站在南天门，大丰山、乌龙山、白米山还有花山，一转身就全都映入眼帘，四周都是山！"

欧阳修听后忙说："言之有理。"随即修改为："环滁皆山也"五个字。这就是我们今天看到的《醉翁亭记》言简意赅的开头。

### 【人生箴言】

世界上只有虚怀若谷的求知者，没有狂妄自大的成功者。虚心求教，不耻下问是获得真知的有效途径，也是实现自我提升的好方法。

# 告状的鸭子

反省是一面镜子，它能将我们的错误清清楚楚地照出来，使我们有改正的机会。

——海涅

一天，一只鸭子跑到国王面前控诉："国王陛下，法令曾宣布森林里的动物之间要相互友爱、和平相处，但现在却有人违背了这原则。"

"谁这么大胆，竟敢打破和谐的秩序？"国王急切地问道。

鸭子抹了抹眼泪，委屈地说道："今天上午，我潜到水底之前，把我的孩子托付给老马照顾，它非但不好好照管，还踩伤了我的孩子，现在，我要来讨回公道！"

于是，国王在森林里召开了公开的审判大会，他把老马叫来，问道："你受人之托，应当忠人之事，你为什么不好好的照看鸭子的孩子。"

老马委屈的回答："是的，我本应好好照看，但是，我的确不是故意的，更不是邪恶的目的，我听见啄木鸟用长嘴敲出鼓一样的声音，我以为战争降临了，我惊慌失措地急于逃避战争，不慎踩到了鸭子的孩子，我发誓，我绝对不是有意的。"

国王叫来了啄木鸟问："是你敲出鼓声宣告战争要降临了吗？"

啄木鸟回答道："是我，国王，但我这么做是因为看到蝎子在磨它的匕首。"

国土叫来蝎子问："你为什么磨你的匕首？"

蝎子回答说："因为我看见乌龟在擦它的盔甲。"

国王叫来乌龟问："你为什么擦你的盔甲？"

乌龟辩解说："因为我看见螃蟹在磨它的刀。"

国王叫来螃蟹问："你为什么磨刀？"

螃蟹回答说："我看见虾在练标枪。"

国王叫来虾问："你为什么练标枪？"

虾辩解说："因为我看见鸭子在水底吃掉了我的孩子！"

听完了上面的回答，国王看着鸭子说："现在，你明白孩子不幸的根源了吧！主要责任不在老马身上，而应该算在你自己的头上，这就是种瓜得瓜，种豆得豆。"

### 【人生箴言】

发现别人的错误容易，认识自己的错误难，其实，人们也经常犯下类似鸭子的错误，看不到自己的过错，总是把责任推给别人，不懂的反省自己的行为。

# 主动承认错误

知错就改，永远是不嫌迟的。

——莎士比亚

著名遗传学家弗朗西斯·柯林斯曾担任NIH（美国国立卫生研究院）人类基因组研究所所长，那时他的事业如日中天。他的实验室里一位MD/PhD（医学/哲学双博士）的学生向一个学术杂志投的一篇文章被退稿，该杂志认为这篇文章盗用了其他学者文章中的图表。弗朗西斯首先针对实验结果作了深入调查，确认学生的文章确实存在造假问题，于是立即撤回该文，迅速写信给另外几个杂志社，把署有这个学生名字的其他5篇已经发表的文章也全部撤回。随后，他写了2000多封信给相关领域的科学家们，告知在他的实验室发生了造假事件，向大家道歉，并表明要为该事件承担责任。他说："尽管事情不是我做的，而且6篇文章里的其他5篇也不一定都有问题，但这篇被抓住了，其他的就都有造假的可能性，所以要把文章全撤下来。"毫无疑问，这样做对弗朗西斯本人和实验室的名誉有很大损伤，但他认为这样做对科学界有益。后来这个造假的学生被开除了，而且受到了惩罚。在这起事件中，弗朗西斯及时承认了错误、进行道歉、承担责任，并非常快地采取了行动。最终，这起造假事件对他本人、实验室及研究所不但没有造成大的负面影响，大家对弗朗西斯鲜明的是非立场、果断的危机处理能力反而钦佩有加，由此他被认为是一位有科学道德修养的科学界领袖。

### 【人生箴言】

　　错误是有教育意义的，一个人可以从错误中学到很多东西。这样，一个小小的错误就能够警告人们避免大的错误。如果一个人不肯承认自己做过错事，那他就失掉了这种避免大失误的宝贵经验，而他在以后还会继续犯这种错误。最终，他一定会颓丧地坐下来，哀叹自己悲惨的命运。

　　如果自己错了，最好能够在他人觉察之前就能大胆承认。一个勇于承认错误的人一定会获取他人的信任，也能赢得他人的尊重。如果一个人真正从所犯的错误中汲取了教训，那么他的生活就一定会发生改变，他获得的不仅仅是经验，而更多的就是智慧了，从而为自己的人生拓展平坦的大道。

# 朋友的建议

*成功的起始点乃自我分析，成功的秘诀则是自我反省。*

——陈安之

周凯和张立光两人是好朋友。一天，两个人偶然相遇了。周凯对自己的工作非常不满意，就对张立光抱怨说："我的老板根本就不把我放在眼里，哪一天我一定要对他拍桌子，然后辞职不干！"

张立光反问道："你对那家贸易公司的业务完全了解了吗？对于国际贸易的流程完全掌握了吗？"周凯说："没有！"张立光说："我建议你还是好好地把贸易技巧、商业文书和公司组织完全搞明白，甚至连修理打印机的小故障也学会，然后再辞职不干。"

周凯认为张立光的建议有道理：先在公司免费学东西，等一切都学会之后，再一走了之，既出了气，又还能挣钱，还会有许多收获！从那以后，周凯就默记偷学，甚至下班后，还留在办公室里钻研商业文书。

很快，一年的时间过去了。一天，周凯和张立光又见面了。张立光问："你现在大概把公司的一切都学会了，可以准备拍桌子不干了吧？"然而，周凯却红着脸说："可是我发现这半年来，老板对我刮目相看，最近更是委以重任，又提升我，又给我加薪，我已经成为公司的骨干了！"

## 【人生箴言】

当你遇到不公或失败时，不要一味地怨天尤人，与其牢骚满腹，不如平心静气地正视自己，客观地反省自己，如此你便会发现自己的不足和差距。

# 夫妻搬家

不听老人言，吃亏在眼前

——谚语

从前，有一对夫妻，住在鲁国的京城里。男的编得一手好草鞋，女的织得一手好麻布，男编女织，勤勤恳恳，小日子过得很美满。

有一天，他们听人说，越国那个地方风调雨顺，五谷丰登，是鱼米之乡，人们生活得很富裕，于是他们就决定把家搬到越国去。

邻居们听说他俩要搬家，便好心好意地来劝说："在这里生活得就很好啊，为什么要搬到越国去呢？""搬到外国，举目无亲，各方面都不方便，就怕你们会搞得讨饭也找不上门儿。"

两口子听了，很不高兴，不服气地说道："瞧你们说得那么可怕。我们俩会编草鞋，会织麻布，有这样过人的手艺，还愁发不了财？"

邻居耐心地继续劝道："你们在这里丰衣足食，就是凭着你们的好手艺。草鞋是供人穿的，可是越国那地方，遍地都是水，越国的人从小就是光着脚板走路，从来是不穿鞋的。麻布呢，是供人做帽子戴的，可是越国经常下暴雨，那里的人个个蓬头披发，谁见过越国有个戴帽子的啊？你们搬到那里，没法施展自己的手艺，怎么能维持生活呢？"

可是，这一对夫妻对于别人的忠告，一句也听不进去，最后还是把家搬到了越国。到了越国以后，夫妻俩比在鲁国时更加勤劳。男的每天天不亮就起来编草鞋，女的到半夜还"咔哒咔哒"地织麻布。编出的草鞋，在屋里堆积的像一座小山；织出的麻布，也摞得快顶住天花板了。但却没有人来问价钱，也没有一个人要出钱买他们这些东西，他们的生活陷入窘境。

最后，他们夫妻俩只得收拾起行李，又重新搬到回鲁国去了。

## 【人生箴言】

一个人的认知和思维方式总是有限的，有时候，听取别人意见也是一种理智的行为。我们每个人在性格或待人处事方面，难免有不曾发觉的死角或是一时疏忽，若有人提醒我们的缺点，那是我们的幸运。所以，我们应该具有从谏如流的雅量，能够听取不同意见。

# 谦虚的爱因斯坦

虚心使人进步，骄傲使人落后，我们应当永远记住这个真理。

——毛泽东

爱因斯坦是20世纪世界上最伟大的科学家之一，他的相对论以及他在物理学界其他方面的研究成果，留给我们的是一笔取之不尽、用之不竭的财富。然而，就是他这样一个人，还是在有生之年中不断地学习、研究，活到老，学到老。

有人去问爱因斯坦，说："您老可谓是物理学界的空前绝后了，何必还要孜孜不倦地学习呢？何不舒舒服服地休息呢？"爱因斯坦并没有立即回答他这个问题，而是找来一支笔、一张纸，在纸上画上一个大圆和一个小圆，对那位年轻人说："在目前情况下，在物理学这个领域里可能是我比你懂得略多一些。正如你所知的是这个小圆，我所知的是这个大圆，然而整个物理学知识是无边无际的。

对于小圆，它的周长小，即与未知领域的接触面小，他感受到自己未知的少；而大圆与外界接触的这一周长，所以更感到自己未知的东西多，会更加努力地去探索。"

1929年3月14日是爱因斯坦50岁生日。全世界的报纸都发表了关于爱因斯坦的文章。在柏林的爱因斯坦住所中，装满了好几篮子从全世界寄来的祝寿的信件。

然而，此时的爱因斯坦却不在自己的住所里，他在几天前就到郊外的一个花匠的农舍里躲了起来。

爱因斯坦9岁的儿子问他："爸爸，您为什么那样有名呢？"

爱因斯坦听了哈哈大笑，他对儿子说："你看，瞎甲虫在球面上爬行的时候，它并不知道它走的路是弯曲的。我呢，正相反，有幸觉察到了这一点。"

爱因斯坦就是这样一个谦虚的人，名声越大，他就越谦虚。

📄 【人生箴言】

　　谦虚是通往成功和赢得人们尊重的最重要的品质之一。生活中，那些才识、学问愈高的人，在态度上反而愈谦卑，希望自己能精益求精，更上一层楼。

# 第十章
# 快乐的心态:
# 让生命绽放美丽花朵

# 寻找快乐的人

人们需要快乐，就像需要衣服一样。

——玛格瑞特·科利尔·格雷厄姆

很久以前，有个人因为他常常闷闷不乐，所以一年四季都在找快乐。他到处问别人："请问，到哪里才能找到快乐？"但被问的人总是摇摇头说不知道。他愈找不到快乐就愈不快乐。于是，他下定决心，不找到快乐决不罢休。因此他收拾了行李远离家乡，到了人烟稀少的深山、海边去寻觅，然而依然找不到，最后他准备放弃了。他告诉自己："算了。我为什么一定要找到快乐呢？只要我好好做事、好好生活，没有快乐又能怎样？我若能找到快乐更好，找不到也不是世界末日啊！我还是回去过我的日子吧！"他对自己说了这一番话后，便兴高采烈地回家了。一路上，他哼着歌、吹着口哨，这时候他惊讶地发现自己已经找到了快乐。

## 【人生箴言】

其实，快乐是不需要刻意去寻找的，它往往就在我们身边，只是我们常常忽视了它的存在，却总是喜欢将目光茫然的投得更远，总想在欣赏远处风景中寻找渺茫的快乐。

人人都希望人生快乐，也都在努力编织快乐人生。快乐是一种心情，是一种感觉，它需要我们去感知，去捕捉，去发现。如果我们能够认真地过好自己的每一天，用心地去感受生活中的点点滴滴，就能寻求快乐的所在，生活也一定会更加快乐充实。

# 囚禁自己41年

真正的快乐是内在的，它只有在人类的心灵里才能发现。

——布雷默

有一个人，在他23岁时被人陷害，在监狱里呆了9年。后来冤案告破，他开始了常年如一日的反复控诉、咒骂："我真不幸，在最年轻有为的时候遭受冤屈，在监狱里度过本应最美好的时光。那简直不是人呆的地方，狭窄得连转身都困难，窄小的窗口里几乎看不到阳光，冬天寒冷难忍，夏天蚊虫叮咬，真不明白上帝为什么不惩罚那个陷害我的家伙，即使将他千刀万剐也难解我心头之恨啊！"73岁那年，在贫困交加中，他终于卧床不起。弥留之际，牧师来到他的床边，"可怜的孩子，去天堂之前，忏悔你在人世间的一切罪恶吧！"病床上的他依然对往事怀恨在心、耿耿于怀："我没有什么需要忏悔，我需要的是诅咒，诅咒那些施于我不幸命运的人。"牧师问："你因受冤屈在牢房里呆了多少年？"他恶狠狠地将数字告诉牧师。牧师长长叹了一口气："可怜的人，你真是世界上最不幸的人，对你的不幸我感到万分同情和悲痛。他人囚禁了你9年，而当你走出监狱本应获取永久自由时，你却用心底的仇恨、抱怨、诅咒囚禁了自己整整41年。"

## 【人生箴言】

人活一世，有些东西是必须抛弃的，不管经历怎样的风雨和疼痛，人生总是要向前看的。有些记忆是不适合再带着上路的，它只会让你活得更加痛苦，增加更多心灵的负担。如果往事不堪回首，还硬去回首，烦恼岂不是日日随形？所以，要学会遗忘，学会让自己轻装上阵。

# 捉蜻蜓

孩子们接受欢乐和幸福最为迅速，也最亲切，因为他们生来便是幸福和欢乐的。

——雨果

一位富翁，英年早逝。临终前，见窗外的市民广场上有一群孩子在捉蜻蜓，就对他四个未成年的儿子说："你们到那儿给我捉几只蜻蜓来吧，我许多年没见过蜻蜓了。"

不一会，大儿子就带了一只蜻蜓回来。富商问："怎么这么快就捉了一只？"大儿子说："我用你送给我的遥控赛车换的。"富商点点头。又过了一会，二儿子也回来了，他带来两只蜻蜓。富商问："你这么快就捉了两只蜻蜓？"二儿子说："不，我把你送给我的遥控赛车租给了一位小朋友，他给我三分钱，这两只是我用二分钱向另一位有蜻蜓的小朋友租来的。爸，你看这是那多出来的一分钱。"富商微笑着点点头。

不久，老三也上来了，他带来十只蜻蜓。富商问："你怎么捉这么多蜻蜓？"三儿子说："我把你送给我的遥控赛车在广场上举起来，问，谁愿玩赛车，愿玩的只需交一只蜻蜓就可以了。爸，要不是怕您急，我至少可以收十八只蜻蜓。"富商拍了拍三儿子的头。

最后到来的是老四。他满头大汗，两手空空，衣服上沾满尘土。富商问："孩子，你怎么搞的？"四儿子说："我捉了半天，也没捉到一只，就在地上玩赛车，要不是见哥哥们都上来了，说不定我的赛车能撞上一只落在地上的蜻蜓。"富商笑了，笑得满眼是泪，他摸着四儿子挂满汗珠的脸蛋，把他搂在了怀里。

第二天，富商死了，他的孩子在床头发现一张小纸条，上面写着："孩子们，我并不需要蜻蜓，我需要的是你们捉蜻蜓的乐趣。"

【人生箴言】

体验生活，感受过程，就会享受到快乐。快乐与否取决于我们自己的心态，人应该学会享受现在所拥有的一切，拥有本身就是快乐。只要你愿意享受快乐，快乐就会粘上你。

# 不要预支明天的烦恼

快乐，是人生中最伟大的事！

——高尔基

从前，有一个孩子总是爱为未知的事情烦恼，这使他总是开心不起来。有一天，父亲把孩子叫到自己身旁，对他说："孩子，你长大了，从今天起你每天早上起来去清扫门前的落叶。"孩子很痛快地答应了。

那时正是初秋的季节，每一次起风时，树叶总随风落下。孩子每天早上都需要花费许多时间才能清扫完树叶。他一直想要找个好办法让自己轻松些。

后来，他想到如果明天打扫之前先用力摇树，把落叶统统摇下来。后天不就可以不用扫落叶了吗，孩子为自己这个好主意而感到十分得意。

第二天，孩子就在扫之前用力摇了摇树干，落叶纷纷落下。孩子开始卖力地打扫起来，扫完之后，他想明天可以不用再扫落叶了。

当新的一天来临时，孩子跑到院子里一看，又是满地的树叶，孩子感到很奇怪，明明前一天已经把树上的叶子摇下来了呀！怎么还会有这么多的落叶呢？

这时，父亲走到他身边说："孩子，你知道了吗，今天只能够把今天的事情做完，每一天都有每一天的事情，明天要做的事情就应该留给明天。希望用今天的时间解决明天的烦恼是徒劳的。"

孩子明白了父亲的意思，从那以后，他再也没有为明天的事情而烦恼了，他成了一个人见人爱的快乐少年。

【人生箴言】

正所谓：世上本无事，庸人自扰之。生活中，许多人喜欢预支明天的烦恼，想要早一步解决掉明天的烦恼。其实，明天如果有烦恼，你今天是无法解决的，只有放下明天的烦恼，你才能得到今天的快乐。

# 快乐的唱歌人

我们的生活有太多不确定的因素，你随时可能会被突如其来的变化扰乱心情。与其随波逐流，不如有意识地培养一些让你快乐的习惯，随时帮助自己调整心情。

——凯伦·撒尔玛索恩

一位疲惫的诗人去旅行，出发没多久，他就听到路边传来一个男人悠扬的歌声。

他的歌声实在太快乐了，像秋日的晴空一样明朗，如夏日的泉水一样甘甜，任何人听到这样的歌声，都会马上被感染，让快乐把自己紧紧地包裹起来。

诗人驻足聆听。

歌声停了下来，一个男人走了出来，他的微笑甚至比他本人出来得还要早。

诗人从来没有见过一个人笑得这样灿烂，只有一个从来没有经历过任何艰难困苦的人，才能笑得这样灿烂，这样纯洁。

诗人上前问道："你好，先生，从你的笑容就可以看来，你是一个与生俱来的乐天派，你的生命一尘不染，既没有尝过风霜的侵袭，更没有受过失败的打击，烦恼和忧愁也没有叩过你的家门……"

男人摇摇头："不，你错了，其实就在今天早晨，我还丢了一匹马呢，那是我唯一的一匹马。"

"最心爱的马都丢了，你还能唱得出来？"

"我当然要唱了，我已经失去了一匹好马，如果再失去一份好心情，我岂不是要蒙受双重的损失吗？"

### 【人生箴言】

快乐是一种生活态度，一种生活习惯。快乐的生活需要快乐的心情，而快乐的心情是需要自己营造的，快乐的心情从哪里来呢？快乐的心情从我们的生活中来。生活需要快乐的心情，快乐心情又来自生活，就是这样的互相离不开。

# 与上帝共进午餐

快乐不是件奇怪的东西，绝不因为你分给了别人而减少。有时你分给别人的越多，自己得到的也越多。

——古龙

有一次，7岁的乔伊想去见见上帝，他知道要到达上帝居住的地方要走很远的路程，所以他在手提箱中装满了巧克力和6瓶淡酒，踏上了旅程。

当他走过了3个街区，他看到一位老太太，她正坐在公园里全神贯注地盯着鸽子。小男孩挨着她坐下来，打开手提箱，拿出淡酒正要喝，这时他注意到老太太看上去很饿，所以他给了她一块巧克力。她感激地接受了，微笑地望着他，她的笑是那么完美，男孩想再看一次，因此他又给她一瓶淡酒，他再一次看到了她的微笑，乔伊高兴极了。

他们整个下午都坐在那里，边吃边笑，但是他们从未有一句对活。

这时天黑下来，乔伊感到十分疲劳，他站起身来离开。但是没走几步，他返回来，跑回到老太太身边，紧紧拥抱了她一次，她给了他最美的一个微笑。

当乔伊不一会儿推开家门走向自己的房间里时，他的母亲为他脸上洋溢着的快乐而惊奇。

她问他："今天见干嘛了，你这么高兴？"

他答道："我与上帝共进午餐了。"但在他在母亲做出反应之前，他又补充道，"你知道那是什么吗？她给予了我曾经见到的最美好的微笑！"

与此同时，老太太也容光焕发地回到她的家。

她的儿子为她脸上洋溢着安详平和的表情所惊异。他问道："妈妈，你今天干什么了，这么高兴？"

她答道："我在公园里与上帝共同吃了巧克力。"在她儿子能作出反应之前，她补充描述："你知道，他比我想象中的要年轻得多。"

### 【人生箴言】

快乐的最高境界是忘我，不是为自己，而是为了满足大家共同的利益，给予的、奉献的、分享的快乐，才是真正永久的快乐。生命中总有很多东西是需要有人来一同分享的。只有学会分享，才能得到快乐；只有学会分享，才能得到幸福。

# 张阿姨织毛衣

快乐，使生命得以延续。快乐，是精神和肉体的朝气，是希望和信念，是对自己的现在和未来的信心，是一切都该如此进行的信心。

——果戈理

张阿姨刚刚退休在家闲着没事儿，有一天偶然看见电视上人在织毛衣，她一时心血来潮，就买来毛线打算自己织一件毛衣，也调剂一下枯燥的生活，找个乐子。可是没想到却成了负担。

那到底是怎么回事呢？由于很久没有织过了，张阿姨有些生疏，第一次，织了一段之后发现太肥了，于是就拆掉了；第二次织了一段觉得都没有花纹，太普通，又拆了；第三次织了带花纹的，觉得还可以，于是废寝忘食地织了下去，织到一半的时候，沾沾自喜地欣赏，发现中间有几个花纹织错了，怎么看怎么别扭。拆了吧觉得很可惜，不拆吧总是觉得不舒服。最后为了追求完美就全拆了重新开始。

本来织毛衣是为了调剂生活，找点乐子，又不等着穿，可是张阿姨为了织好这件毛衣取消了一切娱乐活动，而且容不下一点瑕疵，一遍遍地重来，只顾细节而忘记了主要目标，不但没有感到快乐，反而增加了负担。张阿姨也从中体会到了过于追求完美会夺走生活中的快乐。

## 【人生箴言】

追求绝对的完美，会让我们在做事的时候产生更多的遗憾，反而会偏离做事的本意。其实，在做一件事情的时候，只要方向是正确的，就没有必要过分计较表面上的瑕疵和缺憾。而且，绝对完美的事情实际上是不存在的。

# 把烦恼丢进马桶

把烦恼当做脸上的灰尘，衣上的污垢，染之不惊，随时洗拂，常保洁净，这不是一种智慧和快乐吗？

——王蒙

有一个中年人，家庭事业取得了双丰收，但在心里却总感到很空虚，而这种感觉越来越严重，到后来不得不去看医生。医生听完了他的陈述，说："我开几个处方给你试试！"于是开了四帖药放在药袋里，对他说："你明天早上醒来后，不要做其他的事情，只要按照顺序依次服用一帖药，你的病就可以治愈了。"

那位中年人半信半疑，但第二天早上醒来后还是依照医生的嘱咐打开了第一帖药服用，里面没有药，只写了两个字"谛听"。他真的坐起来谛听，他听到窗外小鸟的叫声，风的声音，甚至听到自己心跳的节拍与大自然节奏合在一起。他已经很多年没有如此安静地坐下来听，因此感觉到身心都得到了清洗。接着，他打开第二个处方，上面写着"回忆"两字。他开始从谛听外界的声音转回来，回想起自己童年到少年的无忧快乐，想到青年时期创业的艰辛，想到父母的慈爱，兄弟朋友的友谊，生命的力量与热情重新从他的内心燃烧起来。然后，他又打开第三帖药，上面写着"检讨你的动机"。他仔细地想起早年创业的时候，是为了服务人群，热诚地工作；等到事业有成了，则只顾赚钱，失去了经营事业的喜悦，为了自身利益，则失去了对别人的关怀。想到这里，他已深有所悟。最后，他打开了第四个处方，上面写着"把烦恼写在纸上，丢进马桶冲掉"。于是，他拿出纸笔，将烦恼写在一张纸上，然后去进了马桶，按了一下冲水按钮，那张纸和他的烦恼一起被冲掉了。

271

人的一生中，会遇到各种烦恼、挫折、坎坷，有的甚至还会发生某些不幸。一味地沉浸在苦闷、失落、悲伤的情绪中不能自拔，只会对身心健康产生巨大的损害。所以，学会像马桶一样冲掉烦恼忧愁，这样，人才能过得快乐洒脱一点。

# 寻找快乐的财主

对于那些内心充溢快乐的人们而言，所有的过程都是美妙的。

——罗莎琳·德卡斯奥

从前，有个财主觉得自己很可怜，因为他从没有感到过快乐。于是他变卖了家产，换成钻石，放在一个锦囊中。他想：如果有人能给我一次纯粹全然的快乐，我就把这袋钻石送给他。

他走过许多地方，问过很多人，可是始终没有找到满意的答案。人们的回答无非是"如果你有很多钱，就会快乐。""如果你有很大的权势，就会快乐。"可他正是因为拥有了钱权才失去了快乐，难道世界上就没有纯粹的快乐吗？

后来，他听说山里有一位得道高僧，便前去拜访。高僧知其来意后，问："你准备了多少钱，可以让我看看吗？"财主把装着钻石的锦囊拿给高僧，没想到高僧抓起锦囊拔腿就跑。财主大吃一惊，回过神来开始拼命地追。他跑得满头大汗，也没看到高僧的影子，他绝望地跪倒在大树下痛哭。没想到费尽千辛万苦，不但没买到快乐，钱财也被抢走了。就在他万念俱灰的时候，却发现锦囊就挂在大树的枝杈上，他马上取下锦囊，发现钻石都还在。顿时开心大笑。这时，高僧从树后走出来，问："你现在快乐吗？"

财主顿有所悟。

📄 【人生箴言】

快乐是一种心境，不在于财富的多少，地位的高低，如果没有快乐的心情，不会用欣赏的眼光去发现快乐，那你将与快乐无缘。

# 放下包袱

快乐不在于事情，而在于我们自己。

——理查德·瓦格纳

从前，有一个年轻人，他背着一个大包裹千里迢迢跑来找孔雀大师，他说："孔雀大师，我该怎么办啊？痛苦、寂寞、无助和眼泪时常陪伴着我，长期的跋涉使我疲倦到极点：我的鞋子破了，荆棘割破双脚；手也受伤了，流血不止；嗓子因为长久的呼喊而嘶哑……为什么我还不能找到心中的阳光？"

孔雀大师问："你的大包裹里装的是什么？"年轻人说："它对我可重要了。里面是我每一次跌倒时的痛苦，每一次受伤后的哭泣，每一次孤寂时的烦恼……靠了它，我才有勇气走到您这里来。"

于是，孔雀大师带着年轻人来到河边，他们坐船过了河，上岸后，孔雀大师说："你扛着船赶路吧！"青年很惊讶道："什么？不是开玩笑吧！它那么沉，我扛得动吗？""是的，年轻人，你扛不动它。"孔雀大师微微一笑，说："过河时，船是有用的，但过了河，我们就要放下船赶路。否则，它会变成我们的包袱。同样的道理：痛苦、寂寞、灾难、眼泪，这些对人生都是有用的，它使生命得到升华，但须臾不忘，就成了人生的包袱，放下它吧！年轻人，生命不能太负重。"

听了孔雀大师的教诲，年轻人似乎略有所悟，他放下包袱，继续赶路。此时，他发觉自己的步子轻松而愉悦，比以前快得多。

在人生的旅途中，不也是这样吗？

**【人生箴言】**

　　人生苦短，如果背上一个沉重的包袱前进，不仅不能观看沿途的风景，没有乐趣可言，更是减缓了前进的速度，落后于别人的步伐。一个人往往只有经历了漫长的人生跋涉后，才会明白：快乐并不是获得与拥有，而在于放下后的轻松。

# 不要自寻烦恼

世界上没有比快乐更能使人美丽的化妆品。

——布雷顿

　　曾经有一个整日烦恼的年轻人，他四处奔走，只为寻找解脱烦恼的方法。

　　有一天，他来到一个山脚下。只见一片绿草丛中，一位牧童骑在牛背上，吹着横笛，笛声悠扬，逍遥自在。

　　年轻人走上前询问："你看起来很快活，能教给我解脱烦恼的方法吗？"

　　牧童说："骑在牛背上，笛子一吹，什么烦恼都没有了。"

　　年轻人试了试，不灵。于是，他又继续寻找。

　　年轻人来到一条河边。看见一位老翁坐在柳荫下，手持一根钓竿，正在垂钓。他深情怡然，自得其乐，年轻人走上前去鞠了一个躬："请问老翁，你能赐我解脱烦恼的办法吗？"

　　老翁看了他一眼，慢声慢气地说："来吧，孩子，跟我一起钓鱼，保管你没有烦恼。"

　　年轻人试了试，还是不灵。

于是，他又继续寻找。不久，他来到一个山洞里，看见洞内有一个老人独坐在洞中，面带满足的微笑。

年轻人给老者深深地鞠了一个躬，并向老者说明来意。老者微笑地捋着长白胡子问道："听你的意思，你是到这里向我寻求解脱的？"

烦恼的年轻人连忙点头答是，并诚恳地对老人说："请求老前辈为我指点迷津。"

老者笑着说道："既然你是找我来寻找解脱的，那请你回答是谁捆住你了呢？"

烦恼的年轻人回答说："没有。"

老者继续说："既然没有人捆住你，那么又谈何解脱呢？"语毕，老者扬长而去。

年轻人听完老者的话呆呆地愣在了那里，反复琢磨着老者的话。忽然明白了：噢！是呀，没有任何人捆绑我，那么又何须寻求解脱呢？原来，我是自寻烦恼，捆绑住我的不是别人正是自己呀！

**【人生箴言】**

在生活中，我们常常会遇见各种烦恼，而这些烦恼就如同心中的枷锁一般，多数都是自己给自己锁上的。事实上，只要我们心中明朗，那把锁就永远不会锁上，我们又何必自寻烦恼，给自己的内心上锁呢？

# 不要为过去的事情悲伤

*快乐就像香水，不是泼在别人身上，而是洒在自己身上。*

*——爱默生*

那一天，伊丽莎白·康妮接到国防部的电报，说她的侄儿——她最爱的一个人，在战场上失踪了。

康妮突然变得脾气暴躁心烦意乱了。几天之后，她接到了阵亡通知书。此时，她的心情坏透了。

在今天之前的许多日子里，康妮一直觉得对自己是这个世界上最幸福的人。她说："万能的主赐给我一份喜欢的工作，又让我顺利地拉扯大了无比命苦的侄儿。在我看来，我侄儿代表着年轻人美好的一切。我觉得我所做过的一切劳动，今天都应该有很好的回报获。"然而，现在传来了这样厄运，她像一个花瓶一样都被击碎了，她觉得再也没有什么值得自己活下去的意义了，她找不到继续生存下去的理由。她开始忽视她的工作，不理她的朋友，她抛开了生活的一切，对这个世界没有一丝感觉了。"为什么我最爱的侄儿会死？为什么这么好的孩子，还没有开始他的生活就离开了这个世界？为什么让他死在战场上？"她觉得自己没有办法接受这个事实。

她由于悲伤过度而失去了工作，只得背井离乡，把自己藏在眼泪和忧伤之中。就在她清理桌子准备永远离开这个让她伤心的地方，突然看到一封她已经遗忘了的信——一封她的侄儿生前寄来的信。当时，他的母亲刚刚去世。侄儿在信上说："当然我们都会想念她的，尤其是你。不过我知道你会平静度过的，你总是积极地面对人生，我相信你一定能够坚强起来。我永远不会忘记那些你教给我的生活真理。不论我在哪里，不论我们分离得多么遥远，我永远都会记得你的教导，你教我要微笑面对生活，要学会承受发生的一切事情。"

康妮只把那封信看了一遍就记住了里面的每一个字，觉得侄儿似乎就在自己的身边，好像在对她说："你为什么不照你教给我的办法去生活呢？坚持下去，不论发生什么事情，把你的悲伤藏在微笑的下面，继续生活下去。"

信里的每一句话都给了康妮生存下去的勇气，让她觉得人生又充满着期望。康妮又回去工作了，她不再对人冷淡无礼。她一再对自己说："事情发生了谁也挡不住，我没有能力改变它，不过我能够像他所希望的那样继续活下去。"

康妮把所有的心思和心血都用在工作上，她写信给前方的士兵——那些别人的儿子们，她参加了一个球队的啦啦队——要找出新的兴趣，认识新的同事。她几乎不敢相信发生在自己身上的种种变化。她说："我不再为已经过去的那些事悲伤，现在我每天的生活都充满了快乐——就像我的侄儿要我做到的那样。"

**【人生箴言】**

　　人的一生中，不可能没有挫折和坎坷，甚至还会发生一些不幸的事情。如果不懂得遗忘，将一个个痛苦埋在心里，那么自己的心灵就天天饱受折磨和摧残。所以，如果你要想成为一个快乐成功的人，最重要的一点就是记得随手关上身后的门，学会将过去的伤心事通通忘记，不要沉湎于痛苦之中，要一直往前看。

# 女儿的日记

　　最幸福的似乎是那些并无特别原因而快乐的人，他们仅仅因快乐而快乐。

——威廉姆·拉尔夫·英奇

　　一位父亲曾讲过这样一件事。他上四年级的女儿写了一篇叫做《快乐的星期天》的日记。在作文中，她写了星期天的3件事：上午读了一篇小故事懂得一个道理，下午和小伙伴在公园玩得很开心，傍晚和妈妈去商场买了自己喜欢的毛绒玩具。在她稚嫩的习作中，字里行间都洋溢着快乐的情绪。父亲问她："为什么会选择这3件事？"她说："我查了字典，快乐的意思就是自己感到满意或幸福。今天我感到最满意和幸福的就是这些，原来快乐就这么简单！"这位父亲感慨道："一个10岁的女孩，竟然用不到500字的篇幅，勾勒出我们有些成年人都无法描述的定义：简单就是快乐！"

**【人生箴言】**

　　快乐的秘诀在于简单。简单，就是在生活中，抛却繁杂的欲念，除去杂乱的苦痛，拒绝杂事的纷扰。一个人只有活得简单，才能获得内心那份宁静与快乐。简单地生活着，快乐地生存着，你会发现快乐原来就在身边。

# 学会遗忘

悲伤可以自行料理；然而欢乐的滋味如果要充分体会，就需要有人分享才行。

——马克·吐温

一艘游轮正在地中海蓝色的水面上航行，船上面有许多正在度假中的新婚夫妇，也有不少单身的未婚男女穿梭其间，个个兴高采烈。其中，有位明朗、和悦的单身女性，大约60来岁，也随着音乐陶然自乐。其实，这位上了年纪的单身妇人，曾遭丧夫之痛，但她能把自己的哀伤抛开，毅然开始自己的新生活，重新展开生命的第二度春天，这是她经过深思之后所做的决定。

她的丈夫曾是她生活的重心，也是她最为关爱的人，但这一切全都过去了。幸好她一直有个嗜好，便是画画。她十分喜欢水彩画，现在更成了她精神的寄托。她忙着作画，哀伤的情绪逐渐平息。而且由于努力作画的结果，她开创了自己的事业，使自己的经济能完全独立。

有一段时间，她很难和人群打成一片，或把自己的想法和感觉说出来。因为长久以来，丈夫一直是她生活的重心，是她的伴侣和力量。她知道自己长得并不出色，又没有万贯家财，因此在那段近乎绝望的日子里，她一再自问：如何才能使别人接纳我、需要我？

不错，才50多岁便失去了自己生活的伴侣，自然令人悲痛异常。但时间一久，这些伤痛和忧虑便会慢慢减缓乃至消失，她也会开始新的生活——从痛苦的灰烬之中建立起自己新的幸福。她曾绝望地说道："我不相信自己还会有什么幸福的日子。我已不再年轻，孩子也都长大成人，成家立业。我还有什么地方可去呢？"可怜的妇人得了严重的自怜症，而且不知道该如何治疗这种疾病。好几年过去了，她的心情一直都没有好转。

后来，她觉得孩子们应该为她的幸福负责，因此便搬去与一个结了婚的女儿同住。但事情的结果并不如意，她和女儿都面临一种痛苦的经历，甚至恶化到大家翻脸成仇。这名妇人后来又搬去与儿子同住，但也好不到哪里去。

没有办法，孩子们只好共同买了一间公寓让她独住。这更不是真正解决问题的方法。她后来找到了自己的答案——我得使自己成为被人接纳的对象，我得把自己奉献给别人，而不是等着别人来给我什么。想清了这一点，她擦干眼泪，换上笑容，开始忙着画画。她也抽时间拜访亲朋好友，尽量制造欢乐的气氛，却绝不久留。

许多寂寞孤独的人之所以会如此是因为他们不了解爱和友谊并非是从天而降的礼物。一个人要想受到他人的欢迎或被人接纳，一定要付出许多努力和代价。要想让别人喜欢我们，的确需要尽点心力。她开始成为大家欢迎的对象，不但时常有朋友邀请她吃晚餐，或参加各式各样的聚会，并且她还在社区的会所里举办画展，处处都给人留下美好的印象。

后来，她参加了这艘游轮的"地中海之旅"。在整个旅程当中，她一直是大家最喜欢接近的目标。她对每一个人都十分友善，但绝不紧缠着人不放，在旅程结束的前一个晚上，她的舱是全船最热闹的地方。她那自然而不造作的风格，给每个人都留下深刻印象。从那时起，这位妇人又参加了许多类似这样的旅游，她知道自己必须勇敢地走进生命之流，并把自己贡献给需要她的人。她所到之处都留下友善的气氛，人人都乐意与她接近。她也终于走出了生活阴影，变成了一个开朗乐观的人，重新拾回了属于她的快乐和幸福。

### 【人生箴言】

现实生活中，许多时候我们总是抓住痛苦不放，以至于丧失了快乐的机会。事实上，如果我们能够学会遗忘，放下痛苦，就能赢得生活的快乐。

# 后 记

　　本书在编辑出版过程中，得到了社会各界的大力支持。各大图书馆、文史研究机构提供了大量的文献资料，文学专家与学者提出了大量的宝贵意见与建议，在此一并致以诚挚的谢意。同时出版社的责任编辑也为本书的出版做了大量的工作，在此一并致谢。

　　本书的编选，参阅了一些报刊和著述。由于联系上的困难，部分入选文章的作者（或译者）未能取得联系，谨致深深的歉意。敬请原作者（或译者）见到本书后，及时与我们联系，以便我们按国家有关规定支付稿酬并赠送样书。